단편소설집

비오는 날의 로맨스

이 도 순

※ 이 책은 대전문화재단 · 한국예술위원회로부터 사업비 일부를 지원받아 출판된 것임.

저자의 말

저 금붕어는 어느 신의 작품일까? 빨갛고 노란 금붕어를 보면 대단한 수작이라고 여겨진다. 색깔이나 몸매가 더 할 수 없이 예쁘고 꼬리를 한들한들 거리면서 헤엄을 치는 자태가 경이롭다. 몸집이 아주 작은 것이든 제법 큰 것이든 모든 생명체는 신기하지 않은 것이 없다.

그 중에서도 조물주의 최대 걸작은 단연코 사람이다. 우리 육체의 신비스러움을 어찌 말로 다 표현할 수 있을까? 머리는 어떻게 그런 생각들을 할 수 있고, 심장, 간, 콩팥은 어떻게 그런 일들을 할 수 있을까?

오래전부터 인체의 신비함을 느껴 글로 써 보고 싶다는 생각을 하게 되었다. 하지만 의학지식이 전혀 없었기에 도서관에 가서 몇날며칠 의학서적을 들척이기도 했었다.

마침 오래전에 이웃집 여자가 춤바람이 나서 가출을 하고, 어린아이들은 거리로 떠돌고, 남자는 알코올 중독자가 되어 죽었다는 소식을 들었다. 그래서 그를 모델로 해서 '헌체(獻體)'라는 이야기를 써보기로 했다.

소설을 쓰기 위해 충남대학교 의과대학 시체 해부학 주임교수님을 찾아가 자문을 구했다. 연세가 많으신 교수님께서 인체에 대하여 자세하게 설명을 해 주셔서 정말 감사했다. 소설이 완성되면 다시 찾아뵙겠다고 허리 굽혀 인사를 드리고 왔다. 그러나 이제껏 찾아뵙지 못하고 있다. 아마 지금은 퇴임을 하셨을 것이다. 그때 그 주임교수님은 낡은 가운을 입고 계셨고, 교수실도 매우 검소해 보였다. 바깥세상 사람들과는 전혀 다르신 분! 교수님의 손을 보면서 "얼마나 많은 시체를 만지셨을까?" 하는 생각이 문득 머리에 스치기도 했었다.

소설이 완전 허구만은 아니다. 작가 개인의 상상의 세계가 펼쳐지기도 하지만, 그 또한 실제 생활에서 얻은 글감이 있으니 그저 허무맹랑한 소리는 아니다.

마음속에는 언제나 남이 쓰지 않은 나만의 독특한 소설을 쓰고 싶은 열망이 앞선다. 그러나 생각과 뜻대로 되지 않아 좌절을 하기도 한다. 언제쯤 더 좋은 소설을 쓸 수 있을까? 막연하지만 희망은 버리지 못한다.

2016. 3.

저자

차례

•○•○ 연둣빛 샌들

●○●○

김창연 원장은 영일이와 나를 번갈아 보며 싱끗 웃었다. 가죽으로 된 검정 손가방을 챙기고 구두를 신고 현관문을 나서며 오른 손을 가볍게 들어 보인다. 출근 인사다. 나는 영일이의 손을 잡고 흔들어 보이며

"아빠 다녀오세요." 하며 인사를 건넨다.

신선한 재스민 향기를 날리는 멋진 남자. 나는 요즘 그 남자와 차도 마시고 저녁 식탁에서 꼭 부부처럼 만찬을 즐긴다. 나는 요리를 하는 즐거움으로 가득 부풀어 있다. 한국요리는 기본이고 서양요리 일본요리까지 책을 구비해 놓고 공부를 하고 실습을 해서 맛있는 저녁상을 차리는 것이다. 아침엔 죽을 끓인다. 오늘 아침엔 쇠고기야

채 죽을 끓이고 우엉을 졸이고 장아찌를 무쳐서 오이지와 같이 내놓았다. 아삭아삭 오물오물 먹고 있는 그의 모습을 보고 있으면 그저 즐거워진다.

창연씨가 위장병을 앓고부터는 아침에 죽을 먹는 것이 오랜 습관처럼 되어 있다고 했다. 처음 내가 이 집에 왔을 때는 캔으로 된 각종 인스턴트 죽들이 냉장고에 가득 들어 있었다. 반찬으로는 달랑 무장아찌 하나였다. 내가 맛있는 죽을 만들게 된 것은 그를 연모하기 시작하면서부터다.

거울을 들여다본다. 나의 겉과 속까지 찬찬히 들여다본다. 나부랑 납작한 코에 너부데데한 얼굴이 적나라하게 드러난다. 이 얼굴로 창연씨의 사랑을 받는다는 것은 불가능하다. 그만한 변별력은 있으면서도 어쩌자고 올라가지도 못할 나무를 마냥 올려다보고 있는가?

지금 이 자리는 내 인생의 여정에서 잠시 폭풍을 피해 쉬어가는 간이역 정도다. 가쁜 숨을 돌리고 나면 또 어디론가 이정표 없는 길을 떠나야 한다. 길을 가면서 수없이 부딪치고 만나고 헤어져야 하는 사람들, 창연씨도 그 중의 한 사람일 뿐이다. 지나고 나면 별일도 아닌 듯 그저 아스라이 세월 속에 묻혀 버릴 것이다. 사랑한다는 것도 미워한다는 것도. 그러나 이 순간만은 아무리 억누르려 해도 분수처럼 치솟아 오르는 물줄기를 어찌 할 수가 없다. 이러다가 가슴 속에 상사나무가 자라는 것은 아닌지 몰라.

전에 상수와의 동거생활에서 나는 몸도 마음도 갈기갈기 찢기고 짓이겨졌다. 애써 모아 두었던 용의 알 같은 내 재산이 그의 손아귀에서 거덜이 났다. 사업을 한다는 명목으로 내 돈으로 차를 사고, 내 돈으로 다른 여자들과 데이트를 즐겼던 것이다.

"이백만원만 구해오란 말이야." 돈이 떨어지자 돈을 구해오라고 볶았다. 나는 더 이상의 미련을 버리고 상수의 집에서 나왔다. 달랑 바퀴달린 가방 하나를 끌고 거리로 나왔을 때 지구에 교란(攪亂)이 일어나는 듯 땅이 뒤흔들렸다. 다시는 그 누구도 사랑하지 않으리라고, 이를 악물었던 그때의 굳은 각오는 어디로 사라졌는가? 그 각오가 창연씨 앞에서 맥없이 풀려버릴 줄이야.

친구의 반 지하 단칸방에 빈대처럼 빌붙어 천장의 퇴색된 도배지 꽃무늬만 멀건이 바라보다가 거리로 나왔을 때였다.

[청소할 아주머니를 구합니다.]

창연치과의 유리문에 붙은 구인광고가 눈에 번쩍 섬광을 일으켜 앞 뒤 더 살필 것도 없이 나선형 계단을 올라가 치과 문을 밀고 들어갔다. 원장은 나를 처다 보더니 조용한 소리로 물었다.

"청소 일을 해 보셨습니까?"

"처음이지만, 열심히 하겠습니다."

"그럼 오늘부터 하세요."

나는 치과 일이 끝나고 나면, 병원 구석구석을 저녁에 두세 시간

정도 쓸고 닦았다. 간호사의 가운이나 원장의 가운도 세탁했다. 가운에서는 귀중품이나 돈이 든 지갑도 자주 나왔다. 그것들을 잘 챙겨주면서 내 양심이 증명되었다. 원장의 부인은 나를 자기 집에 들어와 거처하며 아기를 돌봐 달라고 제의를 했다. 그래서 아이를 낳아본 경험도 없는 내가 그 집 유모가 되었다. 원장의 부인 하영란은 내가 들어오자 아예 아기와 살림을 다 맡겨놓고 밖으로 싸돌아다니기 시작했다. 심하면 여행을 간다고 궁둥이에서 휘파람소리가 나도록 달려 나가서는 이삼일씩 집을 비우기도 했다. 술에 취하여 밤늦게 들어오는 날은 요들송을 반복해서 불러대다가,

"김창연, 당신이 내 남편이야? 남편 노릇 한 게 뭐 있어?"

하며 시비를 걸었다. 영란은 다혈질이다. 쾌활하고 활동적이나 성급하고 인내력이 부족하다. 무엇이든지 깊이 생각할 줄 모르고 즉흥적이다. 거금 백만 원이 넘는 재킷을 덜컥 사서는 입지도 않고 굴리다가,

"이거 입어요. 내 취향이 아니네요." 라고 했다.

나는 그가 던져주는 옷을 사양했다. 처음부터 내 몫으로 사서 인정스럽게 주었다면 감사하게 입었을 것이다. 하지만 제 입기 싫어서 주는 옷을 널름 받는 다는 것은 자존심이 허락하지 않는다. 비록 내 처지가 궁색할지언정 자존심만은 버리지 않겠다는 의지엔 변함이 없다.

영란이 마구 써대는 돈에는 용처를 밝힐 수 없는 곳도 있을 것이

다. 창연씨는 영란이 낮거리를 하고 다니는 낌새를 알고는 영란과 성 접촉을 피했고, 그래서 영란은 점점 더 빗나가고 반항하는 태도로 변해갔다.

"당신은 가정을 가진 여자야. 왜 분수없이 날뛰고 있어?"

"가정, 흥, 가정이 무슨 동물 가두어 놓는 우리간인가?"

"정말 꼴을 봐 줄 수가 없네."

"못 보겠으면 이혼해야지. 나도 더 못살아."

"그래, 이혼하자, 제발."

그렇게 싸우다가 영란이 내민 이혼서류에 창연씨가 도장을 찍어 주었다. 병원을 옮기려고 사 놓은 건물이 영란의 명의로 되어 있어 고스란히 위자료로 넘어가게 되었다. 영란은 겨우 3개월 밖에 안 된 아기를 두고 나갔다.

영란이 이혼을 하고 나가자 창연씨는 노기충천한 얼굴로 영란이 쓰던 물건이라면 모조리 다 쓸어다 버렸다. 액자에 걸려 있던 화려한 약혼사진과 결혼사진을 깨고, 부수고 추억들이 가득담긴 사진첩도 불에 처넣어버렸다. 조신하지 못한 여자를 사랑한 것에 대한 억울함이 분노로 이글거렸다. 나는 마치 내가 죄라도 지은 것처럼 움츠리고, 살얼음판을 딛는 것 같아 말도 붙일 수가 없었다. 창연씨의 그런 기분은 퍽 여러 날 지속되었다. 식사도 하지 않았고, 아기도 처다 보지 않았다. 창연씨가 스스로 마음을 풀었을 때,

“미안합니다. 치졸함을 보여서, 수연씨가 아기를 계속 돌봐 주실 수 있으신지요? 물론 불편하시겠지만 부탁드립니다.”

“당장 아기를 볼 사람도 없으니, 그렇게 하죠.”

나는 딱히 갈 곳도 없고 해서 얼마간이라도 눌러 있기로 했다. 그로부터 서너 달쯤 지나서였다. 어느 날 오후 무렵 영란이 찾아왔다. 훤칠한 키에 잘생긴 얼굴, 하얀 피부에 사치스러운 세련미는 어디로 가고, 추레하고 축 처진 어깨에 쉰 듯한 목소리로 들어섰다. 내가 영일이를 그녀의 품에 넘겨주자 아기를 바라보는 그녀의 눈에 뜨거운 눈물이 돌고 있었다. 그러나 아기는 악을 쓰며 얼굴이 새파랗게 질려서 버둥거리며 울어 댔다. 영란은 다시 표독해지며,

“새끼고 뭐고 다 필요 없어.”

짐짝을 맡기듯이 아기를 다시 내게 던져 주었다. 내 품에 안긴 아기는 금새 울음을 멈추고 어깨를 가늘게 들썩였다. 아기는 내가 제 엄마인줄 아는 모양이다.

영란은 안방 문을 열고 들어가서는 방안을 빙 둘러 보더니 장롱문을 열어 보았다. 혹시라도 내가 자기의 전 남편과 짝짜꿍이 되지나 않았는지, 내 옷이 장롱 속에 걸려 있지나 않은지 흔적을 찾기라도 하는 눈치였다. 그러나 서너 달이 넘게 젊은 남녀가 한 집에 살면서도 우리는 변한 게 하나도 없었다. 내심 다행이라고 생각했는지 아니면 실망이라도 한 것인지 영란은 흐느적거리는 발길로 인사말도

없이 가버렸다.

앞동산에 풀이 자라나듯 아기는 나날이 일취월장하고 있었다. 눈을 맞추고 방긋이 웃어 보이는가 하면 옹알이를 하면서 제법 긴 이야기를 청한다.

"우리 도령님이 어디서 오셨나? 하늘에서 뚝 떨어졌나? 땅에서 푹 솟았나? 비 오는 날 무지개 타고 오셨나? 바람 부는 날 바람 말 타고 오셨나? 금자둥이 오셨네. 옥자둥이 오셨네."

아기와 마주보며 같이 웃고 어르고 대답하다보면 마냥 즐거워진다. 목욕을 시키고 쪼그만 고추를 처 들고 가루분을 토닥거리고 엉덩이에다가도 가루분을 발라주며

"도령님께서 글쎄 엉덩이에다가 화장을 했대요."

아기는 그만 염치도 없이 쪼르륵 하고 작은 물줄기를 내 손등에다가 뿜어낸다. 오줌 세례를 맞고도 그저 신기하기만 하다. 아기는 단순히 사람의 씨앗이 떨어져 태어난 것만은 아닌 것 같다. 그 영혼은 아마도 어느 위대한 신령께서 우주의 저편에 있는 가장 아름다운 별을 따다 심어놓고 간 듯도 하다. 해맑은 달을 따다 넣은 듯도 하다.

창연씨는 언제든지 가정살림에 들어가는 돈은 내 마음대로 쓰라고 비치해 놓고 있다. 그 돈으로 앙증맞고 예쁜 아기 옷도 사고 반찬거리도 사고, 아파트 관리비도 내고, 집안 살림을 내가 다 맡아서 한다. 물론 쓴 돈은 낱낱이 기록을 해서 남은 돈 옆에다 놓아둔다. 일

요일이면 우리 세 식구는 나들이를 한다. 교외에 나가 바람도 쏘이고 백화점에서 쇼핑도 한다. 남들이 보기에는 영락없는 부부다. 그러나 창연씨는 몇 명의 간호사를 데리고 일을 하면서도 그들을 모두 제자나 동생같이 여긴다. 나도 그 중의 한 사람일 뿐이다. 그가 가끔씩 농담조로 던지는 말에 별다른 의미를 부여해서는 안 된다는 것을 나는 잘 알고 있다. 어제 저녁에도 그랬다. 북어찜으로 저녁밥을 먹던 창연씨가 뜬금없이,

"수연씨! 요즘 큰 애기 작은 애기 돌보느라 수고가 많으십니다."

나는 대답할 말을 찾지 못해 능청스럽게 말했다.

"큰 애기가 어디 있어요?"

"한 번 찾아보세요."

창연씨는 내게 보답이라도 하려는지 고무장갑을 끼더니 설거지를 뚝딱 해치우고는

"음, 음, 음, 음, 음 지금도 마로니에는 피고 있겠지……"

하며 콧노래를 부르면서 청소를 시작했다. 화장실 청소는 언제나 그가 했다. 청소만 하는 게 아니다. 자신이 이를 닦을 때면 꼭 내 칫솔에 까지 치약을 짜 놓았다.

"나 보고 양치질을 하란 말이지? 누가 치과의사 아니랄 까봐서"

혼자 중얼거리며 이를 닦노라면 기분은 그리 나쁘지 않다.

창연씨는 찬찬하고 세심한 성격이다. 어린 아이들의 충치를 아프

지 않게 치료하고, 모든 환자들을 정성을 다해 돌본다. 만약에 충치의 썩은 부분을 긁어내다가 잠깐 딴 생각을 하면 드르륵 하는 기계로 잇몸을 파헤칠 수도 있다. 혀를 자를 수도 있는 일이다. 그랬다가는 영원히 치과 문을 닫게 될 것이다. 창연치과는 성업 중이다. 며칠 전에 예약을 하지 않으면 치료를 받을 수가 없다. 더구나 요즈음은 임플란트 시술을 제일 잘 한다는 입소문이 나면서 이를 심으려는 환자들이 급증해서 돈을 갈퀴로 끌어 담을 정도다. 그렇게 번 돈으로 건물을 샀지만 영란이 이혼하며 가져가 버렸다.

그날은 낮부터 구름이 검고 어둡게 하늘을 덮어 날더니 밤비가 촉촉이 내렸다. 창밖을 내다보던 창연씨가,

"밤비가 오니 외로운 홀아비 싱숭생숭 하네요. 홀아비 마음은 과부가 안다는데, 수연씨가 알아줄 리는 없고……"

혼잣말처럼 하는 그의 말에 나는 대꾸를 할 수가 없다. 고소원불감청이라, 오래전부터 바라고 있지만 어찌 감히 청할 수 있으리오. 그동안 내가 방문을 잠그지 못하고 잠든 밤이 어디 하루 이틀 이었던가? 그렇게 겨울이 가고 봄이 오고, 봄이 가고 또 여름이 오고 있다.

해양에서 대륙으로 불어오는 시원한 바람이 초여름의 운치를 한층 고조시키고 있다. 창연씨는 여름구두를 사 주겠다면서 구두점으로 들어가더니 연둣빛 샌들을 하나 골라 발을 내밀라고 했다. 영일이를 업고 있던 나에게 신발을 신겨주면서

"신발을 선물하면 도망간다던데, 수연씨는 도망 가지마요."

그가 올려다보며 웃는다. 그 웃음이 영일이와 어쩌면 그렇게 닮았는지, 애틋하고 아련하게 사람의 마음을 붙잡는다. 나는 두 부자의 웃음에 볼모로 잡혀있다.

●○●○ 청청하늘에 날 벼락

●○●○

금쪽같은 일요일이다. 누가 일요일을 만들었는지 고맙기 짝이 없다. 일요일이 없었더라면 노동일에 뼈마디가 닳고 굽어 곱사등이 되었을 지도 모른다.

구름 한 점 없는 가을 하늘, 햇님이 유리창문으로 들어와 손창수씨의 엉덩이를 계속 비추고 있었다. 11시 쯤 되었을까. 창수씨는 피곤한 몸을 겨우 일으켜 아점(아침 겸 점심)을 몇 술 뜨고는 마당에 나와 해바라기를 하고 있었다. 이때 다섯 살 쯤 되었을 여자 아이가 대문을 열고 들어오더니 창수씨에게 달려와

"아빠!"

하며 팔에 매달린다. 창수씨는 매우 난처한 얼굴로,

"응, 왔어?"

창수씨의 아내 숙이씨는 이 기막힌 풍경 앞에 눈앞이 아찔했다. 지금 누굴 보고 아빠라 하는가?

"아빠 빨리 집에 가자."

"……"

창수씨는 아무 말도 할 수 없었다. 아내가 지켜보고 있으니 아이를 반갑게 대할 수도 없었고, 그렇다고 해서 아이에게 냉랭하게 할 수도 없는 상황이었다.

"보미야, 나는 지금은 갈 수가 없다."

"엄마가 아빠 꼭 데리고 나오랬어. 가야해."

이 광경을 지켜보고 있던 숙이씨가 눈을 무섭게 뜨고 노려보며 소리쳤다.

"이 애가 미쳤나. 너 지금 누굴 보고 아빠래? 당장에 나가지 않으면 혼을 내 줄 것이다!"

아이는 겁에 질려 으앙, 하며 달아나 버렸다.

드디어 올 것이 왔나보다. 그녀는 얼마 전 동기간처럼 지내는 이웃에게서 들은 말이 있다. 남편이 청주 공장으로 출장을 가 있는 두 달 동안에 아이 하나가 딸린 여자의 집을 제 집처럼 드나들고, 그들은 곧 결혼을 할 것이라는 소문이었다. 남편이 다른 여자와 결혼을 할 것이라는 가당치 않는 소문을 믿지는 않았지만, 그 말이 늘 불쾌

하여 불안함을 떨쳐내지 못한 것이 사실이다.

"당신 얘기 좀 해."

그녀는 남편을 끌고 방으로 들어왔다.

"저 애가 왜 당신을 보고 아빠라고 하는 거야."

"별것 아니야. 그냥 아는 아이야."

그는 태연한 척 아무 일도 아닌 척이다.

"정말 아무 일도 아닌 거지?"

"그렇다니까."

그녀는 더 이상 긁어 부스럼을 낼 필요가 없다고 생각하고 입을 다물었다. 마음 같아서는 이웃에게서 들은 소문을 캐고 따지고 싶었지만 아는 게 병이라고 그냥 모르는 체 덮어두려는 것이다. 그러나 때마침 초인종을 울려대며 대문을 치는 소리가 요란했다. 그가 일어서 나가려 하자 아내가 먼저 나갔다. 대문 밖에서는 웬 낯선 여자가 잠깐 만나볼 사람이 있다며 골목으로 잠간만 따라오라 했다. 거기엔 그녀보다 열 살은 아래로 보이는 또 다른 여자가 있었다. 첫 눈에 보아도 얼굴이 희고 가녀린 몸매가 꽤 미인으로 보였다. 저 천년 묵은 백여우같은 여자가 남편을 꼬였단 말인가? 그녀는 사지가 부르르 떨리고 머릿속에서 뇌성벽력이 일고 있었다.

"제가 손창수씨와 결혼을 할 사람인데요."

"뭐라고요? 그이는 내 남편이고 우리 아이들 아빠예요."

"그이는 아내가 없다고 했어요. 아들만 하나 있다고 그랬어요."

"여기 이렇게 있는 것을 확인 했잖아요. 그리고 딸애도 있어요."

"있어도 이제는 어쩔 수 없어요. 우리는 벌써 두 달 동안이나 같이 살았으니까요. 헤어질 수 없어요."

"지금 남의 가정을 깨트리겠다는 거예요. 천벌이 무섭지도 않아요?"

숙이씨는 그 여자의 머리채라도 잡아당기고 싶은 마음이 불같이 치솟아 올랐지만 가까스로 참아내고 있었다.

"그이를 불러줘요. 얼굴이라도 보고 가게 해줘요."

숙이씨는 제 남편을 그이라고 부르는 넉살 좋은 철면피 여자를 소리 없는 총이라도 있으면 당장에 쏴 죽이고 싶었지만, 한 발 물러서서 남편과 그 여자가 어떻게 대하는지 꼴을 보려고 남편을 불러내었다. 남편이 멋쩍게 나오자 그 여자는 단박에 안기기라도 하려는 듯

"자기야! 보고 싶었잖아. 왜 전화를 안 받는 거야. 견딜 수 없어서 찾아왔어."

가살스럽게 아양을 떠는 여자 앞에서 남편은 망석이 된 것처럼 말없이 서 있었다.

"아주머니! 이이만 제게 보내 주면 이혼을 하라는 소리도 절대 안 할 것이고, 이이의 월급은 다 아주머니께 보내 줄게요. 이이를 제게로 보내 주세요. 예?"

"지금 무슨 소릴 하는 거예요. 간통죄도 몰라요? 당장에 처넣어

버리겠어."

눈에 이글이글 독기를 쏘면서 숙이씨는 남편을 끌고 집으로 들어오려 했다. 아내에게 끌려오던 창수씨는 뒤를 돌아보며

"집에 가 있어. 내 곧 연락할게."

순식간에 일어난 이 사건은 숙이씨에게 청청하늘에 날벼락이었다. 아무 죄 없이 날벼락을 된 통으로 맞고 난 숙이씨는 감당할 수 없는 분노가 활화산처럼 솟구쳤다.

"이 나쁜 인간아 나가, 나가란 말이야. 필요 없어, 당장에 나가버려."

숙이씨는 남편을 마구 때리며 발악을 하다가 목을 놓고 통곡을 했다. 온갖 욕을 다 해대어도 분이 풀리지 않았다. 그녀는 퉁퉁 부은 눈으로 그녀를 형님이라고 부르는 이웃 동생에게로 갔다.

"나 어떻게 하면 좋으니? 아이들 데리고 먼 곳으로 숨어 버릴까?"

"그럼 무얼 먹고 살아?"

"보복으로라도 아이들을 절대로 못 보게 할 거야."

"형님! 좀 찬찬히 생각해 봐. 남편이 어떻게 처신을 하는 지도 두고 보고."

"보통 여우가 아니더라. 그런 여우한테 빠졌는데 헤어날 수가 있겠어?"

"그 여자는 남편이 교통사고로 죽어 사망보험금을 몇 억을 타 돈이 많다데, 또 늙어 예순한 살이 되면 상당한 연금을 받게 된다고도

하고, 만약 다른 남자와 혼인신고를 하면 그 연금은 날아가 버린데. 그래서 이혼하라는 소리는 안 한다는 거지."

"그럼 이혼을 하자고 어깃장을 놓을까?"

숙이씨는 그날부터 남편에게 이혼을 하자고 들이대었다. 이혼을 해야 자기도 적당한 남자가 있으면 재혼을 할 수 있을 것이 아니냐는 것이다. 그녀의 본마음은 이혼도 아니고 다른 남자와 재혼은 더더구나 아니다. 다만 남편을 볶아칠 구실일 뿐이다. 그러면서도 아침밥은 평소와 같이 차려주고 퇴근하고 들어오면 이런 저런 이야기도 건넸다. 숙이씨는 남편에게 이혼하자는 카드 말고는 평소와 똑같이 대했다. 마음 같아서는 애교도 부리고 맛있는 반찬도 만들어 남편의 마음을 꼭 붙들고 싶지만, 본래 태생이 나긋나긋 사근사근 곰살갑지 못하고 안 하던 짓을 할 수가 없어 늘 제 모습 그대로를 고수하고 있는 것이다.

숙이씨는 결혼하고 10년이 되도록 그동안 지극히 사랑한다든가 더없이 소중하다는 생각은 별반 해 본적이 없었다. 남편과는 그저 무덤덤하게 지내왔고, 아이들이 생기면서 남편보다는 아이들이 우선이었다. 남편은 없어도 살 수 있겠지만 아이들은 없으면 못 살 것 같다면서, 그녀의 아이들을 향한 모성애는 끝없는 샘물처럼 솟아올랐지만, 남편에 대해서는 소가 닭 보듯, 닭이 소보 듯이다. 그랬었는데 남편이 다른 여자와 바람을 피우고 나서야 그의 존재가 어떤 것이었나를 새삼 느끼게 된 것이다. 남편이 그 여자에게 아주 가 버릴 것 같아 조바심까지 일어났다. 다른 여자에게 남편을 빼앗기는 것은 용납할 수 없는 일이다. 그러나 애원을 한다든가 협박을 한다 해도 남편은 가고 말 것이다. 사람의 심리에는 청개구리가 들어 있어 말리면 더 하고 싶은 충동을 일으킨다. 그것은 제 고집과 제 의지를 관철시키는 촉진제가 될 것이다. 그래서 숙이씨는 일언반구도 그런 소리를 하지 않았다. 제 처신대로 하게 그냥 두고 보는 것이다.

창수씨는 별반 말이 없었다. 그는 끝없이 아내와 정이 사이에서 갈등을 하고 있었다. 정이를 내처버리기에는 너무 많은 아쉬움이 남았다. 그렇다고 아내를 버릴 수도 없었다. 아내를 버린다는 것은 곧 아이들의 불행을 자초하는 것이기 때문이다. 그는 새벽녘에도 잠이 깨면 담배를 연거푸 물었다. 정이가 보고 싶어 한달음에 정이에게로 달려가고 싶은 마음이 간절하지만 그렇게 되면 노발대발하는 아내를 어찌 잠재울 수가 있겠는가? 양다리 걸치고 살 수만 있다면 오죽 좋을까, 그러고 싶은 생각이 굴뚝같다. 옛날에는 첩도 잘 거느렸는데 이놈의 일부일처제라는 법을 왜 만들어 남자를 옴짝달싹 못하게 마누라의 오랏줄로 칭칭 묶어 놓는가? 쉬느니 한숨이요, 나오느니 탄식이다.

숙이씨는 그런 남편의 괴로움을 차츰 읽어 갔다. 볼품없고 애교도 없는 자신과 같은 여편네와 사는 남편이 어떨까도 생각을 해 봤다.

가정의 우리에 갇혀 집과 공장을 다람쥐 쳇바퀴 돌 듯 하며 평생을 살아야 하는 남편의 처지도 생각해 봤다. 그래서 이제 그만 남편의 고삐를 놓아 주어버릴까도 싶었다. 그에게도 자유를 주고 해방을 시켜주고 싶기도 했다. 그도 자신이 사랑하는 여자와 같이 살아볼 수 있는 권리가 있을 것이다. 그 여자와 살면 고급 양복도 입어보고 값비싼 식당에 가서 좋은 음식도 먹어보고 승용차도 굴려볼 수 있을 것이다. 그에게도 자신의 인생에 행복감을 느끼며 살게 해 주고 싶었다.

"당신 그 여자한테 가서 살아. 나는 그냥 애들하고 여기서 살께."

"당신 괜찮겠어?"

"괜찮아. 걱정하지 마."

"그래 고마워."

그 날 창수씨는 날개를 단 듯 가벼운 발걸음으로 출근길에 나섰다. 퇴근길에는 그 여자 집으로 달려가서 돌아오지 않을 것이다. 숙이씨는 남편을 그렇게 보내고 이불을 뒤집어쓰고 소리 없이 흐느껴 울었다. 어두워져도 저녁을 할 생각을 하지 않고 불도 켜지 않은 채 그냥 우두커니 앉아 있었다.

"여보! 아니 왜 불도 안 켜고 있어. 어디 가버렸나 하고 깜짝 놀랐잖아."

창수씨가 퇴근시간이 되자 잰걸음으로 들어왔다.

"당신 그 여자 집에 가라니까."

“내 집 두고 어디를 가. 날 내쫓으려고 작정했어?”

“당신 나 없기를 원했잖아. 그래서 그 여자에게 홀아비라고 하구.”

“그건 내가 그런 게 아니고. 하숙집 여자가 홀아비 없느냐고 하니까 동료가 농담으로 나를 홀아비라고 했는데, 그 말을 믿고 하숙집 여자가 제 동생인 정이를 내게 들이밀었잖아. 아니라고 말하지 않은 내가 잘못했어. 미안해. 한 번 실수는 병가지상사라고 하는데 용서해 주라.”

“당신 배고프겠다. 얼른 밥 할게 기다려.”

숙이씨는 콧노래라도 나오려는 것을 애써 참아가며 저녁밥 짓기에 바빴다.

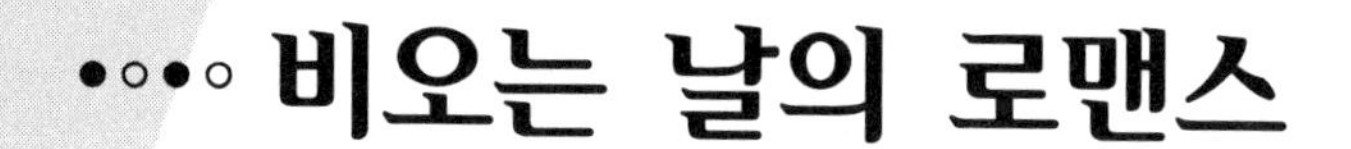

비오는 날의 로맨스

●○●○

병재가 서울에서 KTX를 타고 대전역에 내린 시간은 오후 2시였다. 비는 가을답지 않게 온종일 줄기차게 쏟아져 내렸다. 택시 승강장에는 기차에서 내리는 손님을 맞으려 택시들이 줄을 지어 있었다. 병재가 탄 택시는 공교롭게도 여자 기사였다. 여자만 보면 능수능란하게 농담을 잘 하는 병재의 기질이 잠자코 있을 리 만무하였다.

"아주 기분 좋은 날이군요?"

"무슨 좋은 일이라도 있으세요?"

"여자 기사님 차를 타게 되었으니…… 대단한 미인이십니다."

"감사합니다. 이렇게 비가 많이 오는데 사장님은 어딜 갔다 오시는 길이세요."

“아침에 서울 갔다 지금 내려오는 길이예요.”

“서울이 일일 생활권이 된지 오래 되었어요. 출퇴근을 해도 되고요.”

“교통 참 좋아졌지요.”

이렇게 시작한 이야기는 주거니 받거니 잘 이어져 갔다. 이야기가 진행되면서 그들은 생판 모르는 택시기사와 손님 사이가 아니고 오래전부터 알고 있는 친구나 애인 같다는 느낌이 들게 되었다. 짧게 커트를 한 그녀의 머리 밑으로 반쯤 드러난 귀는 무슨 예술품처럼 귀여웠고 동그스름한 얼굴에 그리 높지도 낮지도 않은 코며 양끝이 위로 올라간 얇은 입술, 옅은 오렌지색의 안경, 하얀 목덜미가 매력이 있었다. 그녀는 한 마흔 대여섯 살 정도로 보였다. 손가락이 반쯤 나온 골프 장갑을 끼고 운전을 하는 모습을 바라보고 있으니 병재는 차에서 내리기가 싫어졌다.

“집엔 다와 가고 미인 기사님을 두고 내리기는 싫어지고, 길이 끝나는데 까지 이렇게 태워주면 안 될까요?”

병재가 농담조로 그냥 해 본 말인데 의외의 반응이 왔다.

“그럴까요? 어차피 비가 많이 와서 오늘 영업은 다 틀렸고, 사장님과 데이트나 할까요?”

“좋지요. 요금은 드리리다.”

“어디로 모실까요? 좋은 곳 아시는 데 있으세요?”

“좀 멀리 갑시다. 충주나 청주나.”

“그럼 지금부터 충주로 갑니다. 사장님!”

“땡큐! 빗속에 나를 가두어 주어요.”

비오는 날 드라이브는 스릴만점이었다. 차창에 부딪치는 빗방울이 연신 물줄기가 되어 흘러내린다. 비는 어지러운 세상을 격리시키고 그녀와 그만의 공간을 만들어 주었다. 지금 택시 안에는 그 누구도, 산새 한 마리까지도 곁눈질해 볼 수가 없다. 불필요한 제 삼자의 눈길이 완전히 차단되고 오직 둘 만이 허용된 시간이 되었다. 병재는 그녀가 좋아졌다. 사랑한다는 말이 하고 싶다. 하지만 오늘 처음 만난 사람에게 어떻게 그런 말을 할 수 있을까? 할 수만 있다면 죽도록 사랑한다고 말하고 싶다. 언제나 언제까지나 헤어지지 말자고 애원하고 싶다. 그가 그렇게 단숨에 그런 감정을 느껴보기는 처음이다. 오래 짝사랑하던 첫사랑을 만나 회포를 풀어보는 그런 기분이다.

말을 타면 종을 두고 싶다는 옛말처럼 베테랑인 그녀가 노련하게 운전을 해 주니 병재는 의자에 등을 기대고 앉아서 분위기에 취해 호강을 누리며 그녀를 통째로 갖고 싶다는 엉뚱한 착각에 빠져 있었다.

병재는 그녀에 대해서 궁금한 것이 많았다. 결혼은 했는지? 아직 미혼인지? 아직 미혼이기를 바라고 싶다. 어쩌면 아이들이 있고, 남편이 두 눈을 시퍼렇게 뜨고 살아 있을지도 모른다. 아니면 남편이 죽었거나 이혼을 했을지도 모른다. 아마도 아이들과 살아가려니 생활비를 벌기위해서 택시 기사를 하고 있는 것인지도 모른다. 남편만 없다면 그녀에게 무엇이든지 해 주고 싶다. 차를 한 대 사 줄까, 아니면 서울에다 가게를 하나 내어 줄까, 재력은 넉넉하지 않지만 대출을 받고…… 무리를 해서라도 그러고 싶다. 마누라가 알면 그녀의 머리채를 휘두를 것이다. 그녀를 보호하기 위해서는 절대로 마누라가 알아서는 안 될 일이다. 마누라뿐만 아니라 친구나 아는 사람 누구라도 그녀를 알게 해서는 안 된다. 그 누구라도 안다면 그녀를 단박에 빼앗아 가버릴 것만 같다. 아니면 부정이 타서 그녀와 만나지 못하게 될 지도 모른다. 그래서 그녀와의 관계를 쥐도 새도 모르게 해야 한다고 다짐해 본다.

택시가 충주에 도착한 시간은 오후 5시가 되어갈 무렵이다. 그들은 번화가의 큰 식당에 들어가 오리 훈제요리와 두부 찜을 시켜 놓고 소주 두 병을 비웠다. 그녀는 술을 잘 마셨다. 카바레에 들어가 춤을 추었다. 그녀의 얼굴이 병재의 얼굴 앞에 정면으로 바짝 다가와 있다. 눈과 코가 닿을 듯, 입술이 닿을 듯, 키 높이가 같았다. 병재는 연신 몸을 밀착시켜서 그녀의 몸을 안으며 사랑하고 싶다고 속삭였다. 그녀는 엷게 미소를 지으며 팔랑팔랑 가볍게 춤을 추었다. 카바레서 나와 또 술을 마셨다. 여자가 어찌나 술을 잘 마시든지 여자에게 지지 않으려고 마셔대던 병재는 그만 술에 취해서 몸을 가누기 힘들어졌다.

병재가 눈을 떴을 때는 아침이었다. 병재는 낯선 모텔에 덩그러니 혼자 있었다. 도대체 어떻게 해서 모텔로 오게 되었는지 도무지 기억이 없다. 아무리 기억을 짜내려 해도 술집에서 그녀와 술을 마신 것 외에는 생각나는 것이 없다. 병재의 필름이 완전이 끊어져버린 상태다. 방안을 둘러보니 옷걸이에는 양복과 와이셔츠 넥타이가 얌전하게 걸려있다. 병재 자신이 걸어놓은 것이라면 그렇게 잘 펴져 있을 리가 없다. 더구나 그는 사각팬티 하나만 입고 이불 속에 있다. 그럼 그녀가 옷을 벗겼단 말인가? 팬티만 입은 그의 알몸을 낯선 여자에게 다 보여 주었단 말인가? 병재는 꿈 생각이 났다. 어머니의 곁에서 어머니의 젖무덤을 만지며 자고 있다가, 어머니가 초등학교 졸업반의 짝꿍으로 변했다. 그는 짝꿍하고 진한 키스를 했다. 그런데 짝꿍은 어디로 가 버리고 그 자리엔 딸애가 있었다. 병재는 딸애에게 팔베개를 해주었다. 술에 취해 인사불성인 그의 뇌에서는 그 여자를 어머니로, 짝꿍으로, 딸애로 인식한 것이다. 낯선 여자에게서 거리낌이나 거부감을 느낄 수 없을 만치 그저 편안했었나 보다.

병재는 일어나 양복 안주머니에서 지갑을 확인했다. 카드도 돈도 고스란히 다 있었다. 어제 저녁 밥값을 낸 영수증 하나, 그 후로는 그 여자가 다 계산을 했나보다. 침대를 바라보니 베개가 둘이다. 그 여자가 옆에서 자고 간 흔적이 보였다. 병재는 서둘러 옷을 입고 나왔다.

"어제 제가 어떻게 여기 들어오게 되었나요?"

모텔 주인에게 물었다.

"여자 분이 부축을 해서 오셨는데요."

"그럼 그 여자는 언제 나갔나요?"

"새벽에 방 값을 계산하고 나가던데요."

병재는 어제 택시를 세워둔 곳을 가 봐도 이미 택시는 사라지고 없다. 비오는 날 도깨비한테 홀린 꼴이다. 이럴 줄 알았으면 택시 번호라고 적어둘 것을, 여자의 이름이라도 눈여겨보아 둘 것을, 이제 그 여자를 어떻게 찾는단 말인가? 낯선 곳에 홀로 남겨진 병재는 갑자기 쓸쓸해 졌다. 병재는 그 여자가 보고 싶었다. 망할 놈의 여자, 그렇게 가 버릴게 무어람, 태워다 주었으면 요금이라도 줄 텐데, 술값이라도 낼 것을, 그녀에게 아무것도 도움이 되어 주지 못하고 신세만 진 것이 마음에 걸렸다.

병재는 우두커니 서서 하늘을 바라보았다. 그렇게도 억수로 쏟아지던 비는 언제 왔었냐는 듯 맑게 갠 하늘이며, 먼지와 때를 깨끗이 씻어낸 가로수의 단풍이 한껏 산뜻하다. 그녀는 한 줄기 바람이었단 말인가? 향기로운 바람으로 다가와서 병재의 가슴에 달콤한 꿈을 풀어놓고는 흔적도 없이 사라져 버렸다. 그 바람은 이미 태평양 저 너머로 날아가 버렸다. 병재는 울고 싶은 심정이다.

병재는 주머니에서 핸드폰을 꺼냈다. 전화기가 꺼져 있는 상태다.

그 여자가 전화기를 꺼 놓은 모양이다. 전화기를 살려 음성녹음을 켜니 마누라의 앙칼진 쇳소리가 들렸다.

"이놈의 인간 어디서 뭘 하고 있는 거야, 전화 안 하면 죽을 줄 알아."

귓전을 째는 듯 한 마누라의 목소리에 병재는 가슴이 오그라들었다. 어쩐다, 이제 어쩐다. 삼년 전이었던가, 술에 취하여 친구 집에서 자고 들어갔을 때 마누라가 달려들어 손톱으로 얼굴을 긁었었다. 그 손톱자국이 흉터가 되어 지금도 선연하게 남아있다. 그 뒤로는 감히 외박을 할 엄두도 못 냈었다. 병재는 집에 들어가기가 싫어졌다. 병재를 보면 잡아먹으려고 달려들 마누라가 무서워졌다. 이참에 아주 멀리 도망쳐 버릴까도 생각해 봤다. 한 달만 버티고 있으면 마누라의 기가 팍 꺾여 버릴지도 모른다. 세상에 독해도 어쩌면 그렇게까지 독한 여자가 있을까? 남편의 머리끄덩이를 잡고 패악을 치는 여자는 세상에 제 마누라밖에 누가 또 있을까 싶다.

병재는 전화기를 꺼 버리고 다시 서울로 올라갔다. 친구 수철에게로 가서 마누라한테 전화를 좀 해달라고 하기 위해서다. 술에 취하여 수철네 집에서 잤고, 전화는 배터리가 다 됐다고 변명을 할 참이다. 마누라가 노발대발하면 아예 집에 가지 않겠다고 으름장을 놓을 참이다.

그때 병재는 위기는 잘 넘겼지만 비만 오면 그 여자가 생각났다.

●○●○ 헌체(獻體)

●○●○

후드득 후드득 초겨울 비가 을씨년스럽게 뿌려대던 날 아침, 한 남자가 죽었다. 길거리 모퉁이에서 술에 잔뜩 취한 채로 커다란 벌레처럼 오그리고 죽어 있었다. 알코올 중독으로 걸음도 잘 못 걸었고 흙먼지로 뿌연 얼굴과 머리털, 빨건 눈을 하고는 누구든지 좀 안다 싶으면 술을 사 달라고 통사정을 하더니만 드디어 주독을 이기지 못하고 숨이 끊겼다.

경찰이 호주머니를 뒤져봤지만 신분증은 물론 주소 한 장 없었다. 다만 아들 민수에게

"민수야 아비가 죄가 크다. 너는 아무쪼록 잘 살아야 한다."

라고 쓴 유서인지 편지인지 모를 쪽지 한 장밖에는……

연고자를 찾을 수 없어 고심하던 경찰은 민수 아비를 대학병원으로 옮겼다. 그 뒤 신문과 방송에서 몇 차례 연고자를 찾는 보도가 나왔지만 있을 리가 없다. 마누라는 벌써 십년 전에 집을 나가 선창가 술집으로 떠도는 작부가 되었고, 일곱 살 때 내버린 아들은 아마 지금은 열일곱 살이 되었을 테지만 어디에 가서 살았는지 죽었는지 행방조차 알 수 없고, 그 아래로 딸 하나는 외갓집에서 크고 있으나 열 두어 살 된 어린 딸이 아비의 시신을 찾아 장례를 지낼 능력은 전혀 없었다. 보험금이나 몇 천만 원 붙었다면 장인 장모가 손자 딸을 앞세우고 나타나겠지만 땡전 한 푼 없는 알거지 시체를 누가 거두어 주겠는가.

대학병원으로 실려 온 민수 아비는 곧바로 영안실로 들어갔다. 영안실 안은 얼음이 얼 정도로 추웠다. 영안실엔 하루에도 여러 차례 시체가 들어오고 나갔지만, 한 달이 넘도록 그대로 방치되어 있는 민수 아비의 시체는 문젯거리였다. 그로 인하여 병원에서는 간부 회의가 열렸다. 경찰에게 되돌려 주자는 의견과 실험용으로 쓰자는 의견으로 모아졌으나, 해부학 주임교수는 본인이나 가족의 허락이 없는 무연고 시체를 실험용으로 쓸 수가 없다고 완강히 거부했다. 살았을 때 헌체(獻體)등록을 했다든지, 헌체를 하겠다는 유서가 없는 한 남의 시신에 함부로 칼을 댈 수가 없다는 것이었다.

요즈음은 헌체 운동이 확산되어 사후에 자신의 육신을 의과대학에 기증하겠다고 사업가, 정치인, 주부 등 수많은 사람들이 등록을 해 놓고 있는 실정이며, 그들은 죽은 뒤에 의학발전을 위해서, 훌륭한 의사의 탄생을 위해서 자신의 육신을 연구자료로 써 달라는 것뿐만 아니라 불의의 사고를 당하여 죽을 수밖에 없을 경우에는 눈의 각막이나, 콩팥 같은 장기를 필요한 사람에게 기증하기도 한다는 것이다.

허나 민수 아비의 시체는 어쩔 수 없이 갈 곳이 없어 들어온 것뿐이고, 그러한 숭고한 뜻이 담겨져 있지도 않으며, 헌체등록이 되어 있는 것도 아니어서 시신은 마음대로 해부 할 수도 없다는 것이다.

해부학 장교수가 점심 식사를 마치고 의자에 기댄 채 잠깐 잠이 들었을 때였다. 어떤 남루한 옷을 걸친 사나이가 문을 열더니 고개를 숙여 정중히 인사를 하고는

"제 몸을 실험용으로 써 주세요."

하고는 도장을 찍은 헌체 등록증을 내밀고 사라졌다. 꿈을 깬 장교수는 서둘러 민수 아비의 시신을 영안실에서 꺼내오라 했다. 그리고는 시체의 더러운 옷을 벗겨 내고 흙먼지로 누적이 된 피부를 말끔히 닦아서는 부패방지약품인 포르말린, 글리세린, 페놀 등을 적절히 혼합하여 혈관 속으로도 주입시키고 온몸의 살갗에도 흠뻑 적신 광목으로 둘러싸서 서랍장에 넣었다. 옷을 입히지 않고 광목으로 두르는 것은 실험을 할 때 풀어내기 쉽게 하기 위해서이다. 민수 아비의 좌측 서랍장에는 화장을 은은하게 한 젊은 미녀가 있었고, 우측

에는 의학박사를 지냈다는 한 노인의 시체가 있었다.

민수 아비는 그곳에서 살아서는 누리지 못했던 행복도 느꼈다. 마누라가 나간 뒤로는 여자 곁에 한 번도 가보지 못했었는데, 웬 젊은 여자가 곁에 있고, 술만 있으면 더 바랄 것이 없이 술을 좋아하다가 온몸에 알코올을 잔뜩 적셔 놨으니 술독에 빠진 셈이고, 또 옆에는 학식 높은 박사가 있으니 자주 식견 있는 얘기도 해 줄 것이고, 그래서 개발되지 못한 돌대가리가 조금씩 느끼고 깨치는 바가 있을 테고, 또 하나, 집 없이 떠돌다가 눈비를 맞지 않아도 되고, 살아서는 몸이 아파도 병원 한 번 못 가다가 원 없이 병원에서 지내게 되었으니 오죽이나 좋겠는가.

해부제(解剖祭)를 지내는 날이 왔다. 해부에 들어가기 전에 시체의 영혼을 위로하기 위한 제사로 떡과 고기와 과일을 정갈하게 차려 놓고 향불을 피우고 술잔을 올렸다.

"당신께서 기증하신 육신으로 우리는 지금 훌륭한 의사를 양성하기 위하여 당신의 육신을 해부하겠나이다. 고귀한 육신을 기증하신 당신의 유지(有志)를 받들어 앞으로 더욱 열심히 학문을 갈고 닦아 보다 훌륭한 의사를 기르도록 노력하겠나이다."

축문과 함께 장교수의 정중한 절도 받았다. 참 얼마나 오랜만에 받아 보는 음식이던가? 민수 아비의 혼은 술로 목부터 축이고 나서 바짝 마른 위장에다가 기갈이 들린 사람처럼 음식을 먹어 치웠다.

민수 아비가 상을 물렸을 때 쯤 장교수의 지시에 따라 인턴들이 둘러서서 예리한 칼로 머리부터 가르기 시작했다. 인턴들은 약솜으로 머리를 닦아주면서 무작정 술만 들이마시라는 뇌파밖에 보낼 줄 몰랐던, 레퍼토리가 그것밖에 저장된 것이 없는 민수 아비의 좌뇌 우뇌를 쪼개어 관찰해 나갔다. 그러면서 박사의 뇌와 어디가 다른가를 비교 검토해 갔다. 그들의 뇌는 비교연구 대상이 되었다. 발전하지 못한 뇌와 발전한 뇌로.

박사의 뇌는 호두 속같이 울룩불룩한 세포 집합체에 주름이 많아 잔뜩 늙어 있는 모양새도 신경망이 고도로 발달한 통신 시스템처럼 복잡했고, 백억 개가 넘는다는 신경원이 한 곳도 손상됨이 없는 것으로 보아 그의 뇌는 늘 깨어 있었으며, 저장된 프로그램이 상상할 수 없을 만큼 많았다. 그러나 민수 아비는 마치 진화되지 않은 뇌처럼 두개골의 모양은 인간의 형태를 갖추었지만 신경원이라든가 세포 집합체가 빈약하고 단순해 마치 침팬지의 뇌와 비슷한 모양이었다. 그의 개발되지 않은 뇌에서는 그저 배가 고프다든지, 몸이 춥다든지, 매운탕을 한 그릇 먹고 싶다든지, 배설을 하고 싶다든지, 하는 극히 생명의 원초적인 몇 줄의 전파만을 사용했을 뿐이었다. 다음으로는 빨갛게 충혈 되어 있는 눈을 해부했다. 먼저 7개의 두개골이 합쳐서 깊숙이 두개강 내로 함몰되어 생긴 안와 내에 들어 있는, 직경이 약 2.5cm 정도의 앞쪽이 약간 둥근 안구를 들어내어 특수 전자현미경으로 관찰했다. 민수 아비의 눈은 원추세포가 녹아 있었고, 시상하부로 가는 정보통로 수신 중계소가 폐허처럼 되어 있었다.

"그랬군유. 어쩐지 눈앞이 안개 속에 덮인 것 같었지유. 하지만 차라리 그게 더 뱃속이 편하다고 느꼈지유. 성한 눈으로는 바라볼 수 없는 세상이었으니께유."

민수 아비의 혼이 혼자 중얼거렸다. 건강한 사람의 눈은 눈의 각막이 투명해 광선을 받아들이는 창문 역할을 하고, 광선은 각막 수정체를 지나면서 굴절되어 망막에 상을 맺게 하며, 망막의 시각 수용기를 흥분케 하고, 그 흥분은 시신경을 거쳐 대뇌에 투사되어 시각으로 전달된다. 무려 1백 20만개나 되는 시신경 다발이 분포되어 이것이 모양과 색깔을 구분하여 물체를 사실적으로 인식시켜 준다. 눈물은 언제나 각막을 촉촉하게 하여 안구와 안검운동에서 윤활제 역할을 하며 살균성이 있어 이물질을 씻어 낸다. 또 눈꺼풀은 괄약근의 일종인 안검근이 있어 안검을 수직적으로 개폐할 수 있게 하는데 어떤 물체가 갑자기 안구에 가까이 올 때는 반사적으로 안검을 닫게 한다. 이는 안구에서 광선 자극으로 생긴 흥분이 뇌에 가서 반사중추를 거쳐 안검근에 이르러 일어나는 반작용이라 한다. 그러나 민수 아비의 눈의 각막은 녹이 쓴 창틀에 먼지 낀 창문을 연상케 했다.

코를 벌려 놓고 후각기관에 대하여, 혀를 꺼내 놓고는 미각기관에 대하여 강의가 진행되었다. 사람은 대개 2,000내지 4,000종의 다른 냄새를 식별할 수 있는 능력을 갖고 있다고 했다. 후각 식별의 생리적 기초는 잘 알려져있지 않으며, 많은 학자들이 후각 수용기를 여러 기본적 형태로 분류하였으나 성공을 거두지 못했다고도 했다. 냄새가 나는 방향의 식별은 두 콧구멍 속에 후각 물질 분자가 도달하는 시간의 미묘한 차이에 의하여 결정된다고 했다. 또 후각은 일반적으로 남자보다 여자가 더 정확하며, 특히 여성의 배란 시기에는 후각이 더 정확해진다고 했다. 동물 중에는 후각과 성기능 사이에 밀접한 관계가 있어, 암컷의 발정기 때는 암내를 풍기는 것도 있다고 했다.

"내 코는 아직 냄새를 맡는 데는 귀신이니께유. 음식 냄새는 백발백중이거든유. 어떤 집에서 해물탕이 끓는지, 북어국이 끓는지, 선지국이 끓는지 다 알았지유. 그놈의 냄새 때문에 빈속은 더욱 쓰리고 아프고 위장은 자꾸 무엇이라도 달라고 울부짖으며 보채다가 목젖이라도 떨어져 들어오길 간절히 고대했지만 야속하게도 목젖은 떨어져 들어오질 않더라구유."

민수 아비가 너절너절 이야기를 늘어놓았다. 목을 벌려 놓았을 때는 그토록 신기할 수가 없었다. 갑상연골, 후두, 기관지가 모두 드러났다. 기관지는 오랜 흡연으로 인해 무너진 굴뚝처럼 막혀 있었지만, 기관지를 앞쪽으로 싸고 있는 갑상선은 나비 모양을 하고 있었다. 그러니까 목이 안으로 나비넥타이를 달고 있는 형국이었다. 겉으로는 넥타이 한 번 매어 본적 없는 민수 아비였지만 안으로는 나비넥타이를 매고 있는 신사였다. 그러나 그 나비넥타이라고 온전하겠는가? 남루하고 초라하기 이를 데가 없었다. 나비넥타이의 기능이 계속적으로 저하되면 정신적으로 둔감하고 무력해지며, 심장 박동이 느리고, 피부 온도가 내려가 싸늘하게 차지고, 피부가 건조해지며, 전신이 푸석푸석하게 부어오른다는 것이다. 또 반대로 기능이 항진되면 피부가 붉게 달아오르고, 땀이 나고 축축해지며, 심장 박동이 빨라지며, 감정이 불안전하게 되고, 안구가 돌출하는 현상이 일어난다는 것이다. 눈이 개구리눈처럼 불룩 나온다고도 했다. 이것을 안구 돌출성 갑상선종이라고 한다는 것이다. 저하되어도 안 되고 항진되어도 안 되는 나비넥타이는 매우 중요한 역할을 하고 있는 것이다.

기능이 떨어져 있는 것이 어디 나비넥타이 뿐이랴. 민수 아비의 간은 썩어 흐느적거렸으며 위장은 꽈리처럼 불어나 터지고 헤어지고 창자는 술에 절인 장아찌 같았다. 다만 뒤늦게까지 작동을 쉽게 멈추려 하지 않았던 심장만은 튼튼해 민수 아비가 발끝에서부터 감각이 없어져 올라와 다리와 팔이 죽고 몸이 죽고 뇌가 죽고도 마지막까지 자동 펌프질을 늦추려 하지 않다가 그도 어쩔 수 없어 서서히 꺼져 갔다.

좌 · 우폐 사이, 즉 종격안, 횡경막 위에 얹혀 제 3~6 늑연골 사이에 위치하여 있는 민수 아비의 심장을 떼 내어 자로 재어 보고 저울 위에 올려놓았다. 좌심방, 우심방, 좌심실, 우심실의 2방 2실로 좌관상동맥과 우관상동맥이 나무뿌리처럼 뻗어 있는 심장의 길이는 약 12cm, 무게는 230g이 나갔다. 민수 아비의 주먹보다는 약간 큰 편이었다. 심방이나 심실은 마치 근육 섬유로 구성된 주머니와 같은 구조를 하고 있었다. 이 작은 주머니가 혈액을 박출하여 동맥을 통해 내보내고 정맥을 통해 들어오게 하는데, 동맥계는 가장 굵은 대동맥에서 시작되어 점점 가지를 치며 가늘어져 동맥, 세동맥이 되어 모세혈관으로 연결되고, 정맥계는 모세혈관에서 시작되어 세정맥이 되었다가 정맥, 대정맥이 되어 되돌아오게 된다는 것이다. 살아있는 사람의 심장은 매분 70~80회 박동하며 혈액을 계속 순환시키기 위하여 활동 전압이 일정한 주기를 가지고 발생되어 귀를 대고 들어본다든지 청진기로 들어보면 "둡-탑" 혹은 "뚜-ㄱ 탑" 하는 소리가 들린다. 심음은 혈액의 와동(渦動)으로 혈관벽을 진동하여 나는 소리다.

이 심장이라는 모터는 자동장치로 외부의 지시가 없이 제 스스로 움직이도록 만들어져 이변(심근경색)이 일어나지 않는 한, 심장을 적출 모든 신경을 절단하여도 박동을 계속하며, 심지어는 심근을 토막내어 생리 식염수에 넣어 보아도 율동적으로 수축을 한다는 것이다. 그래서 민수 아비의 심장이 몸이 죽고 난 뒤에까지도 쉽게 꺼지려하지 않았던 것이다. 또 하체에 달려 있는 생식기는 마른 번데기 모양 바짝 오그라져 붙었고, 남성 호르몬의 원산지였던 그의 고환은 그 기능을 잃어버린 지 오래였으면서도 참새 알만한 알 두개를 꾸준히 매달고 있었고, 윤기 없이 앙상한 흑갈색 털 몇 개가 정말 볼품없이 붙어 있었다. 장교수가 핀셋으로 그것을 관찰해 보며,

"그래 물건이 이 모양이니까 마누라가 도망을 갔지." 하자.

"그래도 아들 낳고 딸도 낳은 걸 보면 한창 때는 그런 데로 써먹을만 했던 모양이지요?"

옆에 있던 인턴이 말했다.

"여자가 먼저 끝날 때까지 연장을 하고 있으면 아들을 낳고 남자가 먼저 끝나면 딸을 낳는다잖아."

"남자가 강하면 아들을 낳고 여자가 강하면 딸을 낳는다던데요?"

"그게 그 소리지 뭐, 양쪽 부모로부터 X염색체를 받은 태아는 여성이 되고, 모로부터 X, 부로부터 Y염색체를 받은 태아는 남성이 된다는 거지. 그러니까 남자가 강하면 Y염색체, 약하면 X 염색체가 형성된다는 거지"

"그럼 아들 낳고 딸을 낳는 것은 조절만 하면 문제가 아니네요?"

"그것 조절하기가 마음대로 되는 줄 알아. 5분 타임, 10분 타임 그게 다 체질이야. 조루증이 있는 사람은 그것을 치료하기가 여간 힘든 게 아니지."

민수 아비의 생식기를 검사하면서 나누는 말이었다. 지금은 물건

이 그렇게 볼품없이 오그라들었지만 민수 아비가 술을 먹고 떠들어 대든 소리에 의하면 반죽을 기가 막히게 잘 한다는 것이었다. 그래서 왕자처럼 잘난 아들도 만들었고, 미스코리아 같은 딸도 만들었다는 것이다.

어쨌든 그것을 어떻게 썼는지는 의학적으로도 판단이 안 되고 죽은 민수 아비 자신만이 아는 일이며, 판단이 되든 안 되든 그것은 문제가 되지 않았다. 잘 했든 못 했든 전혀 상관할 일이 아니었다. 색을 못 쓰고 죽은 사람들, 몹시 하고 싶었는데 못하고 죽은 사람들은 대부분 그것이 새까맣게 탄 것처럼 되어 있다는 것이 통상적인 예이다. 오랜 동안 수도를 하던 스님의 것은 까맣게 타지 않았으며, 스님의 몸에서 필요 없이 달려 다니던 그것은 숭고하기까지 하다는 것이다. 어쩌다가 몹시 보채다가도 참을 줄 알고, 인내를 가지고 극복할 줄 알고, 제 기능을 못해도 얌전히 죽은 듯이 있는 듯 없는 듯 그 존재를 알리지 않고 살아온 스님의 생식기 앞에서는 숙연해지기까지 한다는 것이다.

의학적으로 분석해 보면 생식기는 하나의 배출구일 뿐이다. 자손을 퍼트리는 역할을 하는 도구이면서 오줌을 배출하는 도구를 겸하고 있는 것이다. 사람의 씨와, 오줌이 그 통로를 통해서 나오는 것이다. 부끄러울 것도 수치스러울 것도 없는 몸의 일부분일 뿐이다. 그 생김새가 좀 별나게 생겼고, 발작을 하고, 때로는 분수를 모르고 부당한 것을 넘보기도 하지만, 민수 아비의 생식기는 십 년 동안 부당한 것을 생각해 본적이 없고 오직 오줌을 누는 일만 맡았다. 그의 뇌에서는 이미 성교라는 것은 불가능하다는 것을 인지하고 성호르몬을 만드는 일을 중단시켰으며, 그에 관하여서는 일체 뇌파를 발산하지 않았기 때문에 생식기의 교감신경이 뇌와의 연결에서 차단되어 폐쇄되었던 것이다. 그러니 오그라들고 쪼그라들 수밖에.

인체는 한없이 신비스러운 존재이다. 갑상선으로 나비넥타이를 매고 있질 않나 냄새를 구별하고 맛을 느끼며, 외부로부터 끊임없이 정보를 입수하고, 자신의 의사를 표출하고, 기쁨과 슬픔과 아픔을 느끼며, 또 혈액이 일시에 몰려들어 남근을 일으켜 세우기도 하는 등, 사람의 몸 안에서 가히 신(神)의 조화가 일어나고 있는 것이다. 그렇다. 사람마다 신이 하나씩 들어가 살아가고 있다. 그 신이 형편없는 저질이냐, 아니면 그래도 괜찮은 차원이 있느냐, 하는 차이에서 모든 행동이 이루어지고 있을 뿐이다. 그러다가 몸이 못쓰게 되면 신은 몸을 빠져 나오는 것이다. 지금 민수 아비처럼 신이 빠져 나온 몸은 아무리 자르고 쪼개고 별짓을 다해도 아픔을 모른다. 신이 쓰다가 버린 한 낱 쓰레기일 뿐이다.

허나 민수 아비의 시체는 금방 버려지는 쓰레기가 아니다. 수많은 의대생들이 수술 실습용으로도 쓰고, 뼈는 어디에서 어떻게 이어지고, 신경 분포는 어느 지점에서 어떤 모양으로 가지를 치는지 살펴

보고, 때로는 다리를 떼어 간호과 학생들의 침대 곁에 놓고 잠을 자는 담력 훈련용으로도 쓰이는가 하면, 신체의 이곳저곳이 실험용 기초 자료로 지대한 공헌을 하고 있었다. 그래서 살아서는 덕을 쌓거나 좋은 일을 못했지만 죽어서는 한 몫 톡톡히 좋은 일을 하고 있는 셈이었다.

민수 아비는 그 구차하던 몸을 그 때부터 실험실에 맡겨 두고 혼으로 돌아다녔다. 하루는 박사 혼을 따라서 납골당에 가 보았다. 병원에서 좀 떨어져 있는 나지막한 동산에 소나무 숲이 우거지고 '헌 체 위 령 비'라고 새겨진 비가 있었다. 납골당은 프랑스식 양옥으로 비둘기 집처럼 아담하게 장식되어 있었다. 입구에는 "헌체를 하고 가신 숭고한 영령들이여 부디 천국에서 영생을 누리시옵소서." 라는 글귀가 있었고, 칸칸이 화려한 조화로 장식되어 마치 영혼의 호텔이나 궁전 같았다. 그들은 모두 일 년 동안의 실험을 마치고 화장되어 이곳에 안치된 것이라 했다. 영혼들은 깊이 잠들어 있는가 하면 몇몇은 두런두런 얘기를 나누기도 하고, 어떤 이는 사진첩을 들척이며 살았을 때의 추억을 회상하기도 했다. 민수 아비도 앞으로 실험을 마치고 나면 이곳에 안치되고 또 해마다 한 번씩 위령제도 지내준다고 했다. 민수 아비는 허리를 굽혀 묵념을 하고 병원으로 돌아왔다.

민수 아비는 병원에서 열심히 일을 했다. 정문을 지키는 수위 노릇을 하다가, 마당을 쓰는 청소부도 하다가, 담배꽁초도 줍고, 아무리 주어도 주어도 민수 아비가 하는 일은 돌아서면 그대로다. 마당을 열두 번 쓸어도 한 번도 쓴 자국이 없다. 그래도 게으름을 피우지 않았다. 식사 때가 되면 환자들의 식사를 제공하는 식당으로 가 먹다 남은 것이라도 얻어먹으려 한쪽 구석에 서서 기다리고 있다가 굶고 돌아서기가 일쑤였다. 사람들이 모른다고 염치 불구하고 아무것이나 퍼 놓은 밥을 먹을 수는 없었다.

여자 혼은 언제나 의사들만 먹는 의사 전용 식당으로 갔다. 그곳엔 날마다 진수성찬이 차려졌다. 여자는 그곳에서 과장의 밥도 슬쩍 먹고 부장의 밥도 먹었다. 아무리 먹어도 밥은 표가 나지 않았으니 누구 하나 알아채는 사람이 없었다. 그리고는 주로 직업이 소프라노 가수였다고 노래를 소리 높여 부르고, 피아노도 치고, 발레인지 뭔지 하는 춤도 추면서 민수 아비를 경이롭게 했다. 민수 아비는 박사를 따라서 수술실을 마음대로 구경하게 되었다. 날마다 별의별 수술이 다 진행되었는데, 박사는 줄곧 수술실에서 수술하는 것을 학생들에게 열심히 설명했다. 그러나 그 의학용어를 민수 아비는 도무지 알아들을 수가 없었다. 어떤 환자는 가슴에서 하복부까지 길게 열어 놓고 내장을 차례로 꺼내 소독수에다가 씻어서는 다시 붙이느라 무려 열두 시간이라는 긴 시간을 실랑이를 벌리기도 했다. 물론 의사들은 식사도 거르고 땀을 비 오듯 쏟으며 실수하지 않으려고 숨도 크게 쉬지 못하였다. 한 생명을 살리느냐 죽이느냐의 기로에서 수술이 끝난 뒤에도 상태를 지켜보느라 판정이 날 때까지 자리를 뜨지 못하고 밤을 새기도 하였다.

누가 의사를 화려한 직업이라고 하는가? 그들은 늘 고름이며, 피며, 오줌이며, 비위 상하고 구역질나는 것들을 떡 주무르듯이 주무르면서 가장 중대한 인간 생명을 다루는 정신적 육체적 중노동을 하고 있는데도.

병원의 복도에는 해골처럼 마른 환자들이 침대에 누운 채로 밀려다녔고, 교통사고로 팔 다리를 잘린 눈뜨고는 볼 수 없을 만치 처참한 환자도 있었다. 민수 아비는 환자의 뒤를 따라다니며 넘어지려 할 때는 잡아 주고, 높은 곳을 못 올라가는 휠체어를 밀어주곤 하였다. 그러면 그들은 넘어지려 하다가도 간신히 붙들고 미끄러지다가도 가까스로 올라갔다.

민수 아비는 환자의 뒤를 따라가다가 환자의 보호자가 속으로는 어서 죽기를 바라면서 겉으로만 걱정스러운 척 슬픈 얼굴을 짓고 있는 교활한 사내를 발견하였다. 그래서 그만 주먹으로 거짓말하는 사내의 가슴을 순식간에 올려쳤다. 그는 가슴이 아프다고 웅크리고 앉았다. 민수 아비는 본래 거짓말하는 꼴을 보면 못 참는 성미가 있었다. 민수 아비는 인간들이 거짓말을 얼마나 하는가 관찰을 하고 싶어서 대기실에서, 입원실에서 무슨 말들을 하는지 들어 보다가 거짓말을 하면 상을 찌푸리고 주먹으로 치기도 하면서, 쓰레기를 아무데나 버린다고 욕도 하였다.

민수 아비는 병원에서 그렇게 지내다가 불현듯 마누라를 찾아보고 싶었다. 이승에 남아서 살아가고 있을 마누라가 어떤 모습을 하고 있는지 보고 싶었다. 마누라를 찾아보러 길을 떠나려 하자 박사가 신신당부를 했다. 마누라를 찾았을 때 다른 남자와 살고 있더라도 진심으로 행복을 빌어 주라는 것이다.

민수 아비는 기차를 타고 버스를 타고 때로는 바람같이 날아다니며 샅샅이 찾아다니다가 목포 어느 술집에서 머리에 노랑물을 들이고 서양 도깨비처럼 하고 있는 마누라를 발견하였다. 얼마나 미워했던 여편네였던가? 하지만 오랜만에 만나니 우선 반가운 마음부터 솟았다. 민수 아비는 곁에 가서 손도 만지고 무릎도 만져 보며,

"왜 여기 있는 겨, 얼마나 찾았다구. 그래 건강은 괜찮은 겨?"

민수 아비는 마누라의 곁에서 떠날 줄을 몰랐다. 화장실을 갈 때도 따라가고, 고스톱을 치면 돈을 모조리 몰아 마누라의 치마폭 속에 넣어 주었다. 술집에는 사내들이 모여 들었다. 계집이 인물 하나는 번드르르하게 생긴 터라 남자들이 모이는 듯싶었다. 사실 민수 아비도 그 얼굴에 반해서 꽁무니를 따라다니다가 겨우 골대에 골을 넣었던 것이다. 그리고 민수 아비의 신혼생활은 한 동안 행복했었다. 마누라가 사치, 낭비가 심해 돈을 써 대다가 유산으로 물려받은 몇 마지기의 땅이 빚으로 넘어 갔을 때도 손찌검 한 번 안했다. 민수

아비가 아파트 경비원으로 있을 때 아침에 들어가면 이튿날 아침에야 나오는 곱빼기 근무를 하는 사이 마누라는 노상 서울, 대전, 부산, 찍고 하는 교습소에서 살았고, 날마다 미장원에 가 무슨 장관 부인이나 되는 양 폼을 재고 앉아서 제 손가락에 다이아가 얼마짜리라고 뻬기다가 살던 아파트까지 잡혀 먹고 행방을 감추어 버렸다. 혹시 처갓집에 있는가 하고 가 봤더니 오히려 처남들이 달려들어 제 누이동생을 찾아내라고 야단법석을 떨었다. 그래, 거기까지는 좋았다.

집에 돌아와 어린 딸에게 우유를 먹이며 얼마간을 지냈을 때 아파트를 비우라는 빨간 딱지가 붙었고, 곧 이어 살림살이가 모두 길바닥에 나뒹굴게 되었다. 민수 아비가 손수레를 하나 얻어 어린 딸을 눕히고 장사를 하면서도 어딘가에 있을 마누라를 찾아 헤맸다. 속에서는 끓어오르는 화를 이기지 못해 소주병을 옆구리에 차고 물마시듯이 들이켰다. 아이들을 다 죽이게 생겼다. 장모를 찾아가 통사정을 해 맡겨 놓았지만 양육비를 대주지 않는다고 민수를 그만 내쫓아 버렸던 것이다. 그렇게 집안은 풍비박산이 나고 민수 아비는 날마다 위장에다 소주를 도랑물처럼 부어 댔던 것이다.

민수 아비가 술집에서 사흘째 머물고 있을 때였다. 어느 놈팡이가 마누라를 차에 태우고 드라이브를 나갔다. 그러더니 차안에서 한바탕 벌리는 것이 아닌가. 피가 거꾸로 솟았다. 그들이 일을 끝내고 돌아오려 할 때 그만 핸들을 꺾어 차를 도랑으로 밀어 버렸다. 그

바람에 얼굴이 찍히고 멍이 들고 난리가 났다. 여편네는 또 차에 찍히고 멍이든 곳이 채 낫지도 않은 얼굴을 가지고도 어떤 얼빠진 놈과 보트를 타고 물놀이를 하는 게 아닌가. 민수 아비는 그 보트를 엎어 연놈을 그냥 물속에다가 빠뜨려 버렸다. 그래서 연놈은 물에 빠진 쥐새끼 모양을 해 가지고 나왔다. 민수 아비는 재미있어 껄껄 웃어대었다.

"이 얼빠진 여편네야 한 사내를 얻어서 남의 자식이라도 잘 돌보며 얌전하게 살아야지. 이게 뭔 꼴인 겨."

민수 아비는 이제 마누라가 어떻게 살든지 말든지 내버려두고 민수나 찾아보려 그 자리를 떠났다. 전국 방방곡곡을 헤매어 소년원 한쪽 구석에 웅크리고 앉아 있는 민수를 발견했다. 울음이 울컥울컥 솟아올랐다.

"민수야 아비다. 아비가 왔다. 너를 찾지 못하고 아비 노릇도 못하고 얼마나 고생이 많았느냐? 그래 이런 곳은 왜 들어 왔어?"

민수를 끌어안고 얼굴을 비비고 머리를 쓰다듬으며 울어대어도 그 놈은 냉정하기만 하다.

"왜 도둑질을 했어 이놈아! 빌어먹어도 정직하게 살아야지. 어이구, 이놈아."

나무라기도 하고 달래도 보고 꿈속에 나타나 보아도 그 놈은 반응을 보이지 않았다. 소귀에 경을 읽어도 그 보다는 나을 것이다. 이미 그 애의 머릿속에는 아비라는 존재가 잊힌 지 오래여서 염두에도 없었다. 잘 키우지 못하고 도둑놈이 되게 한 죄책감에 괴로워하며 민수 아비는 시름없이 병원으로 되돌아왔다.

병원에서는 행사가 거행되고 있었다. 박사와 여자와 민수 아비의 시체를 그동안 몸에 묻어 있던 약품을 모조리 다 닦아 내고는 향 물로 씻은 다음 입에는 쌀 몇 알을 물리고 명주 수의를 입히고 보선도 신겼다. 그리고는 엄숙히 발인제도 지내는 것이다. 시체를 실은 차는 서서히 움직여 화장터로 향했다. 비로소 한 많은 이 세상을 살았던 몸 쓰레기를 소각 처분하게 된 것이다. 검은 연기가 굴뚝이 메어지도록 솟아오르더니 한 줌의 재가 되었다. 허망하기 짝이 없었다.

박사가 옆에서 타일렀다. 아무것에도 미련을 두지 말라고, 모두 다 툴툴 떨어버리고 추억으로도 되새기지 말며, 마음속에 있는 찌꺼기들을 다 비우고 초연해 지라고. 그리고 박사는 민수 아비와 여자를 데리고 길을 떠날 차비를 하였다. 서쪽으로 10억만 리 먼 서방정토를 향해, 그들은 이제 비바람 몰아칠 때도, 가시밭 험한 언덕에서도, 추위와 더위와 온갖 고난을 다 겪으며 수행의 길을 가게 될 것이다. 그렇게 가다가 가다가 망념(妄念)을 잊으면 거기 극락세계가 보일 것이다. 민수 아비여, 박사를 따라서 부디 잘 가시길.

•○•○ 고행(苦行)

●○●○

나는 정신이 돌았나 보다. 발가벗은 채로 거리에 서 있었다. 나는 창피해서 어쩔 줄 모르며 손바닥으로 그곳을 가리고 사방을 둘러보았다. 알 수 없는 낯선 거리다.

나는 누군가?

아무것도 기억나는 게 없다. 도대체 어디서 왔으며 얼마동안이나 벗은 채로 돌아다녔을까? 머릿속이 돌을 매달아 놓은 것같이 무겁다. 우선 무엇으로라도 몸을 가리는 게 절실하다. 그러나 빈손뿐이다. 돈이 있어야 타올이라도 살 수 있을 텐데 돈이 한 푼도 없다. 그렇다고 속수무책으로 이러고 있을 수만은 없다. 타올 가게를 찾아다니다 보니 누가 내 딱한 사정을 알기라도 했는지 큰 타올 하나를 어깨위에 내려주었다. 나는 그것으로 어깨부터 하반신까지 둘렀다. 지금부터 집을 찾아야 한다.

집은 어디쯤에 있을까? 아무리 생각해 봐도 모르겠다. 빨리 집을 찾아야 옷을 입고 누워 쉴 수 있을 텐데, 내 집은 어디 있을까? 집을 찾느라 여기저기를 기웃거리며 다녔다.

황량한 벌판을 지나 모롱이 하나를 돌아가니 시궁창 냄새가 역겹게 풍겼다. 너저분하고 더럽고 살풍경하다. 이곳에는 노숙자, 부랑인들이 눈을 부릅뜨고 서로 남의 것을 뜯어먹으려고 두들겨 패고 아우성을 치는 각다귀판이다. 어찌나 무서운지 몸을 바짝 움츠리면서 걷고 있는데 시꺼먼 남자 서너 명이 따라와 앞을 가로막았다.

"이봐, 잘 만났어. 여기서 나랑 살자."

"나는 남편이 있는 몸입니다."

"남편이야 바꾸면 되지. 우리가 다 당신 남편이 되어 줄 것이니 같이 살자. 어때?"

"싫습니다. 나는 죽어도 남편을 바꾸는 그런 사람이 아닙니다."

"우리하고 살면 맛있는 고기를 때마다 먹여 주고, 나들이 할 때는 가마를 태워주고, 공주처럼 왕비처럼 떠받들어 모셔줄게. 그러니 마음을 한 번 바꾸어 봐."

"정승판사도 제 하기 싫으면 그만이라 했습니다. 제 가는 길을 남자답게 비켜주십시오."

"이래도 가나 봐라."

그들은 사나운 유리조각을 가져다가 내가 가는 길에 마구 뿌려대었다. 나는 맨발로 유리를 밟아 발바닥이 온통 찢어지고 피투성이가 되어가지고 겨우 빠져나오니 저만치 뒤에서 늑대 우는 소리가 들렸다. 나는 몸서리를 치면서 지친 몸을 돌막에 퍼질러 앉았다. 옆에 있는 나뭇잎을 주어 발바닥을 문질러보았더니 지혈이 되고 상처가 아무는 것이 눈에 보인다.

아픈 발을 절룩거리며 한사코 걸어갔다. 가다보니 거대한 철공장이 나왔다. 엄청나게 타오르는 용광로에 인부들이 쇠를 녹이는 작업을 하고 있다. 불길이 긴 혓바닥을 내밀어 인부를 순식간에 휘감아 삼켜버렸다. 아악! 나는 너무나 놀라서 비명을 지르며 기절할 뻔했는데, 순찰을 돌던 순검이 호각을 불면서 나를 잡으려 달려왔다. 나는 혼신의 힘을 다하여 필사적으로 뛰었다.

다시 또 에움길 돌아 얼마나 왔을까? 그곳에는 눈이 움푹 꺼진 야윈 노인들이 있었다. 내 고향 이웃 할머니도 보았다. 그들의 밥상에는 쉰내가 풍기는 음식이 차려져 있다. 노인들은 나를 보자 입을 벙긋거리며 손을 내밀었다. 그곳은 소리가 없는 곳이다. 아무리 말을 하려해도 말소리가 나오지 않는다. 나는 가진 것이 없어 노인들에게 아무것도 줄 수가 없는 것이 안타까웠다.

그곳을 나오면서 불현듯 어머니가 보고 싶어 애연한 슬픔에 빠졌다. 어디에 가면 그 모습 만나 뵐 수 있을지? 뼈에 사무치는 눈물이 솟구쳐 하염없이 흘러내린다. 어느 날 엄마와 나는 유성엘 갔었다. 과수원 옆을 지나다가 엄마가 유난히 배를 좋아해서 배를 사게 되었는데, 까치가 파먹은 것, 마른 기스가 난 것으로 덤을 하도 많이 줘 들고 오기가 무거웠던 기억이 난다. 그때 그 과수원 할아버지는 왜 그렇게 인심이 후했을까? 같은 또래의 노인이었기 때문이었을까? 아니면 유난히 곱던 엄마의 인상 때문이었을까?

나는 엄마의 젖가슴에 안겨 젖을 먹던 기억을 하지 못했다. 저절로 나서 내 멋대로 커버린 줄 알았다. 그러면서도 못생기게 낳았다고 원망은 왜 그렇게 해 대었든지? 그것뿐이 아니다. 자식을 낳고서는 제 자식만 천금같이 여기고 엄마에게는 알맹이 빠져나온 껍데기처럼 소홀해지기 시작했다. 그 불효 얼마나 빌어야 사할 수 있으며 그 은혜 어떻게 갚아야 다 갚을 수 있을까?

다시 육신의 몸을 가질 수 있는 기회가 온다면 나는 어머니의 예쁜 아기로 태어나고 싶다. 눈을 맞추며 옹알이를 해서 어머니를 기쁘게 해 드리고, 무탈하게 무럭무럭 자라서 평생 어머니를 모시고 보살피는 것이 원이다. 아니 역할은 바뀌어야 하는 것인지도 모른다. 내가 어머니가 되고 어머니가 딸이 되어서 어머니가 내게 쏟았던 그 알뜰한 정을 보답해 드려야 할지도 모르겠다.

어느 책에서 읽었던 이야기가 생각난다.

옛날 인도 북부에 하인 모녀가 살고 있었다. 딸은 벼를 찧느라 절구질을 하고 있었는데 늙고 쇠진한 어미가 혼자 있기 심심하여 딸이 절구질을 하는 옆에서 자리를 깔고 누워 딸을 바라보고 있었다. 그런데 파리가 얼굴에 달라붙어 성가시게 해서 딸보고 "얘야 파리를 좀 죽여주렴." 라고 말했다. 그러자 멍청한 딸은 그만 파리를 죽인다고 절구 공이로 어미의 얼굴을 내려 찧어 그 어미가 죽고 말았다. 딸은 죽은 어미를 끌어안고 슬프게 통곡했다.

그 집 주인이 선원(禪院)에 가서 이 이야기를 하자 스님이 말했다.

"이백년 전에도 이와 똑같은 사건이 있었다고 전하는데, 아마 그 어미와 딸이 서로 바뀌어 태어났던 모양입니다."

답답해오는 가슴을 주먹으로 치며 하염없이 걷다보니 별의 별 것이 다 모여 있는 만물 땡시장에 도달하게 되었다. 상인들이 반겨 나와서 각기 제 물건을 감언이설로 선전한다.

"손님 이것 보세요. 원수진 사람의 코를 꿰어 매달아 놓는 코걸이구요, 애인을 요렇게 작은 인형으로 축소해 허리춤에 차고 다니는 요술 주머니도 있어요."

바람난 아내를 곰보딱지로 만들어 버리는 바이러스, 영혼을 가두어 놓는 주둥이가 긴 유리병, 천상의 음악이 들리는 악기, 키가 커졌다 작아졌다하는 지팡이, 천리를 내다보는 안경, 하늘을 날 수 있는 날개옷, 남성과 여성이 성기를 바꾸어 달고 교미하는 변태적 물건,

한 번 신기만 해도 평생 낡지 않고 발이 아프지 않은 신발도 있다. 나는 신발에 끌려 사고 싶어 했더니 외상으로도 주겠다는 것은 물론 말만 잘 하면 거저 준다고 내 발 앞에 바짝 밀어놓고 어서 신으라고 재촉을 한다. 하지만 공짜는 싫고, 외상은 하지 않는다는 평소의 경제신조와 물건은 쓰면 낡아 떨어지는 것이 당연하고 아플 때는 아픈 것을 느껴야 정상이라는 내 고지식한 사고방식이 상인의 유혹을 뿌리치고 그곳을 벗어날 수 있게 했다.

나는 누군가?

어디로부터 와서 어디로 가고 있는가? 내 집의 주소는 어디며 몇 번지에 살았을까? 지금 이곳은 이승인가? 아니면 저승의 한 모퉁이인가? 도대체 아는 게 없다. 그러나 집을 찾아야 한다는 것만은 확실하다. 집을 찾겠다는 일념 하나로 벌써 몇 달을 아니 몇 년이 되었는지도 모른다. 이곳에는 밤과 낮이 없기 때문에 날짜도 연도도 알 수 없다. 햇빛도 없고, 달빛도 없고 구름이 잔뜩 낀 날씨 같다고 할까 동 틀 무렵 미명이 밝아지고 있는 것 같다고 할까? 그저 희끄무레하다.

희끄무레해서 가시거리가 확 트이지 못한 후미진 신작로를 굽이굽이 돌아가다보니 층이 낮은 낡은 아파트촌에 당도하게 되었다. 아파트촌에 들어서자 기억이 어렴풋하다. 이 동네 제일 앞쪽의 이층인가 삼층인가에 내 방이 있었던 것 같다.

나는 기뻐하며 내 방을 찾으려고 기웃거렸다. 어떤 방 앞엘 갔을 때 여인이 슬피 우는 소리가 들렸다.

"우리 아들이 밥은 먹었는지 몰라, 학교는 잘 다니는지 몰라."

그 여자는 중학교에 다니는 막내아들을 두고 비명에 왔다며 애통하게 울었다. 또 어떤 방에서는

"아이고 목이야, 아이고 내 목이 끊어진다."

20대 청년이 목을 매어 죽었는데 그 청년은 목이 아프다며 삼백년 동안이나 그렇게 몸부림을 치고 있다는 것이다.

"쯧쯧, 불쌍하기도 하지. 그럴 것을 왜 자살을 해 가지고."

"누군들 자살이 하고 싶어 했는지 알아. 내 방 앞에서 어서 꺼져."

나는 혼잣말처럼 했는데 그 청년은 화를 버럭 내며 소리를 질렀다. 그 순간 언젠가 실화라고 들었던 이야기가 생각났다.

어떤 어머니가 아들의 시신을 화장해가지고 절에 가져다 놓고 명복을 비는 불공을 드리려 했다고 한다. 그 아들은 여자에게 배신을 당했다고 슬퍼하다가 나무에 목을 매고서는 막상 죽을 당시에는 죽지 않으려고 목에다가 손을 넣었더라는 것이다.

그런데 법당에 난데없이 돌개바람이 들이 닥쳐서 촛불은 꺼지고 천정에 매달아 놓은 등이 흔들리는 소리가 워석워석하며 그 어머니는 목을 싸안고 뒹굴더라는 것이다. 스님이 목탁을 치며 반야심경을 들려주고, 영가는 좌중하라며 달래어도 사태는 진정되지 않아, 급기

야는 귀신을 호령한다는 무서운 스님이 들어와서는, 이 요망한 것 쇠사슬에 묶어 당장에 지옥으로 보낸다하고, 무쇠 솥에 가두어 장작불을 집힌다고 호령을 하니, 슬며시 바람이 자고 사태가 진정되더라는 것이다. 그래 유골함은 당장에 쫓겨나고, 그 어머니에게는 원수가 맺혀 가슴에 대못을 박으려 자식으로 태어났던 것이니 이제부터는 추호도 죽은 자식 생각은 하지 말라고 이르더라는 것이다. 늙고 병들은 육신이라도 죽지 않으려 안간힘을 쓰는 법인데 왜 생때같은 젊은 목숨을 스스로 끊어놓고 후회하고 고통을 받을까?

또 다른 방에서는 벌거벗은 남자 하나에 여자가 너댓 명이나 친친 감겨서 주둥이를 맞추고 있다. 입속에는 수억 마리의 세균이 득실거린다는데 그 세균들이 이쪽저쪽으로 이사를 다니며 배양할 것을 상상하니 저절로 구역질이 나왔다. 그 남자는 환락에 빠져 해골 같이 말라가고 있으면서도 사태파악을 못하고 있다. 두고 온 자식을 못 잊어 애타는 이가 있는가 하면, 자식을 원수로 삼고 욕을 해대는 이도 있고, 방마다 각기 다른 사연과 애환이 서려 있었다.

이곳에서 일을 하고 돌아온 남편을 만났다. 남편의 방 옆에 바로 내 방이 있었다.

"여보! 방을 못 찾겠어."

"글쎄, 나도 못 찾겠네."

우리 부부의 대화는 그렇게 무미건조했다. 그리고 남편은 금세 어디론가 사라져 버렸다. 나는 왜 그랬을까? 일생을 몸 섞어 같이 살아온 나의 반쪽을 만나놓고 꼭 그냥 알던 사람을 만난 것처럼 별로 반가워하지도 않았고, 남편 역시 같이 가자는 한마디 말도 없이 가 버렸다. 나는 뒤늦게 남편이 어느 쪽으로 갔을까 하고 두리번거렸지만 알 수가 없었다. 남편과 나는 이제 서로가 서로를 필요로 하지 않게 되었기 때문이었을까? 각자 제 갈 길을 스스로 찾아가야 하기 때문이었을까? 그런 생각을 하며 이 동네의 풍경을 꼼꼼히 살펴보았다. 납골당, 이 아파트는 납골당이 분명하다. 납골당에서 살아 무슨 비전이 있겠는가? 나는 이곳을 빨리 벗어나야 한다. 무릉도원은 아니더라도 선한 사람들이 모여 있는 한 차원 높은 세계는 어디 있을까? 희구하면 언젠가는 얻어진다고 했다.

그러나 여우를 피하면 범을 만난다 했던가? 나의 피맺히는 고행은 끝이 없다. 독사가 엉켜 대가리를 치켜들고 있는 뱀의 소굴을 피해 오자 호랑이와 사자가 배가 등가죽에 붙어가지고 누워있다.

"내게 몸을 보시하면 성불을 이루게 해 주겠다. 어떠냐?"

"싫다. 아무리 성불을 이룬다 해도 나는 호랑이의 밥은 되지 않겠다. 그러니 어서 길을 비켜라."

"어찌되었든 간에 배가 고파 죽을 지경이라 너를 잡아먹을 터이니 어서 몸을 내 놓아라."

"너는 동물의 왕이고 산신령의 말이 되어 가지고 어찌 사람을 잡아먹을 생각만 하느냐? 물마시고 나무열매를 따 먹으면서 신선이 될 생각은 하지 않느냐? 네가 나를 잡아먹는다면 우선 배고픔은 면할 수 있겠지만 살생을 한 죄로 너는 영원히 배고픈 범 노릇을 면치 못하리라."

범은 눈을 끔뻑끔뻑하며 생각하다가 꼬리를 내리고 물러갔다. 그러나 내 앞에는 끝도 보이지 않는 모래사막이 펼쳐져 있다. 바람이 모래를 끌어다 퍼부어 눈을 뜰 수 없는데다가 잠시라도 움직이지 않으면 모래무덤 속에 묻혀버릴 상황이다. 사막에는 어딘가에 한 군데쯤은 쉬어갈 수 있는 오아시스가 있는 법인데 오아시스는 커녕 신기루도 보이지 않는데다가 천둥 번개가 우르릉 쾅쾅 치는가 하면 폭풍에 폭우까지 들이 부었다. 그러나 아무리 악천후가 계속된다 하더라도 나는 주저앉거나 후퇴하지 않겠다는 비장한 각오가 되어있다.

사막을 지나오자 세 갈래의 길이 펼쳐졌다. 양쪽으로 난 길은 평평하고 가운데 길은 비탈지고 험하다. 나는 세 갈래 길 앞에서 잠시 머뭇거렸다. 평평하고 걷기 좋은 옆길로 들어설까 하다가 험준한 가운데 길을 택했다. 고생이 덜 된다고 옆길로 빠져버리면 이제까지의 고행이 모두 수포로 돌아가 버릴지도 모른다. 모든 것은 쉽게 이루어지지 않는다. 고생은 하면 할수록 더 좋은 목표를 달성할 수가 있을 것이기 때문이다.

가운데 길은 정면으로 바위산을 올라가야 한다. 밧줄도 아이젠도 없이 바위와 맞닥뜨렸다. 내가 올라야 할 바위 앞에 섰을 때 관찰을 하고 궁리를 한다. 어느 쪽으로 어떻게 올라야 잘 오를 수 있을지 판단이 서면 곧 시행에 들어간다. 바위를 안고 몸을 밀착시켜 자벌레 같이 기어오르기도 하고, 혹은 네발 달린 짐승처럼 손까지 발로 사용하여 엉금엉금 기면서 진땀을 팥죽같이 흘렸다. 내게 아직 바위산을 오를 수 있는 여력이 있다는 것이 나를 기쁘게 했고, 어려운 일을 해 내었다는 성취감은 짜릿한 전율로 다가왔다. 나는 바위 하나를 넘을 때마다 내 대단한 인내력에 손뼉을 치곤했다.

그렇게 고개를 넘고 보니 이제 바람도 고요한 초원지대에 도착했다. 이곳은 가시거리가 확 트이고 신선한 기운이 가득 내렸다. 융단처럼 깔려있는 작은 풀과 작은 나무들, 새 한 마리, 풀벌레 울음소리도 들리지 않는다. 목숨의 위협이 없다는 안도감이 들자 오랜 긴장이 풀려 여독이 한꺼번에 밀려 왔다. 나는 기진맥진하여 쓰러졌다.

밥을 먹은 지가 언제인지도 모른다고 생각하니 배가 고파 견딜 수가 없다. 물을 마신 지가 오래 되었다고 느끼자 목이 타들어가는 통증이 왔다. 걸어온 것을 헤아려 보니 다리가 쑤시고 발가락이 성한 곳이 없다. 똥을 누지 못한 것을 생각하니 뒤가 묵직하다. 생각하고 느끼는 것마다 참을 수 없는 고통이 수반되었다.

나는 남편을 부르며 울었다.

"여보! 당신 어디 있어. 보고 싶어, 보고 싶어."

남편과 살아온 날들이 기억 저편으로 아스라하다. 아승기겁의 인연으로 만났다는 우리 부부, 왜 그렇게 아옹다옹 했을까? 흐렸다 개었다 바람 불다 비오다 허송세월 다 흘려보내고 나만 혼자 바람 앞에 홀씨처럼 남아있다. 우리 이제 어느 시절에 다시 부부로 만날 날 있으리오.

나는 후회가 막급했다. 납골당에서 남편을 만났을 때 꼭 붙들고 따라 갔으면 설사 지옥의 거리에 머물더라도 이렇게 외롭지는 않았을 것이다. 남편을 찾지 않고 나 혼자 헤매어 온 거리가 이미 너무 멀어 졌다고 생각하니 그만 엉엉하고 울음보가 터졌다.

"여보! 당신이 소중한 줄 예전엔 미처 몰랐어. 당신 아니면 나는 꼼짝없이 외톨이라는 걸 이제야 알았어. 미안해, 그동안 너무나 잘못해서 미안해."

남편은 유난히 발 냄새가 지독했었다. 한평생 고된 일 마다하지 않고 온종일 서서 일만 한 남편에게 냄새난다고 타박만 하고, 발 한 번 시원하게 씻어주지 않았던 것이 미안하다. 또 다시 만날 수 있다면 그때는 열 번이라도 백번이라도 발을 씻어 줄 수 있을 텐데.

아내가 지켜야 할 덕목 중에는, 남편이 밖에서 돌아오면 일어나서 반갑게 맞이해야 하고, 집안을 깨끗이 정돈하고 음식을 잘 만들고, 얼굴을 붉혀 다투지 말아야 하고, 남편의 의사를 존중하고, 휴식을 취할 때는 편안케 해 주라 하였거늘, 나는 어느 한 가지도 제대로 한

게 없다. 살림살이가 토란잎에 물방울처럼 반들 반짝 윤이 나기를 했나, 솜씨 없는 음식은 늘 그날이 그날이라 바뀔 줄을 몰랐고, 그랬으면서도 흥이야 항이야 쓸데없는 간섭은 왜 그렇게 해대었는지.

얼마를 울면서 잠이 들었든가? 잠에서 깨어나니 어디선가 물 흐르는 소리가 들려왔다. 물을 본지가 언제였던가? 나는 기쁨에 들떠 이리저리 물을 찾아 다녔다. 그러자 신성불가침의 아름다운 계곡을 흐르는 산간 벽계수가 나왔다. 야! 물이다 물, 산 난초꽃 흐드러진 사이로 하얀 청석이 깔려있고 그 위를 옥같이 청량한 물이 철철 흘러내린다.

물을 보자 미친 듯이 마시고 머리를 감고 세수를 하고 물속에 풍덩 들어가 그동안 묻어있던 때를 닦고 또 닦고 한동안 물에서 나올 줄을 몰랐다. 목욕을 하고 있으니 차츰 머리가 맑아져 왔다. 예전에 절에 다녔던 기억이 생생하게 떠오른다.

눈을 감으니 정이품 푸른 노송이 법주사로 안내한다. 일주문을 지나 작은 다리를 건너면 절에 들어서는 마지막 금강문이 기다리고 있다. 금강문에는 나라연금강(那羅延金剛), 밀적금강(密迹金剛)께서 악한 귀신이 들어오지 못하게 칼과 창을 들고 무서운 얼굴로 지키고 있고, 사자를 탄 문수보살님과 코끼리를 탄 보현보살님이 계시다.

금강문 안으로 장엄하신 미륵대불께서 굽어보시는 법주사의 풍경이 눈부시다. 세상에서 제일 아름다운 원통보전의 관음보살님, 나는 이 관음보살님을 처음 뵙는 순간 그냥 반해버렸다. 널리 통하여 두루

막힘이 없는 궁극적 깨달음의 상태를 일컫는 원통보전이란 뜻도 얼마나 좋은가? 이층 대웅전에는 비로자나불, 노사나불, 석가모니불께서 엄청나게 크신 풍채와 인자함으로 광채를 발하시고, 대웅전 마당에는 해마다 수천 개의 염주를 쏟아내는 두 그루 보리수나무가 그늘을 드리운다. 절을 에워싼 산세는 저마다 제 모양을 뽐내며 커 오른 나무들이 울창한 숲을 이루고 사시사철 비단옷을 갈아입어 절경을 펼쳐낸다. 법주사에는 언제나 아늑한 평화가 흐르고 선선한 기운이 가득하다.

그때가 서기로 2009년이다. 나는 이 서기라는 기록을 매우 못마땅하게 여긴다. 우리는 단군선조께서 고조선을 세웠던 해를 기준으로 4342년이라는 유구한 역사를 가지고 있다. 단군선조 이전의 건국역사까지 포함한다면 무려 12700여년이 되었다고 한다. 또 불기는 석가모니께서 열반하신 해를 원년으로 2553년이라 한다. 그럼에도 서기를 내세우는 까닭은 무엇인가? 세계통용으로 쓰이기에 덩달아 따라가는 것인가? 단기 옆에다가 번번이 토를 달기가 번거로워서일까? 장구한 역사를 가진 민족자존을 헌신짝 버리듯 하고 남의 역사에 붙어가는 어처구니없는 일이 지금 행해지고 있다. 이 점에 대해 매우 분한 마음이 불길같이 솟아오르지만 지금 말하려는 본문은 그게 아니기 때문에 이만 각설하겠다.

그러니까 그해 여름 신라시대에 만들었다는 국보 제5호 쌍사자 석등에 참 희한한 일이 벌어졌다. 왼쪽에 있는 사자의 가슴팍에 아주 작은 신묘한 꽃이 피어난 것이다. 자세히 보아야 볼 수 있는 이 작은 꽃은 돌을 끌어안은 몇 가닥의 뿌리는 약한 갈색을 띠었지만 휘어질 듯 하얀 줄기가 뻗어서 꽃잎이 다섯 개인 하얀 꽃송이가 피어 있다. 이 꽃을 보려 관광객이 몰려들어 카메라 렌즈를 클로즈업하기도 하고 핸드폰으로 사진을 찍는 사람들이 연일 줄을 섰다. 누가 어떻게 그 작은 꽃이 거기에 피어난 것을 발견하게 되었을까? 그것도 신기한 일이다. 꽃은 그렇게 한 달을 넘게 생생하게 피어있더니 서서히 시들어 갔다. 나는 이 꽃을 우담바라라고 단정 지을 수는 없지만, 요새 과학적으로 판명되었다는 잠자리 알의 변이라는 것도 인정할 수 없다. 어떻게 잠자리 알이 그렇게 정교하고 청초한 꽃으로 변신을 도모할 수가 있느냐 말이다. 세상에는 과학으로도 분석할 수 없는 미스터리가 가끔씩은 생겨나기도 하는 법이다.

그리고 가을쯤에는 불자인 93세의 어느 노 보살이 세상을 떠났다. 그 보살은 언제나 스님 옆에서 노령임에도 꼿꼿하게 서서 예불을 드리던 분이다. 성격이 단호해서 잘못을 보면 벼락 치듯 바른말을 하는 무서운 분이기도 하다. 젊은 여자가 가슴이 노출된 옷을 입었다든지 허벅지를 훤히 내놓은 차림으로 절에 오기라도 하면 단번에 혼을 낸다. 그 분은 전날 철야기도를 하고 집에가 하루 편히 쉬는가 했는데, 그만 잠결에 소리도 없이 가셨다. 그런데 그 날이 지장제일이라는 것이다. 노 보살에 이어 또 노 스님이 입적을 하셨다. 스님이 입적하자

경내는 밤낮으로 목탁소리와 염불소리가 끝임이 없었고 향내음이 진동을 했다. 입적한 스님의 다비식에 불자들이 구름처럼 모여 들었다. 그런데 스님의 시신을 화장하는 자리에 소나무 타는 냄새만 솔솔 풍기는 것이 이상하기도 하다. 나는 예전에 오래된 분묘를 파서 화장하는 곳을 지나간 적이 있었는데 역한 냄새에 코를 들 수가 없었다. 꼭 개털을 태우는 것 같은 지독한 노린내였다. 그랬는데 스님의 시신을 태우는 데는 그런 냄새를 전혀 찾아 맡을 수가 없었고 소나무 타는 향내가 났다. 이것이 도인과 평인의 차이인가보다. 노 보살과 노 스님은 같이 동행을 하여 한 곳으로 가셨을까? 참 아이러니하게도 노 보살은 여자이면서 기백이 펄펄한 남자의 성격을 가지셨고, 노 스님은 남자이면서도 조용하고 섬세한 여자의 성품을 가지셨는데, 그 두 분이 동행을 하면 성격상으로 잘 조화가 될 것 같다는 생각을 해본다.

노 스님이 떠났어도 절에는 아무것도 변한 것이 없다. 청청한 가을 날씨와 소슬한 바람이 기분 좋게 절 마당을 맴돌고 단풍은 원색으로 더 붉게 치장을 하고, 풍경소리는 더욱 맑게 울렸다. 다만 노 스님이 기거하던 방만 주인을 잃고 비어있었고 스님의 바릿대가 때가 되어도 내려올 줄을 몰랐다. 가람에는 스님 한 분의 숫자가 줄었다. 새벽 예불에서도 입적하신 스님의 모습은 찾아볼 수가 없다. 그래 늙어 쇠진한 몸을 벗어던지고 홀가분하게 훌훌 떠나셨는가?

울력을 나온 스님들 중에는 키가 자그마신 회주스님의 모습도 보인다. 보살계 수계를 받을 때 회주 스님께서는 나에게 안립행(安立行)이란 불명을 지어 주셨다.

보살이 받아 지녀야 하는 계는, 보살은 아직 완전한 지혜를 이루지 못하였기 때문에 위로는 깨달음을 구하고자 노력하고, 아래로는 불쌍한 중생들을 교화하여 구제하고자 노력해야 한다는 것이다. 그 때가 음력으로 구월 초 점찰법회 철야용맹정진이 삼일간 열렸다. 장소는 지하 미륵반가상전이다. 미륵반가상 부처님은 국보 제83호로 지정된 금동미륵반가상과 얼굴이 닮고 앉은 자세도 같다. 하지만 금동미륵보살반가상보다 더 도톰한 얼굴이 예쁘고 덕스러우며 아름답다. 뜻 있는 불자들은 이 법당에 가득 모여 부처님을 닮아가려는 간절한 원을 세우고 회주스님을 비롯해서 몇몇 스님들의 지도아래 정근을 하며 밤을 샜다. 그곳은 지하이기에 안온하여 밤바람이 찬 구월에 철야를 하기 딱 알맞았다. 새벽이 되자 신도들은 꾸벅꾸벅 졸다가 잠을 떨어내려 자세를 바로잡는 이도 있었지만, 스님들의 곧은 자세는 털끝만큼도 흔들리는 법이 없었다. 참 이상하게도 그렇게 이틀 밤을 꼬박 새웠는데도 피로한 기색은 커녕 생기가 펄펄 나는 듯했다. 세안을 깨끗이 하고 아침 공양에 들어가니 철야를 한 신도들이 행여나 입맛이 깔끄러울까봐 세심히 배려한 특별 반찬이 나왔다. 들깨즙에 토란을 넣은 토란탕과 참기름을 넣은 시금치나물, 새콤달콤한 오이무침과 맵고 칼칼한 무생채다. 법주사 고추장은 언제 먹어도 맛있다. 그렇게 맛있는 아침을 먹어본 것은 생전 처음이다. 아! 지금도 그 맛을 생각하면 입에 침이 고인다. 어느 요리 집에서 지글 지글 구운 불고기나 갈비에 어찌 비교 할 수 있으랴.

삼일째 되던 날은 수계를 받으려 줄을 섰다. 내 차례가 되었을 때 회주스님은 내 손목을 사정없이 꽉 잡았다. 내 손 보다 더 작은 스님의 손에서 그토록 대단한 힘이 나올 줄이야. 그리고 팔 한가운데로 향불을 들이대었다. 앗! 뜨거, 스님이 그렇게 손목을 꼭 잡으신 것은 향불을 들이댈 때 겁에 질려 팔을 빼지 못하게 하기 위함이었던 것이다.

"성불하십시오."

회주스님이 내게 말씀하셨다. 그리고 며칠 뒤 내 불명은 '안립행'으로 내려졌다. 안립행과 성불, 나는 그 두 단어에 대해 얼마나 많은 죄책감을 가졌던가?

『묘법연화경』 제5권 「안락행품」에는 "그 때 문수사리법왕자 보살마하살이 부처님께 여쭈었다. 세존이시여, 이 여러 보살 같은 이들이 있기가 매우 어렵나이다. 이들은 부처님을 공경하고 순종하므로 큰 서원을 세워 뒤에 오는 악한 세상에 이 법화경을 받아 지니고 읽고 외우나니, 세존이시여 이런 보살마하살은 뒤에 오는 나쁜 세상에 이 경을 어떻게 설하겠나이까? 하고 여쭈니 부처님께서 말씀하셨다. 대중가운데 네 도사가 있으니, 그 첫째 이름은 상행이요, 둘째 이름은 무변행이며, 셋째 이름은 정행이요, 네 번째 이름은 안립행으로 이 네 보살은 대중가운데 우두머리로서 그들을 창도하는 법사로……"

정말 너무나 황송하게도 큰 스님께서 이 네 번째 도사의 안립행이란 불명을 내려 주셨으나 나는 『묘법연화경』의 한 줄도 대중 앞에 설하지 못하였으니 그 부끄러움 한량없어 어찌 고개를 들 수 있으랴. 만능의 기능을 가진 육신의 몸을 가졌으면서도 무엇 하나 이루어 놓은 것이 없이 한평생을 헛되이 보냈으니 그 죄로 인하여 지옥 속을 헤매어오지 않았던가? 무지몽매한 처량한 나를 내려다보니 육신은 이미 죽은지가 오래되어 뼈와 살점은 흔적도 없고, 지금의 내 모습은 영혼의 형상이라, 형상은 그림자처럼 가볍고 종잇장처럼 얇다.

나는 이제 육신이 없으니 먹고 마실 일이 없고, 배고플 것도 목마를 것도 없다. 똥을 누고 오줌을 눌 일이 없고, 병들어 신음할 일이 없고, 아무리 걸어도 다리가 아프거나 발바닥에서 피가 날 일이 없다. 그런 모든 고통들은 육신이 있을 때 의식을 버리지 못했기 때문이었다. 또 육신이 죽었으니 죽음의 공포와 무서움도 초월 했다는 것을 이제야 깨닫게 되었다. 좀 더 일찍 깨달았더라면 지옥을 헤매어 올 때 그토록 무섭고 고생스럽지 않아도 되었을 것이다. 그동안 나에게 들러붙어 있던 의식과 무의식까지도 모두 벗어 버려야 하리라. 생사멸도(生死滅度)에 이고득락(離苦得樂)이라. 나는 생과 사를 이별하였으니 두 가지 고통을 멸하였고 영원한 즐거움을 얻었도다.

물에서 나와 그동안 걸치고 다녔던 타올을 찾으니 타올은 온데간데없고 하얀 천에 무늬가 은은하게 반짝이는 비단 옷이 나무위에 걸려 있다. 분명 하늘에서 내려온 선녀가 비단옷을 벗어 놓고 어디서 목욕을 하고 있나보다. 하늘하늘한 날개옷의 주인공은 얼마나 아름다울까? 나는 그 선녀의 모습이 보고 싶어 나타나기만을 기다렸다. 그러나 마냥 기다려도 선녀는 나타나지 않았고, 그동안 내가 걸치고 다녔던 타올은 찾아도, 찾아도 보이지 않는다. 타올이 없으니 나는 다시 실오라기 하나 걸치지 못한 벌거숭이가 되어 오도 가도 못하는 처지가 되었다.

나는 냇가 바위 위에 올연독좌(兀然獨坐)하고 앉아 있었다. 그냥 물소리만 듣고 있는 것도 즐거웠다. 그동안 얼마나 많은 고생을 해왔던가? 나는 눈을 감았다. 바람이 잠재우고 간 나뭇잎처럼 그렇게 고요해 지고 싶었다. 모든 잡념을 다 버리고 무상무념에 들어가고 싶었다.

그런데 헤벌쭉 웃고 있는 한 남자의 얼굴이 떠올랐다. 몹쓸 놈의 입맛을 다시며 수작을 걸어오던 잡귀 같은 남자. 당장에 꺼져버려! 나는 그 자의 대갈통을 방망이로 내려쳤다. 그것뿐이 아니다. 문득 문득 하잘 것 없는 생각들이 올망졸망 꼬리를 물고 일어나 어지럽혔다. 아무짝에도 쓸데없는 그것들을 내려치느라 나는 두더지 잡기를 하고 있었다. 밀고 올라오는 족족 내려치기에 바빴다. 한동안 잡념과 나와의 난투전이 벌어졌다.

그때 어떤 강인한 힘이 두더지를 잡는 바로 그 방망이로 내 머리통을 탁하고 내려치는 것이 아닌가? 나는 깜짝 놀라 눈을 떴을 때 냇물 상류 쪽에서 산곡풍 한 줄기가 나뭇가지를 제치며 세차게 들이닥치더니 글쎄 나무에 걸렸던 그 날개옷이 공중으로 휙 날아오르다가 어느새 내 형상에 입혀지지 않는가? 나는 너무 황홀해서 옷을 만져보며 기뻐 어쩔 줄을 모르는 사이 신기하게도 허공으로 둥실 떠올랐다.

나는 허공에서 발걸음도 가볍게 사푼사푼 내딛어 걸어갈 수도 있고, 가부좌를 틀고 앉을 수도 있고, 팔베개를 하고 누울 수도 있고, 새처럼 훨훨 날아갈 수도 있게 되었다. 어머나, 어머나, 어머나, 연방 탄성을 질러대며 신기해서 어쩔 줄을 모르는데 어디선가 장구 소리와 함께 태평가가 울려 퍼졌다. "아니, 아니 놀지는 못하리라. 하늘과 같이 높은 사랑, 하해와 같이도 깊은 사랑……" 나는 음악소리에 맞추어 덩실덩실 춤을 추었다. 환희, 환희, 그 자체였다. 나는 지금 날개옷을 휘날리면서 흰 구름이 산허리를 휘어감은 비경의 산등성이를 훨훨 날아가고 있다.

•○•○ 빈 집

●○●○

삼성교 아래 냇가에는 한 젊은 남자가 살고 있었다. 바닥에는 두꺼운 종이상자를 여러 겹 깔고 그 위에는 어디서 주어왔는지 밍크이불이 펴 있었고, 세간살이래야 고등학생이 메고 다니는 책가방 하나뿐이다. 둘레에는 크고 작은 각목을 빙 둘러 박아서 얇은 캐시밀론 이불을 둘러쳐 바람막이를 해 놓았다. 그 모양새가 어찌나 어설프던지 방귀 바람에도 날아가 버릴 것만 같다. 거미가 집을 지어도 이 보다는 견고할 것이다. 하지만 이곳이 그에게는 다리를 뻗고 누울 수 있는 유일한 집이다.

그를 처음 보았을 때 긴 머리는 수세미처럼 뒤엉켜 있고, 깡마른 얼굴에 눈만 괭해서 해골의 그림자를 보는 것 같아 섬뜩한 무서움까지 일어났다. 삼십대 초반으로 보이는 그는 미친 사람이다. 미쳤으면서도 밤에는 잠을 자고, 낮에는 일어나 기동을 하며, 제가 거처하는 곳이 추워서 바람을 막을 생각을 해낸 것을 보면 정신이 아주 다 나가 버린 것은 아닌가 보다.

또 하나, 그가 아무리 멀리 갔다가도 해가 지면 제 움막으로 돌아온다는 것이다. 삽사리가 제가 갔던 길을 기억했다가 돌아오는 것처럼 그도 그렇게 제가 갔던 길을 되짚어 돌아올 줄을 안다. 그렇지 않으면 그는 길을 잃어도 삼성교 가는 길이 어디냐고 묻지 못할 것이며, 가르쳐 준다한들 알아듣지도 못할 것이기 때문이다. 누구하고도 말을 하지 않고, 또 그 누구도 그에게 말을 걸지 않기에 타인과의 소통이 두절된 상태다.

그는 아무리 소·대변이 급해도 꼭 화장실을 찾아간다. 개처럼 아무데서나 갈기지를 않는다. 어느 길로 돌아서 가면 공중화장실이 있다는 것도 알고 있다. 개중에는 정신이 멀쩡한 것 같으면서도 여자들 쪽을 향하여 오줌을 싸는 남자도 있다. 그런 사람은 짐승의 수컷기질이 다분히 잠재하고 있을 것이다. 온전한 인간이라면 어찌 수치스러움을 모를까? 여자들은 타인 남자가 멀리서라도 보이면 절대로 오줌을 누지 않는다.

또 그는 아무리 배가 고파도 손을 내밀어 구걸하지 않고 돈을 얻을 줄도 쓸 줄도 모른다. 배가 고프면 빵조각 같은 것을 주어먹기도 하고 쓰레기통을 뒤져 썩어가는 음식찌꺼기를 먹는다. 보통 사람들은 상한 음식을 먹으면 복통이 일어난다. 세균을 먹으면 병에 걸린다. 하지만 그는 내성이 되어 그런지 썩은 음식을 주어먹어도 이상이 없다. 세균덩어리를 먹고, 흙이 묻어 있고 돌이 들어간 것을 먹어도 맹장염이 걸리지 않는다. 배가 아파도 약을 먹을 수 없고, 병이 나도 병원에 갈 처지가 못 되니 오장육부가 다 제 처지를 알아서 적응을 하는 모양이다.

동물들은 아무리 악조건의 환경에서도 살기 위해서 내성이 생긴다고 한다. 독수리가 세균이 바글거리는 썩은 고기를 먹어도 소화불량이나 구토가 일어나지 않는 것은 강한 위액의 분비 때문이라고 하는데, 그 사람도 처음에는 배가 아프고 구토와 설사가 일어났지만 먹을 것이 그것밖에 없으니 살기 위해서 독수리처럼 강한 위액이 분비되는 모양이다. 그는 그런 것을 주어먹고도 뭐가 그리 기분이 좋은지 빙글빙글 웃기도 하고, 흥얼흥얼 거리며 고개를 까딱까딱 곤댓짓을 할 때도 있다. 한 번은 어디서 주어왔는지 초미니스커트에 브래지어를 걸치고는 엉덩이를 삐딱거리며 패션쇼를 하는 흉내를 내 지나가는 사람들의 구경꺼리가 되기도 했다.

그는 세월이 오는지 가는지도 모르고, 제가 어떻게 살아가고 있는지도 자각하지 못하고, 무엇을 갖고 싶다는 욕심도 없고, 그냥 살아있으니 살아가는 의미 없는 목숨일 뿐이다. 아무것도 가진 것이 없는 그는 철저한 무소유자다. 아니 땡전 한 푼도 없는 알거지라고 해야 맞는다.

그는 정신이 나가버렸어도 남에게 해가 될 행동은 하지 않는다. 그런 것을 보면 본래 천성은 착한 모양이다. 가끔씩 돌발적으로 악한 행동을 하는 자는 천성에 악한 성분이 숨어 있다가 때에 따라 고개를 치켜들고 일어나기 때문이다. 착하고 아름다운 성품을 가진 사람의 가슴에서는 어떠한 상황에서도 악행이 일어나지 않는다고 한다. 그는 그의 어머니가 착했고, 할아버지 할머니가, 더 윗대까지도 모두 착한 성품으로 내려왔기 때문에 착할 수밖에 없을 것이다. 그래서 정신이 나갔어도 나쁜 짓을 하지 않는다.

그는 그저 묵묵히 도시의 한 모퉁이에서 순한 한 마리의 길잃은 양처럼 혼이 없는 껍데기 생명을 유지하고 있다. 그의 정신은 어디로 가버렸기에 돌아오지 못하는 것일까? 그의 혼은 어디에 가서 길을 잃고 돌아오지 못하는 것일까? 그에겐 살아도 산 게 아닌 생명이 지속되고 있다.

"정신 줄을 놓았다."는 말을 들어 본적이 있다. '정신 줄'이란 사람의 정신이 몸과 줄로 연결되어 있다는 말인가? 그래서 그 줄이 끊어지기라도 한다는 것일까? 정신 줄이 튼튼한 사람과 약한 사람도 있다는 얘기인가? 어느 선까지 정신이 작동하고 그 이상은 작동을 멈춘 사람도 있을 것이다. 80%, 60%, 혹은 10%, 정신의 수치가 10%

미만이 되면 정신은 무동력 공황상태가 될 것이다. 그도 아마 그렇게 10% 미만의 흐릿하게 꺼져가는 정신병 환자일 것이다.

사람의 육체는 집과 같고, 정신은 그 집의 주인과 같다. 정신이 나가 버리면 육체는 빈집이다. 주인이 나가버린 빈 집! 주인이 없는 빈 집에는 좋지 못한 것들이 들어 갈 수 있다. 불량배라든가, 노숙자, 범죄자 같은, 그런 잡것들이 들어가면 남의 집을 소중하게 여길 리가 없다. 마구 훼손하고 더럽히고 어지럽힌다. 장난을 치면서 깔깔거리고, 난동을 부리며 발광을 하고, 통곡을 하며 제 한을 풀어내기도 한다. 깽판을 치는 것이다. 집은 주인이 지키고 있어야 고장이 나면 고치고, 보기 좋게 다듬고, 치장을 한다.

정신이 나가버린 그는 고등학교까지 배운 지식을 다 잊어버리고, 과거를 깡그리 잊어버리고 식물인간으로 겨우 생명만을 유지하고 있다. 그러나 그가 아직 순수한 것을 보면 악귀는 침범하지 않는 것 같다.

그가 우는 소리를 들어본 사람이 있다. 그가 밤에 소리를 내어 울기에 왜 그러나 하고 보았더니 머시기를 두 손으로 움켜잡고 "제발 면도칼로 자르지를 마라" 하면서 울더라는 것이다. 그는 가끔 머시기가 면도날로 그어대는 것처럼 아픈 모양이다. 머시기가 마치 허물을 벗지 못한 뱀 대가리처럼 잔뜩 독이 올라 뜨거운 열기를 풍기자 그는 발가벗고 괴성을 지르며 냇물을 철버덕 거리며 뛰어다니더란다. 한참을 그렇게 미친 짓을 하더니 머시기가 제풀에 죽어 퍼들어지자 아무 일도 없었다는 듯이 잠자리로 기어 들어가 이내 곤해 떨어지더란다. 그도 그럴 것이 정신은 나갔어도 육체는 성장을 했으니 본능이 머리를 치켜들고 발광을 하는 때도 있을 것이다.

식장산을 시발점으로 하여 흘러내리는 물줄기는 삼성교까지 내려오면서 그 세를 불려 종아리를 적실만큼 꽤 많은 물이 느린 속도로 흐른다. 그는 그 냇물에 가장 가까이에서 살면서도 손도 얼굴도 씻지 않는다. 그러면서도 또 똥을 누고나면 밑은 닦는다. 씻는다는 행위는 잊어버리고, 밑을 닦는 행위는 잊어버리지 않았다는 것이 참 아리송하다.

그는 하루 종일 돌아다니다가 제 거처로 돌아오면 "다녀왔습니다. 어머니 밥 주세요" 라고 말한다. 그런데 말은 그렇게 하면서도 밥이 무엇인지, 어머니가 누군지도 모른다. 그 말은 단지 입에 오래도록 익은 습관일 뿐이다.

그의 어머니는 혼자 우유배달을 하며 그를 길렀다.

"당신은 알아서 살아갈 궁리를 혀. 나를 기다리지 말고."

"안 돼요. 우리 준이와 나는 어떻게 살라고요. 가지 마세요. 제발."

그의 어머니가 울면서 매달렸지만 그의 아버지는 냉정하게 뿌리치고 집을 나가 버렸다. 그의 아버지는 룸살롱 마담과 눈이 맞아 부인과 자식을 내 팽개쳐버리고 다시는 돌아오지 않았다.

그의 어머니는 스물여덟 살에 그를 낳았다. 그러나 그가 두 살 되던 해 남편이 집을 나갔다. 당장 먹을 것이 없어 잘 먹지 못해 젖이 부족하여 아기는 늘 보채고 울어대었다. 하는 수 없어 궁여지책으로 아기에게 우유라도 먹이려고 우유배달을 하기 시작했다. 새벽부터 자는 아기를 들쳐 업고, 아기가 감기에 라도 걸릴까봐 겨울 코트를 씌워 양쪽 소매로 자신의 목에 묶고 손수레를 끌고 다녔다. 그렇게 시작한 우유배달이 평생 직업이 됐다. 여자로서 어디 하나 나무랄 데 없는, 예쁘고, 착하고, 성실하고, 조신한 그의 어머니는 아들만 바라보며 청춘을 홀로 보냈다.

그런데 그가 고등학교 3학년 때인 어느 초 여름날, 무심코 학교에서 귀가를 했는데, 대문 밖에 경찰차가 와 있었고, 그들이 세들어 살고 있는 문간방에도 경찰들이 들어가 웅성거렸다. 그가 불길한 예감에

"무슨 일이 났어요?"

하며 급히 방안을 들여 보자 그의 어머니가 쓰러져 있었고 방바닥에는 피가 난자했다.

"엄마!" 그가 뛰어 들어가 어머니를 안고

"어떤 놈이 우리 엄마를 이랬어요?"

하고 고래고래 소리를 쳤다. 이웃에 사는 홀아비가 그의 어머니를 성폭행 하려다 반항을 하자 흉기로 하복부를 찔러 살해해 버렸다. 그는 어머니의 죽음에 엄청난 충격을 받아 정신이 나가버렸다. 그는 그 길로 고래고래 소리를 질러대다가 중얼중얼 하면서 집을 나가게

되었다. 그는 어머니를 죽인 그 놈이 자기를 죽이려 칼을 들고 따라 오는 환상에서 뒤도 돌아보지 못하고 도망쳤다.

그렇게 며칠을 먹지도 자지도 않으며 도망치다가 삼성교 아래에서 쓰러졌다. 거기서 깊은 잠에 빠져 있다가 깨어나면서 지나간 과거를 아주 깡그리 잊어버렸다. 과거 뿐만 아니라 현실도 지각하지 못했다. 자기가 누구라는 것도 몰랐다. 왜 살아야 하는지, 죽는 것이 무엇인지도 모른다. 그저 밤에는 잠자고 낮에는 또 어디론가 돌아다니다가 썩은 음식을 주어 먹는 일, 그것 밖에는 아무것도 모른다. 잠에서 깨어난 곳이 그곳이기 때문에 그곳에서만 잠을 자야하는 줄 알고 있는 모양이다.

한 범인의 잔혹한 행동이 겨우겨우 지탱하며 살아가는 선량한 여자를 죽이고, 장래가 촉망되는 한 학생의 인생을 망친 것이다. 사람이 더불어 살아가는 세상에서 어찌하여 이렇게 억울한 일을 당해야 할까? 사람이 사람을 죽이고, 사람이 사람한테 죽임을 당하는 끔찍한 일들이 대수롭지 않게 일어나는 일은 언제쯤 멈출 수 있을까?

삼성교 건너편에는 나지막하고 기다란 낡은 여인숙 하나가 삐뚜름하게 문을 열어놓고 밤낮으로 손님을 기다리고 있다. 이 여인숙엔 여름내 개미 새끼 한 마리 얼씬하지 않는다. 더운 여름에 누가 그 답답한 여인숙에 들어가겠는가? 에어컨이나 켜져 있으면 모를까 선풍기 바람만으로는 솟구쳐 오르는 땀을 식히지 못할 것이다. 돈 없는 사람들이 추위를 피하거나 새벽 이슬을 피해 어쩔 수 없이 기어 들어가는 곳이기에 겨울에는 영업이 꽤 되지만 날씨가 더워지면 파리를 날려야 하는 것이다.

여인숙 여주인은 늙어빠진 얼굴에다 화려하게 치장을 하고 전동스쿠터를 타고 아침에 나가면 저녁이나 돼야 돌아오고, 송장메뚜기 같이 깡마른 육십대 영감은 허정허정 걸어 다니거나 현관문 밖에다 의자를 놓고 무료하게 시간을 보낸다. 영감은 할멈의 종이나 마찬가지다. 할멈은 밖에 나가 여자친구 남자친구 떼거리로 모여 술 마시고 화투치고 되는 소리 안 되는 소리 지껄이며 해롱거리다가 들어오면 영감이 밥을 먹었는지, 입맛이 떨어져 몇 때를 굶고 있는지, 아무런 상관도 안 했다.

영감은 젊어서는 힘깨나 썼지만 먹는 것이 부실하다 보니 몰골이 그렇게 되고 말았다. 그래도 한 가닥 취미가 있어 여인숙 마당이며 옥상에다 분재를 가꾸어 놓아 갖가지 기기묘묘한 나무들이 운치를 자아내고 있다. 가끔 분재를 하나씩 팔면 그 돈이 영감의 비자금이 되어 빵과 우유를 사다 먹는데 쓰고 있다.

"너는 누구냐? 왜 여기서 이러고 있어?"

영감은 미친 남자에게 손을 씻기고 머리도 감겨주며 먹다 남은 빵과 우유를 가져다주기도 하고, 새로 한 몫을 사다가 저녁에 돌아오면 먹으라고 놓아두기도 한다. 영감은 왠지 모르게 그 젊은이가 딱

해서 자꾸 마음이 쓰인다.

영감은 젊어서 자식과 아내를 버리고 나왔다. 지금의 할멈이 알랑 방귀를 뀌는 바람에 그만 그렇게 선택을 해 버렸다. 본처는 얌전하기만 하여 말수가 적고 어쩌다 농담이라도 할라치면 배시시 웃기만 했다. 그런데 새 여자는 헤헤 호호 수다를 떨며 허리에 휘감겨 팔이며 가슴이며 촉촉한 입술로 키스 세례를 퍼 붓는가 하면 발가락까지 입에 넣고 자근자근 깨물었다. 그의 몸뚱이는 머리서부터 발끝까지 온통 새 여자의 놀이터가 되었다. 그는 그렇게 새 여자가 파놓은 늪에서 시시덕거리며 돈 세는 재미에 깊이 빠져 들었다. 그러나 가끔 본처를 생각해 보지 않은 것은 아니다. 어떻게 살아가고 있는지, 아이는 얼마나 컸는지 궁금했지만 찾아갈 용기가 나지 않았다. 마음 같아서는 돈이라도 한 다발 갖다 주고 싶지만 새 여자가 난리를 피울까 두려워 그러지도 못했다. 그래서 "좋은 남자 얻어서 잘 살겠지, 찾아서 무얼 하겠나!" 하면서 잊어버리곤 했다.

새 여자는 소아마비로 한 쪽 다리를 절었지만 삼십대 초반에 룸살롱을 할 만큼 머리가 약고 수완이 좋았다. 영업을 하자면 건장한 남자가 떡 버티고 있어야 시시껄렁한 사내들이 얕보지 않을 것이므로 그를 사랑이라는 밧줄로 꽁꽁 묶어 부려먹은 것이다.

그는 언제나 새 여자의 사업장에서 카운터를 보아 돈을 넘겨주는 일을 했다. 아이들 남매를 낳아 기르며 깨가 쏟아지는 듯 즐거워했다. 사업을 바꾸는 것이나 건물을 사고팔고, 아이들 진학이나 결혼을 시키는 것 모두가 새 여자의 뜻으로 이루어졌다. 그는 새 여자의 말이라면 "그래그래 그렇게 해." 하면서 자신의 의지와 줏대라고는 나무젓가락 한 짝 만큼도 행사하지 못했다. 새 여자가 주인이고 그는 하인으로 시키는 대로 꾸벅꾸벅 따라가기만 한 것이다. 그렇게 모은 재산은 자식들이 결혼을 하면서 이리저리 떼어주고 지금은 이 허줄한 여인숙만 남았다. 그런데 이제는 자식들이나 할멈이 영감을 흑싸리 껍데기 취급을 하는 것이다. 어디가 아프다고 해도 누구 하나 눈도 깜빡하지 않는다.

요즘 영감은 부쩍 더, 버리고 나온 전 아내와 아들이 생각난다. 구미호 같은 여자에게 홀리지만 않았더라면 가장 노릇을 하며 비록 돈은 잘 벌지 못했더라도 자신의 의지와 뜻대로 가정을 이끌어 나갔을 것이다. 그런데 지금 이 꼴이 뭔가? 한 평생 기둥서방 노릇을 하다 늙어빠지니까 하릴없이 내 팽개쳐진 찌그러진 쪼그랑 바가지 꼴이다. 천년 묵은 백여우가 남자의 혼을 쏘옥 빼먹고 껍데기만 남은 꼴이다. 여우한테 혼을 빼 먹히고 그래도 좋다고 헤헤거리며 살아온 세월이 후회스럽다. 영감이 뭐라고 한마디라도 할라치면 할망구는 대뜸 "미친놈 지랄하네."로 나온다. 인간대접을 받지 못하고 천덕꾸러기 신세가 된 자신을 돌아본다.

"너는 누구냐? 왜 이러고 있어?" 젊은 남자에게 하던 말을 자기 자신에게도 던져본다. 자신이 미친놈이라는 것을 이제야 깨달았다.

"미친놈은 바로 나였구나. 대관절 정신은 어디다 빼놓고 허깨비만 살았던 것이냐?"

영감은 소주 두 병을 안주도 없이 들이마시고 그만 인사불성이 되었다. 갑자기 밤중에 양동이로 들이 붇는 듯 폭우가 쏟아졌다. 붉은 흙탕물이 악마의 혀처럼 둑이며 다리를 집어 삼킬 듯 넘실거렸다. 미처 옮기지 못한 하상주차장에 세워 두었던 차가 여지없이 떠내려갔다. 미친 남자의 거처도 물속에 잠겼다. 그가 물에서 빠져 나왔는지 물에 떠내려갔는지 아무도 모른다. 영감이 잠에서 깨어 둑에 나와 봤지만 둑을 넘실대는 냇물이 함성을 내지르며 항쟁을 하는 군중처럼 무섭게 달려가고 있었다. 영감은 그저 멍하니 우두망찰하게 서 있을 뿐이었다.

●○●○ 달님

●○●○

"미스 김은 정말 저 달덩이처럼 예쁘네요."

그 사내가 정말이라고 덧붙이는 것은 거짓말이기 때문이다. 그 사탕발림 말을 곧이곧대로 들을 만큼 어리석지는 않았으면서 뇌리에 각인되어 있는 까닭은 무엇일까? 세월이 어느 만치 흐른 지금도 달만 보면 염치도 없이 되살아난다.

그 때 그 달은 은쟁반 같이 한 군데도 이지러짐이 없는 보름달이었다. 모처럼 가설무대가 들어와 중간 중간 끊어먹는 형편없는 영화는 배우들의 키스신이 난무하는가 하면 베드신까지 적나라하게 까놓았다. 봄볕에 왕성하게 물오른 나무처럼 혈기 오른 청년들은 무슨 사고라도 치고 싶은 생각이 불끈불끈 치솟아 올랐을 것이다.

영화를 관람하고 집으로 향해 외진 길을 가고 있는데 뒤에서 한 사내가 따라왔다. 평소에도 이름 석 자는 알만한 사내였다. 영화 내용이 어쩌고저쩌고 하면서 궤변(詭辯)을 늘어놓더니, 내 얼굴이 달덩이처럼 예쁘다면서 기습적으로 키스를 해 버렸다. 나는 꼼짝달싹도 못하고 그의 손아귀에 쓰러지듯 주저앉고 말았다. 그 사나이는 내 입술을 훔치기 위하여 입에 침도 안 바르고 수작을 부려 온 것이다. 나는 제 아무리 강인한 척 해도 풋내기 가시내일 뿐이었다. 그런데 웬일일까? 나는 그 날 이후로 입술이 자꾸 가닐가닐해졌다. 가렵고 자릿자릿한 느낌이 잇달아 일어나는 것이다. 그럴 때마다 비누로 씻어내고 양치질을 하면서 결벽을 떨었다. 지금 생각하면 그 때 왜 따귀라도 맵차게 철썩 올려주지 못했을까 후회막심이다.

사내는 연애 박사라고 소문이 나 있다. 연애 박사는 학사, 석사를 거치지 않아도 되나보다. 어쨌든 입술을 도둑맞고 다음단계로 들어가려는 것을 겨우 도망쳐 오긴 왔는데, 그 밤을 꼬박 뜬 눈으로 새웠던 것은 또 무슨 까닭일까? 사내의 말 한 마디가 섶에 기름을 부은 것이다. 불씨만 떨어지면 걷잡을 수 없이 타 버릴 것이다. 그래, 절대로 불씨는 일으키지 않아야 한다고 마음을 다잡았지만 나는 어처구니없게도 그 사내를 기다리고 있었던가 보다. 입술을 도둑맞고 그 도둑놈을 기다리다니 원, 참 나.

달은 미인의 눈썹 같다는 아미월이 되었다가 점차 아이를 밴 여자의 배처럼 불러 오르고 그날같이 보름달이 되어도 그 사나이는 그림자도 비치지 않았다. 아마 나와의 키스를 까맣게 잊고 있는 모양이다. 남자는 여자와 태성이 다르다고 한다. 남자는 단지 배설을 목적으로 하기도 한다는 것이다. 배설을 하기 위해 여자를 찾고 목적을 해소하고 나면 금방 잊어버린다는 것이다. 그런데도 여자는 한번 스치기라도 하면 그것이 사랑인줄 착각을 하게도 된다. 남자는 몸과 사랑이 따로 놀고, 여자는 몸과 사랑이 같이 논다.

그날 내가 도망쳐 오지 않고 그 다음 단계가 진행되었다면 사건은 어떻게 벌어졌을까? 그의 준비되지 않은 아이를 가졌을지도 모른다. 그랬다면 그는 또 어떤 태도로 나왔을까? 아이 때문에 필연적으로 엮여버렸을지도 모른다. 그래도 달덩이처럼 예쁘다면서 키스를 할 수 있었을까? 그런 의문이 실타래처럼 얽히고 설키어 가리사니를 잡을 수가 없었다. 모든 잡쓰레기 같은 기억은 비워내야 한다. 그믐밤에 깡그리 흔적도 남기지 않는 달처럼.

비우면 차오르고 차면 비워내는 달의 소멸과 생성의 이치를 생각해 본다. 달은 끊임없이 변화하면서 그 모양을 연출해 낸다. 얼레빗 같아지기도 하고 귀고리 같아지기도 하고 앞섶에 차는 놀이개 같은 모양으로 바뀌다가도 지붕 위에 열린 박처럼 넝쿨도 없이 멋들어지게 떠 있다. 세상에 어느 보석이 달 만큼 아름다울 수 있을까?

그런데 나는 변화할 줄을 모른다. 언제나 그날이 그날이다. 생김

새도 마음도 도시 진취적이지 못하고, 발전 가능성도 없고, 고정 관념을 타파해 볼 엄두도 내지 못하는 따분하고 고지식한 전형적 보수의 틀에 갇혀있다. 그래서 성 개방적인 시대에 살면서도 처녀막을 시원스럽게 터트리는 모험을 하지 못한다.

해와 달은 하느님의 눈이라 했다. 하느님의 눈은 낮과 밤을 번갈아 가며 세상을 비춘다. 낮에 피는 꽃은 해님을 보기 위해서이고, 밤에 피는 꽃은 달님을 맞기 위해서이다. 그리워하고 좋아하는 임이기 때문이다. 나도 그런 꽃처럼 달님을 임으로 여기며 살까보다. 얼마나 신선하고 낭만적인가? 달이 내 임이라면 내 모습이 아무리 초라해도 탓하지도 버리지도 않을 것이다. 그래서 나는 달을 보고 즐거워하고 사랑하는 나의 그대로 삼기로 했다.

정철의 오우가 중에는,

"작은 것이 높이 떠서 만물을 다 비추니
밤중의 광명이 너만 한 이 또 있으랴
보고도 말 아니 하니 내 벗인가 하노라."

하며 달님을 찬양하는 시조도 읊지 않았던가?

밤마다 차고 기우는 저 달이 없다면 삼백예순날 까만 대지의 밤을 어찌 견뎌낼 수 있을까? 아마도 깊은 어둠에 침몰되어 삼라만상이 모두 질식해 버렸을지 모른다. 달이 그 너른 품으로 만물을 얼싸안고 돌아가기에 생기 흩날리는 아침을 맞을 수 있으리라. 그래서 나도 살아있는 것이리라.

달이, 아니 내 임이 몇 번의 생성과 소멸을 거듭한 뒤에 나는 또 한 번 놀라지 않을 수 없는 소문을 들었다. 내 친구도 그에게 입술을 도둑맞았다는 것이다. 그 즈음 입술을 도둑맞은 친구가 여러 명이 있다는 소문이 입빠르게 돌아다녔다. 그래 그 도둑놈을 고발해서 잡아넣어야 하는데 누구하나 용기를 내지 못했다. 사실 도둑을 맞았다고는 하나 잃어버린 것이 없기도 하려니와 설사 강간을 당했다 해도 대부분 쉬쉬하고 덮어둘 것이기 때문이다. 친구와 나는 그 남자만 보면 작은 소리로 "저 도둑놈 봐라" 하고 수군거리면서 킥킥거렸다. 친구도 나도 그 사내를 불러 까들막거리는 행동에 대하여 일침을 가하고 싶었지만 그렇게 할 수 없었다. 숫처녀였으니 남자 앞에 나선다는 것은 생각만 해도 얼굴이 달아올랐다.

그런데 대경실색할 사건이 벌어졌다. 친구가 그 사나이의 애를 가졌는가 하면, 얼마 안 되어 그 집으로 아주 들어가서 살아 버렸다. 친구는 나와 같이 수다를 떨며 그 사나이를 헐뜯고 무슨 새끼니, 무슨 놈이니 하면서 입방아에 올려놓고 절구질을 해댔는데 그게 다 가식이었던 것이다. 삽시간에 두 사람이 다 내게는 배신자가 되어버렸다. 나는 친구의 집에도 갈 수 없었고 친구의 결혼식에도 갈 수가 없었다. 나만 보면 힐끔거리며 얼굴을 훔쳐보는 그 남자를 대하기가 몹시 껄끄러웠다. 피해자는 난데, 왜 그 앞에서 수치스러워질까? 죄라도 지은 사람처럼 나는 그만 보면 얼굴을 돌리고 외면을 했다.

그렇게도 연애 박사라고 소문이 나 있던 그는 결혼을 하면서 아주 착실한 남편으로 변했고 가세가 융흥(隆興)하게 일어났다. 친구는 아이를 줄줄이 낳아놓고 사는 것이 즐겁기만 하다고 노상 입이 함박 같았다.

그런 친구가 부럽다거나 배가 아프다거나 하는 생각은 하지 않았다. 나에게는 다른 누구도 감히 엄두도 낼 수 없는 아주 고차원적이고 인물이 더 할 수 없는 달님이 있기 때문이다. 내 임은 저 높은 곳에서 언제나 나를 사랑의 눈길로 바라보고 계신다. 진정한 사랑은 눈으로 하는 것이다.

나는 서른이 다되어 갈 무렵 얼떨결에 지금의 남편을 만났다. 남편은 내 남편이라는 이름일 뿐 사랑과는 거리가 멀었다. 우리는 자주 을근거렸다. 나는 가슴이 답답하여 울분이 폭발하려 하면 호수를 찾았다. 호수에는 아담한 누각이 있다. 누각에 올라가 쥐 죽은 듯이 적막한 호수에서 물에 비치는 달그림자를 보고 있으면 울분이 사라진다. 슬픔을 비워내고 나면 기쁨이 차오른다. 그날도 호젓한 호수의 누각에 쓸쓸히 앉아 달마중을 했다.

별안간 하늘에서 큰 사건이 벌어지고 있었다. 달이 꺼멓게 병들어

가고 있었다. 달이 신음을 하며 가쁜 숨을 몰아쉬며 죽어간다. 안 돼 안 돼, 나는 안타까운 마음으로 아우성을 쳤다. 가슴이 조마조마하게 타들어갔다. 개기월식은 그리 길지 않았다. 달은 병마를 물리치고 본래 모습으로 돌아 왔다. 병을 이겨낸 달은 한층 더 맑고 밝게 빛났다. 달도 병을 앓을 때가 있다. 살아있는 것은 무엇이든지 병을 앓기도 하고, 아프고 고통스러움을 겪기도 한다. 그 아픔과 고통을 이겨내야 생명력이 더 강해진다. 병마를 이기지 못하면 흉물스럽게 죽어 간다. 나무도 풀들도 강인한 생명력으로 고난과 아픔을 이길 때 꽃을 피워 생명의 깃발을 더 높이 치켜든다.

한참을 일렁이며 수런수런 동요하던 호수의 물이 조용히 좌정을 했다. 달님의 얼굴을 비출 거울이 될 준비를 마쳤다. 이내 물속에 보석 같은 달이 떴다.

중국의 고대 시인 이태백은 물속에 뜬 달을 건지려다가 그 그림자를 안고 달나라로 갔다고 한다. 달이 얼마나 좋았으면 그림자라도 품어 안으려 했을까? 삶과 죽음을 초월한 사랑의 정열을 실천해 냈다. 이해타산의 얍삽한 머리 회전으로는 빠져 죽을 것이라는 계산이 앞설 것이다. 계산을 먼저 하면 사랑이 아니고 거래가 된다. 다른 생각이 곁들지 않은, 오직 좋아하는 순수한 환희심만이 진실한 사랑일 것이다.

내가 키스를 해 본 것은 친구의 남편이 된 그 사내와의 한 번 뿐이었다. 남편도 내게 키스를 해 본적이 없다. 키스라는 것은 혼전에 하는 것이지 결혼을 하면 별로 의미가 없는 것이 아닐까? 말을 하면서 상대방의 침이 튀기라도 하면 유쾌하지 못하다. 밥을 먹다가도 반찬에 침이 튀기는 것을 보면 밥맛이 떨어진다. 키스라는 것도 그렇다. 입술에 남의 침이 묻으면 꺼림직하다. 사랑이 폭포수 같이 쏟아지는 상대가 아니고서야.

남편과 나는 별로 좋아하지는 않지만 한 지붕아래 살다보니 아기가 생겼다. 나는 달을 보며 태교를 했다. 아기가 달님의 정기를 듬뿍 받아 태어나기를 소원했다. 달에는 월광보살님이 계시다고 한다. 또 달에는 월하노인도 계시다고 한다. 월광보살은 항상 달을 광채가 나도록 닦고, 월하노인은 지구를 내려다보시며 처녀 총각이나 홀아비 과부의 짝을 찾아주는 중매쟁이 역할을 한다고 했다. 달이 저렇게 맑게 빛나는 것은 월광보살님이 깨끗하게 닦아놓으시기 때문이라니 보살님의 수고와 고마움을 생각해 본다.

초하룻날부터 시작해서 새벽하늘에 가늘게 뜬 실오라기 같은 달을 가슴에 담아간다. 달은 언제나 어제의 달이 아니다. 변모한 새로운 모습으로 우리 곁에 다가온다. 보름을 기준으로 하여 더 할 수 없이 동그랗게 생성하면 다시 소멸을 해 나간다. 비우기 위하여 생살을 깎아 낸다. 그믐이 되면 달은 사라진다. 소멸되어 없어지는 것이다. 초하루부터 달은 다시 탄생된다. 채우고 비우기를 한 달 동안 진행해 가는 것이다. 이번 달에 뜬 달은 이미 지난달에 뜬 달이 아니라 다시 탄생된 새 달이다. 환생의 법칙일까? 회전의 법칙일까? 사람도 마찬가지다. 모태에 작은 점 하나로 시작되어 출생을 하고 청년기까지 성장을 하다가 성장이 다 되고 나면 늙어가는 과정으로 간다. 죽으면 다시 환생을 한다. 그 이치를 달님이 생생이 보여주고 있는 것은 아닐까?

밤마다 달님을 보며 태교를 해서인지 달덩이 같이 예쁜 여자아기가 태어났다. 나의 집에도 또 하나의 달이 떴다. 달이 뜨니 밤낮으로 집안이 환하다. 친구의 아이들과는 차원이 다르다. 태교를 하고 정성스럽게 키워온 아이와 제멋대로 생겨난 아이가 어찌 같을 수 있겠는가? 내 아기는 귀티가 나고 천상에서 하강한 선녀같다. 아이가 자라면 세상을 환히 비쳐 줄 그런 사람이 될 것이다.

아이를 얻고 나서 비로소 나는 남편을 미워하는 마음을 비워내기 시작했다. 미운 마음이 일면 자꾸자꾸 비워내고 사랑하는 마음을 채우는 이치를 터득했다.

오늘 밤도 달님은 구름사이로 언뜻언뜻 빙긋이 미소를 지으며 환한 얼굴을 내민다. 낙동강 하원유원지, 나룻배로 강을 건너 십리길 친정에 가는 길이다. 남편은 선물 꾸러미를 무겁게 들고 나는 아기를 업었다. 내 등에는 작은 달님이 새록새록 잠자고 하늘에서는 큰 달님이 우리의 길을 환하게 비추며 따라온다. 신월이 부풀어 오르는 맑은 배를 드러내 보이며 눈인사를 보낸다. 그 인사 속엔 은빛 환한 월광보살이 보내는 무언의 메시지가 들어있다. 사랑한다고, 아주 많이 사랑한다고……

●○●○ 변종

●○●○

사람에 남자와 여자 두 종류가 있다는 것은 고정불변의 이치이다. 그런데 그 고정불변의 이치를 깨트리는 사건이 일어났다. 계통발생에 문제가 생긴 것이다.

우경이는 남자일수도 있고 여자일수도 있는 상태로 태어났다. 한 사람의 몸에 두 가지 성기가 붙어 있는 것이다. 하나이어야 하는 것이 두 개가 되었다면 부실할 수밖에 없을 것이다. 어느 것도 제대로 써 먹을 수가 없는 것이다. 남자의 성기라면 그 기능을 충분히 발휘해야 할 것이고, 여자의 성기라면 아이를 낳을 수 있는 기관이 발달되어 있어야 하는데, 한 몸에 남자와 여자의 성기를 다 가지고 있는 사람을 '남녀추니'라 한다. 또 '고녀'·'반음양'·'어지자지'라는 말도 있다. 우경의 부모는 우경을 낳자 여자인지 남자인지 헷갈렸다. 남자 같기도 한데 또 그 아래 여성의 성기가 있는 것이다.

"이것은 고추가 아니고 감씨라고, 이애는 여자라니까."

우경의 아버지는 여자애라고 했다.

"감씨로는 소변이 나오지 않지. 여기로 소변이 나오니 이건 분명히 고추야."

우경의 어머니는 남자애라고 했다.

여자의 성기는 삼각주에 감씨가 융기로 돌출해서 마지노선을 만들어 타원형으로 내려가 그 안에 웅덩이를 형성하고 있다. 장미꽃에 비유된다. 색깔이 좀 거머잡다한 흑장미라고 할까? 이 흑장미에 나비가 빠지면 헤어나지를 못하는 것이다.

요즈음 사람들은 감씨라는 말을 모른다. 국어사전에도 없다. 하지만 나이가 드신 아주머니들은 이 말을 잘 썼다. 산에 가다가 오줌을 누고 나오면 "감씨 심었어?" 하기도 하고 "어디 갔다 와?" 하고 물으면 "감나무 심고 와." 하고 자연스럽게 대답했다. 여자들끼리만 쓰는 말이다. 남자들이 있으면 절대로 안 쓴다.

한 사람의 몸에 암 수 두 가지 성기가 있다는 것은 확실히 희괴한 일이 아닐 수 없다. 연구된 바에 의하면 조개류 중에는 암 수의 성을 다 갖추고 있어 혼자서도 새끼를 까는 것도 있다고 한다. 또 조개류는 나이에 따라 암놈이 수놈으로 성기가 바뀌기도 한다는 것이다. 그럼 우경의 몸에도 사람이 아닌 조개류의 생태적 변종 유전자가 투여된 것일까?

성별은 염색체에 의하여 결정된다고 한다. 염색체에 문제가 발생하면 기형인 성기가 될 수도 있다는 것이다. 한쪽 귀가 없는 사람도 있고, 손가락이 여섯 개인 사람도 있고, 유방이 네 개인 사람도 있다. 이렇게 얼굴이나 몸에 기형이 나타나기도 하는 데 성기라고 해서 기형이 없으라는 법은 없다. 하지만 성기의 기형은 매우 드물다. 의사들은 술좌석에서 자기들끼리 "있을 것이 없다", "생기다 말았다"는 등 소문을 퍼트리기도 한다.

하여튼 우경의 아버지는 우경의 출생신고를 하면서 여자라고 할까 남자라고 할까 고민을 거듭하다가 소변이 고추에서 나오는 관계로 남자로 올려놓았다.

"절대로 고추를 남에게 보여주어서는 안 된다. 네 고추아래는 금보다 더 값비싼 보배가 숨어 있기 때문에 그것을 남들이 알면 빼앗아 가려고 한단다."

우경의 부모는 우경에게 세뇌를 시켰다. 그런 줄만 알았던 우경이 초등학교를 졸업할 무렵 자신에게 감추어진 보배가 무엇인지가 궁금해서 바지를 내리고 거울에 비추어 보았다. 그러나 보배라는 것은 찾아 볼 수도 없고 거기엔 여자아이들에게 있는 그것이 거울에 비쳐졌다. 자신의 몸에 마땅히 한 가지만 있어야 하는 것이 두 가지나 있다는 것에 의문을 가지게 되었고 그때부터 우경은 혼자 걱정하기 시작했다.

우경은 점점 자라면서 얼굴과 목소리는 아주 예쁜 여자인데 고추가 덤으로 달려 있는 자신의 성에 대하여 깊은 고민에 빠져 들었다. 하지만 호적에 남자로 되어 있으니 남자 행세를 해야 했다. 남자 옷을 입고 남자아이들과 같이 놀고 줄곧 남자로 살아왔다. 우경은 제 물건을 아무에게도 보여주지 않았다. 공중목욕탕에도 가지 않았다. 신체적 비밀을 철저히 감추려는 것이다.

그러나 호적에 남자로 얹혀 있으니 군대를 가야 한다. 신체검사를 받으라는 통지서가 왔다. 우경은 자살을 하고 싶은 심정이었다. 이제까지 감추어 두었던 비밀이 세상에 들통 나는 것은 죽기보다 더 싫었다.

우경은 어떻게 죽을까 죽을 방법을 찾기 위해 고민에 고민을 거듭하고 있었다. 한강 다리에서 떨어져 죽을까 하고 다리를 왔다 갔다 하며 수차 기회를 보았다. 만약에 뛰어내리는 것을 누구라도 보았다가는 신고를 해서 구급대원이 들이닥쳐 실패할 수도 있을 것이고, 다행히 목숨이 끊어졌다 해도 엄동설한에 얼음장 같은 물속에 들어가 시체를 찾느라 여러 사람이 생고생을 할 것이다. 제 한 몸 죽으면서 여러 사람에게 폐를 끼친다면 그것 또한 차마 할 짓이 못된다.

아파트 옥상에 올라가 떨어져 죽을까도 생각해 봤다. 얼마 전 옥상에서 떨어져 죽은 시체를 보았다. 눈알은 튀어나오고 머리는 깨지고 피투성이가 된 시체가 너무 끔찍하고 처참해서 눈 뜨고는 볼 수 없었다. 그 광경을 보고난 뒤 우경은 가끔 잠을 못 이루고 무서워했던 적이 있었다.

누구처럼 목을 매 죽을까도 생각해 봤다. 대학에 입학하고 자취방 원룸을 얻었을 때, 잠만 들면 여자귀신이 나타나서 울어대는가 하면 머리가 아프고 가위가 눌려서 그 방에서 살 수가 없었다. 뒤에 안 일이지만 그 방에서 여대생이 목을 매어 죽었다는 것이다. 그 소리를 듣고 우경은 정신병을 일으킬 뻔한 적도 있다.

그럼 도대체 어떻게 죽어야 남에게 피해를 입히지 않고 시체도 남기지 않고 죽을 수 있단 말인가? 고민에 고민을 거듭하다가 결국 죽지 못하고 신체검사 날이 목전에 다가오고 말았다.

우경은 화장실에 가서 그 남근이랄 것도 없는 남근을 수제비 반죽하듯이 주물럭거려 최대한 크게 만들어 가지고 잔뜩 몸을 움츠리고 다리를 바짝 붙이고 옷을 벗었다. 풍성한 검은 숲으로 뒤덮인 사타구니에 손가락만한 고추가 삐죽이 내밀고 있었다. 검사관은 더 이상 보지도 않고 실격 판정을 내렸다. 그래서 군대를 면제 받았다. 만약에 검사관이 그것을 들척거렸다면 아찔한 상황이 벌어졌을 것이다. 모두 눈을 휘둥그레 뜨고 우경의 성기를 구경하려고 모여 들었을 것이다.

위기를 무난히 넘긴 우경은 자신이 죽지 않고 살아있는 것에 환희를 느끼며 발걸음도 가볍게 집 앞 도로에 까지 왔다. 그때 가게 들마루에는 김씨가 술이 고주망태가 되어 큰 대자로 벌렁 누워 잠을 자고 있었다. 그 게걸스러운 모습에 역함을 느꼈지만 그를 그대로 두면 체온이 떨어져 위험할 수도 있었다. 우경이 아무리 김씨를 깨워도 인사불성이다. 그렇다고 덤덩이(바위덩이) 같은 김씨를 끌어다가 방에 눕힐 재간도 없었다. 하는 수 없이 우경은 자신의 털 코트를 벗어 김씨에게 덮어 주었다.

구레나룻까지 검은 돌비늘 같은 건장한 김씨가 여자라는 것은 이웃 할머니들이 증명해 준다, 김씨가 세 살적에 발가벗고 놀았다는 것이다. 그 시대에는 옷이 귀하고 귀저기를 천으로 했기 때문에 하루에도 수차 싸대는 오줌을 감당할 수가 없어 자주 옷을 벗겨 놓았다는 것이다. 그런데 김씨가 사춘기에 들어서면서 외모가 점점 남자로 바뀌어 가더라는 것이다. 병원에 가서 진찰을 했으나 남성호르몬이 왕성하게 발달해 감을 어쩔 도리가 없다고 한다. 그때부터 김씨는 이발소에서 상고머리로 깎고 남자 옷을 입었다. 머리가 나쁘고, 있는 것이라고는 넘치는 힘 밖에 없는 김씨는 건설현장에서 막노동 품팔이를 했다. 김씨가 가장 괴로운 것은 월경을 하는 것이다. 피덩어리가 흘러내릴 때는 일도 못가고 방구석에 틀어박혔다.

김씨가 여자가 된 것은 삼신할머니의 잘못이라고 했다. 삼신할머니가 불알 혼솔을 꿯기가 싫어서 그만 쪽 째 버렸다는 것이다. 불알을 만드는 것은 피부의 로열 젤리가 되는 특수조직의 세포 실을 만들어 섬세하게 주머니를 양쪽으로 짜서는 한 가운데로 혼솔을 뚫아야 한다고 한다. 남자는 그래서 여자보다 공이 많이 들여야 만들어지는 존재라고 했다. 남자의 성기는 남근이라고 한다. 남자의 뿌리라는 말이 되겠고, 남자의 근본이라는 말도 되겠다. 그런데 왜 여자의 성기보고는 여근이라고 하지 않는지 모르겠다. 하지만 여자의 성기는 보배다. 여자의 성기가 없으면 인류가 멸망한다. 남자도 여자도 다 여자의 성기덕분에 태어난다. 여자의 성기는 남자의 뿌리를 적셔 메마르지 않게 해준다. 놀이터라고 함부로 짓밟지 마라. 아끼고 보호해야 하는 국보다.

남자는 사춘기에 들어가면서 고래를 잡는다고 한다. 성기의 변형이 일어나 요상한 괴물의 모양이 이루어진다. 그런데 여자는 그런 절차를 거치지 않아도 된다. 고래도 잡지 않고 변형도 일어나지 않고 원본을 보존한다. 그러고 보면 남자의 성기는 춤을 추기도 하고 키웠다 줄었다하는 변화무쌍한 재주를 부리는 존재이기도 하다.

김씨가 건설현장에 주민등록 복사본을 내 밀면,

"왜 여자로 되어 있어요?"

"잘못 올려놔서 그렇게 됐대요."

"정정을 해야지 왜 하지 않아요?"

"얼마나 살겠다고 번거롭게 정정을 하겠어요."

짚신짝도 짝이 있다던가? 그러던 김씨가 삼년 전 동거생활을 시작했다. 상대는 같은 건설현장에서 일을 하는 남자다. 그 남자는 오히려 키가 작달막하고 여성적인 면이 있지만 당차 보였다. 그들은 둘이 노동을 한 대가를 받으면 수입이 꽤 쏠쏠했다. 그 돈을 모아 15평짜리 빌라를 전세로 얻었다. 그들이 한 번 싸움이라도 하면 격투기 시합은 저리가라다. 그들은 밤에도 엎치락뒤치락 씨름판을 벌리곤 했다. 김씨는 임신을 하지 않으려 날마다 불임 약을 먹는다. 자기를 닮은 아이를 이 세상에 내 놓지 않겠다는 것이다.

우경의 동네에는 어느 시골로 시집을 갔던 감순이가 이혼을 하고 돌아왔다. 감순이 남편이 말뚝 고자라는 것이다. 말뚝 고자란 정랑이 없는 사람을 말한다. 정랑이 없기 때문에 정자를 배출하지 못하여 자식을 갖지 못한다는 것이다. 감순이는 남편이 말뚝 고자인줄 모르고 지내왔다. 그런데 빨래터에만 가면 동네 아낙들이 수근거렸다.

"새댁! 남편이 고자인 줄 아직도 몰라?"

"무슨 그런 말씀을."

"저런 숙맥, 아직도 모르는 구나."

감순이는 남편이 일을 끝내고 곤하게 자고 있을 때 남편의 물건을 관찰했다. 커다란 그것이 젊잖게 중절모를 쓰고 있는 폼이 꽤 그럴싸했다. 그런데 그 아래 있어야할 정랑이 흔적도 없었다. 알은 없더라도 빈 거푸집이라도 있어야 하겠지만 그냥 민둥산이다. 감순이는 이혼 소송을 하여 위자료를 한껏 청구해 놓고 친정으로 돌아왔다. 그러나 감순의 남편은 사랑하던 아내에게서 배신을 당하고 농수로 웅덩이에 빠져 죽고 말았다. 바보같은 감순은 위자료로 받은 돈을 제비족에게 홀랑 빼앗기고 식당에서 설거지나 하는 신세로 전락했다.

옛날에도 남자의 성기와 여자의 성기를 동시에 가지고 있던 사람이 있었다고 한다. 그 사람은 보름동안은 여자가 되고 보름동안은 또 남자가 되었다. 남자가 된 보름동안은 제 마누라를 못살게 굴고, 여자가 된 보름 동안은 동네 머슴들 방을 밤마다 전전했다는 것이다. 여자가 될 때는 남성의 성기는 속으로 들어가 숨어 있고 여자의 성기만이 입을 벌리고 실룩샐룩해서 견딜 수가 없었고, 남성이 될 때는 여성의 성기는 오므라졌고 남성의 성기가 돌출해서 크게 발기하여 끄덕거리며 춤을 추었다는 것이다.

인체에 있는 기관들은 제 맡은 임무를 충실히 수행하려 한다. 간은 끊임없이 독소를 제거하는 데 전념하고, 심장은 한시도 쉬지 않고 혈액 펌프질을 한다. 성기도 마찬가지다. 잠을 자다가도 때때로 깨어나 제 일을 하려고 날뛰는 것은 생리적 현상이다. 그것은 그것이 맡은 임무를 다하기 위함이다. 하지만 부당한 곳에 투입되는 것은 전자발찌를 차게 되는 '영광'을 누릴 수도 있으니 절제하지 않으면 안 된다.

성기의 변종은 신의 장난일까? 심심하고 따분하고 무력한 신들이 인체에다가 몹쓸 짓을 해 놓고는 허파가 뒤집히도록 웃어 대었을지 모른다. 그래 당신들의 장난이 한 인간을 얼마나 비굴하게, 삶과 죽음의 갈등에서 헤매게 하는지 똑똑히 보아주면 좋겠다고 우경은 분개했다.

성기는 하나의 도구일 뿐이다. 결혼을 하고 아이를 낳아야 된다는 것이 인생의 의무만은 아니다. 인간이 살아가는 데는 여러 길이 있다. 보편적인 인간들이 가는 길보다 더 신선하고 아름다운 한적한 길은 한 차원 높은 길이다. 우경은 그 길을 택하기로 했다.

우경이 중이 되겠다고 하자 우경의 부모는 다니던 대학이나 졸업을 하고 중이 되라고 했다. 그러나 우경은 속세에 더 머물러 있기가 싫었다. 또래의 친구들이 격치없이 벌써부터 문란한 생활을 하는 그런 속에 끼어있기가 싫었다. 우경이 기어이 지금 떠나겠다고 결연한 태도를 보이자 우경의 어머니는 속옷 여러 벌을 챙겨 여행 가방에 담아 주었다. 우경은 그 가방을 받아 들고 태어나서 22년을 살아온 정든 집을 표표히 떠났다. 그 길 만이 우경이 살아가야할 길이라는 것을 그의 부모도 인정했다.

우경은 절에 들어가 머리를 홀라당 깎았다. 목탁처럼 동그란 머리에 하얀 얼굴이 가지고 놀고 싶도록 예쁘다. 우경은 대덕 큰스님들에게 귀여움을 한 몸에 받았다. 우경은 공양간에서 국과 찌개를 끓이는 갱두스님이 되었다가, 나물을 다듬고 무치는 채공스님이 되었다. 하얗고 통통한 작은 손으로 맛깔스럽게 나물을 무쳐내었다. 우경은 열심히 경전을 공부하면서 마음에는 큰 기쁨이 늘 용솟음치고 있었다. 우경이 자살을 했더라면 몇 천 겁을 지옥 속에 빠져 헤어나질 못했을 것이다.

우경은 정신과 몸을 흩트리지 않게 행주좌와를 위의 있게 가졌다. 불교에서는 일상의 동작인, 가고, 머무르고, 앉고, 자는 일의 위의를 행주좌와라 했다. 위의는 위엄이 있는 몸가짐이라는 것이다.

우경은 자신의 성기가 그렇게 생긴 것이 천만다행이라고 여겼다. 처 들고 오줌을 배설하는 데는 제격이다. 여자의 성기는 오줌을 배설하고 번번이 닦아내어야 하지만 우경의 성기는 그냥 털어버리면 된다. 또 우경은 남성과 여성의 성기가 한 몸에 있느니 이성을 갈구하는 욕망이 일어나지를 않는다. 그래 잡다한 마음이 들지 않아 우경이 수도를 하는 데는 딱 안성맞춤이었다. 우경은 이미 보살의 경지에 들어 있다.

•○•○ 보내지 못한 편지

1

난희네 집 TV가 고장이 났다. 켜놓으면 저절로 채널이 번뜩이며 돌아가더니만 이제 아주 꺼져버린다. 8년을 줄창 틀었으니 고장이 날 만도 하다. 요 며칠 TV를 못 보게 되니 그녀는 꼭 귀가 먹어버린 것 같은 느낌이다. 평소에는 뭐 그렇게 뉴스에 관심이 많았던 것도 아니고 연거푸 나오는 광고가 지겹다면서 꺼 버리기가 일쑤였는데 그게 다 호강스런 투정이었더란 말인가? 물건이나 사람이나 있을 때는 모르다가 없어지고 나야 그 존재가치를 알게 되는가 보다. 우선 텔레비전을 못 보니 답답한 것이 한두 가지가 아니다. 일기예보를 알 수 없는 것도 그 중 한가지다.

그녀는 이참에 아주 벽걸이 TV로 장만할까 하는 생각이 없지 않았지만, 있는 것을 고쳐서 알뜰하게 쓰는 것이 국가적으로나 가정 경제적으로 이롭겠다는 생각에 A/S를 신청했다.

초인종 소리에 문을 여니 공구가방을 무겁게 든 서비스 기사가 득달같이 도착했다.

"○○전자 ○○○입니다. 좀 들어가겠습니다."

예의도 바르고 인사성도 좋은 기사는 나잇살이나 먹어 보였다. 그는 TV를 엎어놓고 뚜껑을 열어 먼지를 닦아내고는 부속을 바꾸어 끼우느라 열중해 있다. 집에 온 손님이니 차라도 한잔 대접하려고 커피 잔을 옆에 놓으려는데 확 풍기는 냄새가 코 점막을 스쳤다. 언젠가 그녀에게 퍽 익숙했던 그런 냄새다. 그녀는 기연가미연가 하면서 그의 뒷모습과 옆얼굴을 찬찬히 관찰했다. 장판수, 그였다.

그녀는 벌렁거리는 가슴으로 소리 없이 허둥대면서 방으로 들어가 문을 잠갔다. 이 세상에서 가장 보여주기 싫은 남자에게 사는 꼬락서니를 송두리째 들켜 버렸으니 이 노릇을 어찌할까? 창피해서 죽을 맛이다. 거울을 보았다. 반 늙은 초라한 모습이 여과 없이 비쳐졌다. 격랑의 세월이 훑고 간 자리마다 주름이 접히고 주근깨가 흩뿌려졌다. 그녀는 그런 자기 모습에 진저리가 쳐졌다. 거무데데한 얼굴에 화장이라도 해야 되겠기에 스킨, 로션, 파운데이션에 가루분을 하얗게 바르고 눈썹까지 그리고 두리번거리다가 남편의 등산모를 눌러쓰고 색안경을 꼈다. 그래도 그가 알아볼까 두려워 너구리 마스크까지 했다.

“사모님 다 고쳤습니다. 확인해 보십시오.”

그녀는 의도적으로 기침을 콜록콜록하면서 고개를 푹 숙이고 재료값을 지불하고 영수증에 서명을 했다. 그가 나가자 모자와 안경을 벗고 안도의 숨을 내쉬며 의자에 풀썩 주저앉았는데 그만 비감에 젖어 눈물이 줄줄이 흘러내리기 시작했다. 으흐흐흐 흑흑……

그녀의 고향은 아늑한 촌락이다. 곡식들이 풍성하게 너울거리는 들녘이며, 어미 찾는 송아지 울음소리가 한가로운 곳, 저녁연기 하얗게 피어오르면 하루 일을 마친 농부들이 편안한 휴식에 빠져드는 곳, 목가적 풍경이 아름다운 곳이다.

그녀와 그는 그곳에서 자랐다. 초등학교, 중학교를 줄곧 한 반으로 지냈고 선머슴아 같은 그녀의 성격은 사내아이들과 겯거니틀거니 하면서 곧잘 어울렸다. 이겨보겠다는 승부욕은 눈물을 찔끔거리면서도 그와 맞서곤 했었다.

열여덟 살 되던 가을이었다. 그가 밤을 주우러 가자기에 그녀는 남의 눈을 피해 그의 뒤를 발맘발맘 따랐다. 울묵줄묵한 산등성이 몇 개를 넘어가자 알밤이 즐비하게 떨어져 있었다. 그들은 정신없이 한 가방 터지게 주워 담고 쉬고 있을 때였다. 그가 그녀의 손에 박힌 밤 가시를 빼어주고는 어깨에 손을 얹었다.

"난희야!"

"응."

"너는 언제 결혼할래?"

"몰라. 너는?"

"아마도 스물 일곱은 돼야겠지."

"나는 너무 늦지."

"우리 결혼할래?"

"몰라. 싫다 얘는."

그녀는 그를 주먹으로 토닥토닥 때리다가 뒤에 가서 허리를 안고 등에 얼굴을 대었다. 그의 냄새가 감미로웠다.

"가자."

그가 알밤가방을 그녀의 어깨에 걸어주었다. 산을 내려올 때도 주거니 받거니 즐거웠다. 그들은 숱하게 손을 잡고 몸을 기댔지만 키스를 하거나 그런 것을 하지 않았다. 그녀의 용감한 기질로는 판수를 끌어안고 얼굴을 비벼댈 수도 있었지만 자제를 해냈다. 그 즈음 아랫마을 옥분이가 아이를 배었다는 빅뉴스가 나왔다. 그런데 그 아이가 정식이 것이라고도 하고 영철이 것이라고도 했다. 참 이상한 것은 당사자들은 누구 하나도 "아니면 아니다." 라든가 하는 분명한 태도를 하지 않는다는 것이다. 그들은 둘이 다 옥분이를 차지하기 위해서라고 소문이 꼬리를 달았다.

그리고 판수는 대학을 가기 위해 서울로 가버렸다. 그녀는 늘 그를 마음에 품고 살았지만 러브레터는커녕 편지 한 장 오지 않았다. 급변하는 세태 속에서 그도 변화의 물결을 타게 되었나 보다. 얼마 뒤 그녀의 집도 도시로 이사를 오게 되었다. 그녀는 스물 일곱까지 기다리지 못하고 지금의 남편과 결혼을 하고 말았다. 그리하여 비련의 사랑은 막을 내렸던 것이다.

그를 보고난 뒤부터 그녀는 자주 멜랑콜리에 빠져 있었다. 별다른 생각 없이 그냥 우두커니 앉아 있는 것이다. 그러고 있을 때 마침 전화기에서 수신음 멜로디가 흘렀다.

"텔레비전이 잘 나오는가 해서요."

"예."

"이상이 있으면 연락하십시오."

"예"

지극히 직업적인 통화였다. 그녀는 모처럼 바람도 쐴 겸 슬슬 거리로 나왔다. 목적도 없이 이리저리 돌아다니다가 구경이나 한 번 해 볼까하여 전자상가의 문을 밀고 들어갔다. 한 눈에 섬광을 일으키는 커다란 벽걸이 TV, 백 몇 십 만원 하는 그것을 카드로 널름 사 버렸다. 이튿날은 고급 카펫에, 쇠가죽 소파에, 번쩍거리는 장식장에, 천장에는 비싼 샹들리에까지 달았다. 그러면서 이만하면 판수 앞에서 자기를 밝힐 수 있었을 텐데 하며 아쉬워했다.

2

난희야

우연이었어. 너를 만나게 된 것이……

이 도시로 발령을 받아 오면서부터 줄곧 너 만나기를 원해 왔어. A/S 신청서의 네 이름을 보고 얼마나 반가웠는지. 가슴을 두근거리면서 꼭 너이기를 고대했어. 그래서 순서를 제치고 너의 집으로 먼저 달려갔지.

세월을 비껴갈 수 없었던지 탱탱하던 네 밤볼은 어디로 사라지고 50대 중반의 아줌마가 되어 있더구나. 우리들의 변해버린 모습에 서글픔 한 줄기가 쏴 하고 가슴을 타고 흘러 내렸어. 그래도 나는 네가 알아봐 주기를 기대하며 온 몸의 신경을 곤두세우고 귀를 열어, 판수야! 하고 네 씩씩한 목소리로 불러주기를 기다리고 있었지. 그리하여 지난 회포를 마음껏 풀고 싶었는데, 너는 끝내 내 이름을 불러주지 않더구나. 울고 싶은 심정이었어.

너 그거 생각나? 중학교 때 축구를 하다가 내 발이 삐었을 때 네가 부축을 하고 집에 온 것 말이야. 읍내중학교는 장장 시오리가 넘었는데 그 길을 내가 절룩거리며 네게 의지했을 때 너는 힘든 내색도 하지 않고 잘 버티어 주었다는 것, 지금도 눈에 선하게 떠오르는구나. 나는 때때로 네가 있어 참 좋다는 생각을 했었어.

대학을 다니다가 중퇴를 하고 군대를 갔었지. 첫 휴가 때 고향에 가 보니 너는 이사를 가버렸더구나. 아무도 네 주소를 아는 사람이 없었어. 군대 3년 동안 너를 참 많이도 그리워했었지.

이제 우리 사이는 격강천리(隔江千里)가 되어버린 것에 슬픔을 금할 수 없구나. 너에게 아무것도 해 준 게 없어 미안하다. 난희야!

우리 지난날의 영상들은 소중한 추억으로 간직하고 안녕.

판수는 이 편지를 끝내 보내지 못했다.

•◦•◦ 신작로

●○●○

형준의 집은 궁벽한 농촌에 있다. 재넘이 바람이 사시사철 시원하게 불어오고 풍성하게 흐르는 맑은 시냇물이 마을을 휘돌아 해마다 풍년이 드는 천혜의 땅이다. 예전에는 초가지붕이 자우룩했었는데 박정희 정권 때 새마을 운동으로 "초가집도 없애고 마을길도 넓히고" 하면서 초가지붕을 걷어내고 슬레이트 지붕으로 바뀌었다. 그러나 슬레이트 지붕은 초가지붕만큼 더위와 추위를 막아주지 못해 장영감 댁과 몇몇 살만한 집들은 슬레이트집을 헐어내고 새로 기와집을 지었다. 형준의 집도 날아갈 듯 청기와 지붕에 담벼락까지 기와를 이었고 솟을대문을 달았다. 형준은 본래 부모가 물려준 전답이 쉰 마지기가 넘었고, 대처에 나가 고등학교까지 먹물을 먹은 덕분에 동네 반장을 도맡았다. 경운기를 몰고 읍내 농협에 가서 비료며 거름을 타다가 마을에 나누어 주고, 농산물을 실어다 팔아 주기도 하며, 동네일이라면 발 벗고 나서서 한 몫을 했다.

마을 앞으로는 미루나무가 키 자랑을 해가며 늘어서 있는 신작로가 하나 나 있다. 신작로는 자갈과 흙길이어서 비가 오면 수렁처럼 질척거려 신발에 흙이 한 섬은 묻어온다. 이 길로 아이들이 30리가 넘는 읍내 학교를 경운기를 타고 다니고 촌사람들이 콧바람을 쐬러 도회로 나들이를 가는 유일한 통로다. 요즘처럼 흔한 자가용도 이 마을에는 없었다. 그래도 형준의 집에 경운기 한대가 있어 유일한 교통수단으로 쓰였다.

이 마을 사람들은 날만 새면 논밭으로 나가 허리가 꼬부라지도록 일을 한다. 순박하기가 이를 데 없어 법이 필요 없는 사람들이다. 그런데 TV도 잘 안 나오는 이 마을에 유선이 들어오면서부터 사달이 나기 시작했다.

"이 천하에 고약한 놈의 유선을 낫으로 다 잘라버려야겠어."

여든이 가까운 장노인이 텔레비전을 틀다 그만 원색영화의 화면을 봐 버린 것이다. 그래 당장에 선을 동강동강 자르며 야단을 했다. 장노인은 아예 전봇대에 설치 돼 있는 선을 잘라 동네 사람들이 못 보게 하려고 낫을 들고 마을 어귀로 나왔지만 나이가 여든이나 되었으니 전봇대를 오를 기력이 없어,

"동네에 안 나던 바람이 나서 폐가망신을 하더니 그게 다 저놈의 유선 때문이구먼. 망할 놈의 유선."

혼자 중얼거리다가 돌아섰다.

노인의 말은 틀린 것이 하나 없다. 유선을 달고 얼마 안 되어 두 가정이 파탄이 나 버렸다. 밤 두 세 시만 되면 돌려대는 그놈의 도색영화는 인간의 말초신경을 자극시켜 색의 구렁텅이로 밀어 넣으려는지 정말 해도 해도 너무한다.

형준도 그 놈의 도색영화를 즐겨보다가 발동이 걸렸다. 그것이 영화를 찍기 위해 연기를 하는 것인 줄도 모르고 장면에 나오는 것처럼 흉내를 내려고 마누라를 엎었다 재꼈다 뒤집었다 해도 시원치를 않자 번번이 짜증을 내곤 했다.

"무지렁이 같은 여편네 도통 무드가 있어야지."

"언제는 그것이 위에 붙었다 타박이고 언제는 또 아래 붙었다 타박이니 도대체 나보고 어쩌란 말이여."

티격태격하기가 일쑤였다. 그러던 참에 분옥이가 눈웃음을 치며 유혹해 왔다. 형준은 식이를 보아서라도 그러면 안 된다고 수없이 도리질을 하다가 그만 한 순간에 발동이 걸려버렸다.

형준이 신작로를 걸어 나가자 얼마 뒤 분옥도 따라 나갔다.

"저것들을 그저 소리 없는 총으로 갈겨버리면 내 속이 시원하련만."

형준의 마누라 순오가 부르르 떨었다.

분옥은 옆집에 사는 식이 마누라다. 식이는 바보다. 구두라는 것은 평생 신어본 적이 없고, 사시사철 껌정 고무신만 신는다. 그는 껌정 고무신을 보면 그게 다 제 것인 줄 안다. 아이들이 미역을 감으려고 냇가에 벗어놓은 검정 고무신을 신으려다가 발이 들어가지 않자 손에다 신고 네 발로 기어서 집에 들어가기도 한다. 차림새는 항상 마누라가 입던 헐렁한 바지를 곧잘 뒤집어 입고 나온다. 여름에 겨울 옷을 입는가 하면 겨울에 여름 옷을 입고 나오기 일쑤다.

"배가 부르다." 식이는 배가 불러도 부르다고 하고, 고파도 부르다고 한다. 배에 대한 느낌을 한 단어로 통일해서 말할 줄 밖에 모른다. 부정과 긍정을 구분할 줄 모르는 것이다. "아이구 뜨겁다." 찬 것도 뜨겁다고 표현한다. 한 겨울에 제 마누라가 도랑에 가서 목욕을 하고 오라하면 얼음물 속에 들어가 뜨겁다면서 운다. 옷을 입었을 때 벗으라면 벗고, 벗었을 때 벗으라면 입는다. 식이 마누라는 늘 그에게 옷을 벗기고 알몸으로 재운다.

동네 사람들이 놀리려고 묻는다.

"식이 너는 누구 것이냐?"

"식이는 마님 것이다."

"마님이 뭐야 마누라지."

"마님이다. 마님이다."

제 마누라를 보고 마님이라고 부른다. 식이는 마누라의 종이다.

마누라가 하라는 대로 복종한다. 가르쳐 주면 고대로 한 가지만 잘 한다. 너무 더워서 숨이 막히면 울면서도 밭을 맨다. 쌀뜨물을 줘도 술인줄 알고 마시고, 밥을 주면 먹고 안 주면 몇 때가 지나가도 배 부르다면서 굶고 있다.

분옥은 바보인 제 남편을 이리저리 끌고 다니면서 머슴처럼 부렸다. 헌 옷만 입혀 거지처럼 만들어 놓고 맛없는 것만 먹인다. 분옥은 색골의 형태다. 그런 분옥과 형준이 만났으니 오죽 하겠는가? 순오의 눈엔 안 봐도 훤한 장면이다. 하지만 동네 사람들이 알까 무섭고 터트리기가 겁이 나서 입을 다물고 있다.

순오는 며칠을 담장 넘어 신작로를 바라보고 있다. 미루나무 잎들만 석양빛을 받아 눈부시게 반짝이면서 한들거린다. 형준의 모습은 나타나지 않는다. 형준은 논밭 문서를 몽땅 가져갔다. 쉽게 돌아오지 않을 것을 순오는 알면서도 날마다 기다린다, 순오는 그만 울분을 참지 못하며 TV를 마당으로 던져 작대기로 내리쳐 토막토막 박살을 냈다. 언뜻 바보 식이가 생각이 났다. 그가 굶어 죽었을지도 모른다는 생각에 식이네 방문을 열었다. 보름이나 굶은 그는 알몸으로 누운 채 죽어 있었다. 동네 사람들이 미루나무를 베어 관을 짜서 장례를 치르던 날 밤, 장노인이 전봇대를 오르다가 떨어져 죽었다. 노인의 옆에는 끊어진 유선 줄이 늘어져 있었다.

"내가 미쳤지, 미쳤어"

벽에 기대어 잔뜩 웅크리고 앉은 형준은 담배를 연거푸 피워 댔다. 방안이 온통 오소리굴 같다. 오소리를 잡으려면 오소리굴에다 대고 청솔가지를 태워서 연기가 굴속으로 들어가게 한다. 오소리란 놈은 연기를 맡으면 질식을 해서 죽는다. 오소리는 대가족이 한 굴에서 살아가는데 할아버지 오소리에서 손자 오소리까지 대 여섯 마리가 있다. 굴 하나를 발견하면 여러 마리의 오소리를 몽땅 잡게 되어 동네사람들이 포식을 한다. 왜 오소리를 잡아야 하냐면 농작물에 피해를 주기 때문이다. 산 가까운 밭에는 옥수수도 고구마도 남기지를 않는다. 옥수수가 영글어 갈 때면 달밤에 내려와 꺾어 먹기만 하는 것이 아니라 온통 옥수수 밭에 마당을 쳐 놓는다. 고구마도 남김없이 캐 먹어 치운다. 실컷 농사를 지어놓아야 오소리가 망쳐버리니 화가 나지 않을 수 없다. 어느 해 겨울인가 형준이 마을 사람들과 오소리를 잡아서 잔치를 벌였던 추억이 떠오른다.

“내가 미쳤지, 미쳤어.”

형준이 탄식을 하며 울결이 든 가슴을 주먹으로 쾅쾅 내리친다. 튼실할 체격에 일자 눈썹, 산맥처럼 솟구쳐 두리둥실 한 콧마루를 이루고 있는 복 코, 꽉 다문 두툼한 입술, 그렇게 부덕 있게 잘 생겼던 얼굴이 살이 빠져나가 눈만 휑하다. 시도 때도 없이 대가리를 치켜들고 용트림하던 그 놈도 제가 지은 죄를 아는지 측은하리만큼 풀이 팍 죽어버렸다.

형준은 남의 것이라면 지푸라기 하나도 주인 몰래 취한 적이 없다. 따라서 남의 것을 슬쩍 해가는 사람을 경멸하고 크게 나무랐다. 마을에서 도둑을 맞은 사건이 발생했을 때도 범인을 잡아서 "이런 도둑놈이 있나" 하면서 사정없이 따귀를 때렸었다. 그런데 도둑치고는 제일 큰 도둑, 형준 자신이 남의 마누라를 훔쳐낼 줄이야? 그것도 다른 사람이 아닌 불쌍하고 가련한 바보 식이의 마누라를 말이다.

고 여편네가 고렇게 꼬리를 치지만 않았어도 그럴 생각인들 했겠는가? 오리 궁둥이를 빼딱거리면서 눈웃음을 쳐댔다. 안 그래도 한창 포르노영화에 흠뻑 빠져있을 즈음이다. 마누라와 게임을 해봐도 늘 싱겁고 장인 이마 박을 씻어낸 물처럼 미지근해서 시원한 맛이 안 났다. 꼭 색다른 경험을 하고 싶다는 욕망이 뱀 대가리 치켜 들듯 꿈틀거리며 일어나는 것이다. 그럴 때 식이 마누라의 유혹은 아무리 이성을 가지고 뿌리치려고 도리질을 해 봤지만 끝내는 저질러 버리고 말았던 것이다.

형준이 밭 두어 골을 메다가 냇가에 가서 목욕을 하고 양복을 차려입고 분옥이 한테 다가갔다.

"나 어떻게 생각하는가?" 분옥의 의중을 떠 보았다.

"나 좋아하는가? 내가 나가자면 나가서 나랑 살 수 있는가 말이여."

분옥이 볼그무레하게 얼굴에 홍조를 띠며 고개를 끄덕였다.

“내가 먼저 나가 읍내 다방에 있을 랑께 바로 나와야 혀.”

형준이 신작로를 걸어가자 얼마 뒤 분옥도 따라갔다. 그날 밤 모텔에서 분옥과의 첫날밤을 맞이했다. 기가 막힌 환상이었다. 드디어 제대로 된 게임을 해 본 느낌이었다. 분옥이 한없이 사랑스럽고 소중해 보였다. 천생연분이란 걸 이제야 만난 것 같다고 기뻐했다. 궁합이 아주 딱 들어맞는 보물을 얻은 기분이었다.

형준은 집에서 더 멀리 떨어져 있는 도시로 나와 논문서를 잡히고 아파트를 얻었다. 분옥과 평생을 같이 살 작정이었다. 분옥과 손을 잡고 살림살이를 사다 나르고 외식을 하고 깨소금이 가마니로 쏟아져 내렸다. 그러나 밤일 낮일을 가리지 않다보니 차츰 심신이 피로해져갔다.

형준은 이제 마누라도 보고 싶고, 아들 준호도 보고 싶고, 무엇보다 잡풀이 우거져 있을 전답이 걱정이었다. 그러나 남세스러워서 어찌 발을 들여놓을 수 있겠는가? 인두겁을 쓰고는 할 짓이 아니었다.

사실 궁합이 맞는다, 안 맞는다는 기분에서 좌우될 뿐이다. 옛날에 어떤 얼빠진 남정네가 이웃집 부인을 사모하다가 상사병이 나서 죽게 되었다. 남의 여자를 사모하는 남편이 한없이 밉지만 어찌되었든 죽게 된 남편을 살려야 되겠기에 그 남정네의 마누라가 이웃집 부인을 찾아가 제 남편을 살려 달라고 애원을 했다. 그 이웃집 부인이 지혜가 있었다. 이웃집 부인은 그 남정네의 집에 살짝 들어가

"내가 오늘 밤에 당신한테 올 것이니 사랑방에서 문을 잠그지 말고 기다리세요. 그리고 밤에 절대로 말을 하면 안 되어요. 당신의 마누라가 알면 큰일이 나니까요." 라 했다. 남정네는 기분이 매우 좋아서 저녁이 오기만을 학수고대 했다. 문을 열어놓고 이웃집 부인이 오기만을 기다리고 있으니 향수를 풍기면서 부인이 들어왔다. 남정네는 좋아 어쩔 줄 모르며 회포를 실컷 풀었다.

새벽이 오자 이웃집 부인은 가 버렸고 상사병은 다 나아버렸다. 남정네는 개운한 몸으로 기운을 차리고 자리에서 일어났다. 그런데 아침상을 들고 들어온 마누라의 손에 옥반지가 끼어 있는 것이다. 어젯밤 손을 만졌을 때 끼고 있던 그 부인의 손에 있었던 반지라는 것을 알고는 두 여자들에게 속았다는 것을 알아차렸다. 그러나 내색은 할 수 없었다.

제 마누라와 수도 없는 밤을 지나고도 이웃집 부인인줄 알고 더 즐거워했던 그 남정네를 생각하며 형준은 피식 웃었다. 그 바보 같은 남정네와 자신도 다를 것이 없다는 생각이 들었다. 형준은 차츰 분옥에게서 싫증을 느꼈다.

"분옥이 당신이라도 집에 들어가란 말이여. 식이가 어찌하고 있는지 걱정이 되지 않는가?"

"나는 이제 식이하고는 못살아."

분옥이 자신을 싫어하는 눈치를 채고 또 다른 남자와 눈이 맞아

나가버리자 형준은 아파트 전세를 빼 가지고 다른 도시로 옮겼다. 논문서를 잡혔으니 차압을 당하기 전에 막아나가야 했다. 반 지하 단칸방 하나를 얻고 손수레를 샀다. 농사로 잔뼈가 굵은 형준에게는 도시에서 할 일이 없었다. 하는 수 없이 폐지를 주어서라도 빌린 돈을 다 갚아야 한다는 생각이다.

형준은 며칠 전에 고물로 가져가라는 기름보일러 통을 들다가 허리가 삐끗했다. 척추의 디스크가 빠져나온 모양이다. 다리가 당기고 아파서 바로 눕지도 못하고 옆으로 꼬부리고 잠을 청했다. 형준은 벙거지를 깊이 눌러 쓰고 절룩거리며 손수레를 끌고 새벽같이 거리로 나왔다. 폐지를 하나라도 더 줍기 위해서다.

초등학교를 다니던 형준의 아들 준호가 어느새 중학교를 졸업했다. 준호는 고등학교를 포기하고 농사일에 골몰해 있는 어머니를 위해서 팔을 걷어붙였다. 준호는 몇 년 동안 발이 묶여있던 경운기에 기름칠을 해서 시동을 걸었다. 준호는 동네 사람들의 농산물을 가득 싣고 경운기 소리를 울리며 신작로를 힘차게 달려 나간다.

●○●○ 부녀(父女)의 정

●○●○

어디선가 들려오는 울음 섞인 노랫소리에 장여사는 잠이 깨었다. 현관문을 열고 나와 사방을 둘러보았다. 자정이 넘은 시각이라 모두 불이 꺼져 있다. 옆집 이층도 불은 꺼져 있다.

"어제 오늘 성턴 몸이 저녁내로 병이 들어 실낱같이 가는 몸에 태산 같은 병이 들어 부르느니 어머니요 찾느니 냉수로다. 아이고 나 오늘 밤 안으로 죽는다. 나 죽으련다. 저승길이 멀다더니 대문 밖이 저승이로다. 으 흐흐 흐흑……"

술이 어지간히 취했는지 청승을 떨어대며 회심곡 같은 것을 부르다가 구슬프게 울어대어도 딸의 목소리는 들리지 않았다.

옆집 이층에 부녀가 새로 이사를 온지 두 달 정도 되었다. 아버지와 딸, 달랑 두 식구인데 아버지는 60대 중반이라 했고 딸은 직장에 다닌다 했다. 부인은 안 계시냐 물었더니, "그 여자는 삼척에서 작은 딸과 살아요." 라고 했다.

자기 아내를 그 여자라 칭하는 어투에는 필시 무슨 곡절이 있을 것이다. 남자들이 자기 부인을 말할 때, 보통은 집식구라든가 집사람이라 하면 그저 무난한 칭호다. 그러나 사모님이라든가, 마나님이라 하면 팔불출에 속하고, 그 인간이라든가 그 여자라 하면 심기가 배배꼬였음을 드러내는 것이다.

그 남자는 성이 이씨라 했고 교통사고로 어깨를 다쳐서 지금도 통원 치료를 받는 중인데 어깨가 내려앉는 통증을 느낀다 했다. 이씨는 남달리 뛰어난 선풍도골(仙風道骨)의 풍채는 못 되어도 그런대로 이목구비가 반듯하고 성격도 유순해 보였다. 좁쌀영감처럼 시시콜콜 잔소리를 해서 아내나 자식들을 정남이 떨어지게 하는 좀팽이도 아니고, 잘난 체하거나 허풍을 떨거나 시건드러지지도 않았으며, 남들이 시비를 걸어와도 한 발 물러날 정도로 악기라고는 찾아볼 데가 없는 무난하고 순진무구한 타입이다.

그런데 어제 낮인가 이씨가 풀 죽은 소리로 말했다.

"어떻게 살아야 할 지 앞이 캄캄하네요."

"왜요?"

"딸하고 같이 살 수가 없어서요."

이씨는 부인의 강팔진 성미에 견뎌낼 수가 없어서 교통사고 보험금을 타 가지고 딸이 직장에 다니고 있는 이곳으로 도망치듯 내려왔다고 했다. 그런데 무엇이 뒤틀렸는지 딸의 태도가 얼음장 같이 차갑다는 것이다. 딸은 아침에 우유 한 잔을 마시고 직장에 갔다가 저녁은 대부분 밖에서 먹고, 먹지 않았을 때는 다이어트를 한다고 야채를 조금 사다가 샐러드를 해서 혼자 먹을 뿐, 제 아비가 밥을 먹는지 굶는지 한 마디 물어보는 말치레도 없다고 했다.

장여사가, 이씨가 먼저 딸에게 말을 걸어보고 이것저것 이야기를 시도해 보지 그러느냐고 했더니, 대화를 좀 나누어 보려 해도 예라든가 아니라든가 하는 대답이 고작이고 제 방에 들어가면 문을 닫아 걸고 나오지를 않는다고 했다. 아비를 앞에다 두고 문을 닫아 걸때 소외당하고 무시당하는 그 아비의 심정은 어떠했을까? 이씨의 딸은 한마디로 살똥스럽고 싹수가 없어 보였다. 아가씨라면 그래도 나긋나긋하고 인정머리가 좀 있어줘야 제 신상에도 도움이 되련만, 본데없이 자란 탓에 밴댕이 소갈머리다.

남자는 마누라가 떠받들고 존경을 해야 자식도 따라가는 법인데, 마누라가 무시하고 구박하면 자식도 같이 제 아비를 흑싸리 껍데기로 취급하기 마련이다. 서로 사랑하고 배려하는 가정에서 자란 아이는 사회에 나와서도 사랑하고 남을 배려할 줄 아는 넉넉한 인간미를 갖게 된다. 그러나 화합하지 못하고 으르렁대는 집안에서 자란 아이는 다음에 제 가정을 가졌을 때에도 같은 방식으로 살기 마련이다. 늑대 소굴에서는 늑대새끼가 자라고 호랑이 소굴에서는 호랑이 새끼가 자라는 법이니까.

가족이란 무엇인가? 떡 한 쪽이 생겨도 같이 앉아 정답게 나누어 먹고, 서로 내 몸같이 아끼고 사랑하며 늦도록 돌아오지 않으면 걱정하고 밤새 기다려 주는 것이 가족이다. 좋은 일은 함께 기뻐하고 나쁜 일은 함께 근심하며, 아프면 최선을 다 해 보살피는 것이 가족이다.

부부는 남남으로 만났으니 갈라 설 수도 있지만, 피를 이은 부모자식 간에는 저절로 당겨지는 천륜을 속이지 못하는 법이다. 아비가 없었으면 제가 어찌 생겨났을 것이며 온 정성 다하여 길러주지 않았으면 오늘의 제가 있었겠는가? 부모는 자식이 위험하면 목숨을 던져서라도 구하려 하련만, 자식은 샛바람에 저절로 자라는 줄 알고 그 은공을 모른다. 장여사는 그 집 딸에게 야단이라도 쳐 주고 싶지만, 남의 딸을 붙잡고 왈가왈부 할 수는 없었다.

이씨는 스물 다섯에 장가를 들어 이날 이때까지 공장으로 노동판으로 평생을 그렇게 분골쇄신 돈을 벌어다 바쳤다고 했다. 그런데 어느 날 자신의 통장에 만 원짜리 하나 없더라는 것이다. 마누라가 늘 호주머니에 돈 한 푼을 간직하지 못하게 하여 친구에게 술 한잔 살 수도 없게 했다. 머슴살이를 하면 새경이라도 받는데 새경도 없는 머슴을 살면서 가장 대접도 해주지 않는 마누라가 진절머리가 나서 벗어나려고 도망치듯 내려 왔다고 했다. 그랬는데 옛말에 여우를 피하면 호랑이를 만난다고 악처에게서 벗어난 해방감은 느껴보기도 전에 이번에는 자식으로부터 수모를 겪게 된 것이다. 남에게 무시를 당하는 것도 참을 수 없는 분노가 치솟는 법인데 하물며 제 소산인 자식으로부터 무시를 당하게 되는 것은 얼마나 비애가 클까?

장여사네 집과 옆집 이층은 벽 하나를 사이에 두고 나란히 있다. 장여사네 마당에서 커 오른 감나무가 전봇대 변압기에 닿을 정도로 키 자랑을 하며 이층 들마루에 까지 가지를 내밀었다. 손바닥 같은 잎사귀가 반지르르 윤기를 내며 실바람에도 율동으로 생명력을 과시한다. 장여사는 저녁 한 때 들마루에 나와 감나무를 바라보며 한가로이 바람 쐬는 것을 즐겼다.

옆집 이층에 전에 살던 사람들은 삼년을 살다 가면서도 인사 한 마디 건네는 법이 없었다. 어쩌다 얼굴을 마주쳐도 잰걸음으로 들어가 버리기가 일쑤였다. 그래도 장여사는 감 따는 날 단감 20여개를 봉지에 담아 그 집 현관문 앞에 두곤 했지만, 고맙다든가 뭐하려 줬느냐 라든가 하는 일언반구도 인사도 없었다. 덕분에 장여사가 바람 쐬는 데는 방해가 되지 않았다. 그런데 새로 이사 온 이씨는 첫날부터 말을 건넸다.

"안녕하세요? 이 집으로 이사를 왔어요."

그렇게 말을 튼 후 서너 살 위인 장여사가 누님 같다며 그림자만 보아도 인사를 할 정도였다. 바깥양반 성씨가 어떻게 되느냐는 둥, 연세가 얼마나 되었냐는 둥, 자녀는 몇을 두었냐는 둥, 그러다가 제 신세한탄까지 늘어놓아 장여사의 들마루 바람 쐬기가 방해를 받을 때도 있었다.

이씨는 때때로 지나간 일들을 늘어 놓았다. 첫 딸아이를 얻었을 때 어찌나 신기하고 기쁘든지 세상에 부러울 것이 없었고, 젖이 적어 배고파 보채는 아기가 안쓰러워 가슴이 찢어지는 것 같았다고 했다. 검은 깨며, 잣이며, 호두를 갈아 찹쌀가루로 미음을 끓여 먹이니 쪼그만 입술을 쫑긋거리는 모습이 귀여워 공사장에서 온종일 벽돌을 져다 나르면서도 눈에 선해서 고단한 줄도 몰랐고, 일이 끝나기가 무섭게 단 걸음에 집으로 달려오곤 했으며, 홍역에 걸려 우는 아기를 안고 어찌할 바를 모르며 밤새 하느님, 부처님을 찾았다고 했다. 나비같이 나풀거리며 걷는 모습이 너무 예뻐서 자신은 배고픈 줄도 몰랐다는 이씨, 딸은 이씨의 기쁨이었고, 사랑이었고, 삶의 전부였다. 땡벌처럼 톡톡 쏘아대는 마누라에게 갖은 구박을 당해도 그런 것쯤은 개의치 않았다. 딸애만 바라보면 그 어떤 고된 일이라도 척척 해낼 수 있는 힘이 솟아났다. 딸을 사랑하는 마음은 예나 지금이나 변함이 없는데 딸은 이제 제 아비가 필요 없는지 귀찮은 이웃 늙은이 대하듯 하는 것이 이씨는 못내 서운하다며 눈물을 그렁그렁했다.

이씨가 그렇게 섧게 밤을 새워 울던 날부터 통 기척이 없이 며칠이 지나서였다. 그런데 죽었는지 살았는지 모를 축 늘어진 그가 119 구급대의 들것에 실려 계단을 내려가고 있는 것이 아닌가? 그 뒤를 이제 막 직장에서 퇴근해 온 듯한 딸이 붉은 핸드백을 들고 허둥대며 뒤따르고 있었다.

장여사는 정신없이 뛰어 내려가,

"이 양반 왜 이런대요?"

하고 물었지만 아무도 대답해 주지 않았고, 구급차는 특유의 '이용이용' 하는 신호음을 울리면서 부리나케 자취를 감추었다.

장여사의 아는 사람은 딸 하나에 아들 셋을 낳았다. 아들만 제일인줄 알고 딸은 겨우 초등학교만 보내고 모질게 일만 부려먹었다. 그 부모는 달밤에도 밭에 나가 몸이 부서지도록 일을 해서 아들 셋을 대학까지 보내면서 딸을 시집보낼 때에는 아무것도 해 주지 않고 시골 농삿집으로 보냈다. 잘 가르쳐 놓은 아들들은 교사가 되기도 하고 탄탄한 직장을 잡아 잘 살게 되었는데, 큰 아들이 사업을 하겠다고 집과 전답을 몽땅 팔아 가면서 아버지를 모시고 갔다. 그러나 사업은 곧 망조가 들었고, 며느리까지 죽게 되었다. 큰 며느리가 살았을 때는 구박은 하지 않았는데, 새로 들어 온 며느리는 시아버지 꼴을 보려하지 않았다. 하는 수 없이 둘째 아들집으로 갔으나, 재산은 형님 다 주어버리고 뭐하려 왔느냐고 핀잔을 주며 모시려 하지 않았다. 마지막 기대를 걸고 막내 아들집으로 가 봤지만 그곳도 바늘방석이었다. 급기야는 자살을 하려고 마음먹고 죽기 전에 정든 사람들이나 만나보려고 고향으로 내려오게 되었는데, 제 목숨을 스스로 끊는 것이 어려워 그저 이 집 저 집으로 떠도는 신세가 되었다.

딸이 이 소식을 듣고 달려와 울면서 아버지를 모셔갔다. 딸도 시부모를 모시고 있는 형편이라 친정아버지와 한 집에서 지낼 수 없어 동네에 방을 얻어 계시게 하고는 조석으로 음식을 해다 날랐다. 딸은 방이 춥지나 않은지 옷이 얇지나 않은지 늘 보살피며 이런저런 얘기도 나누면서 어깨도 두드려 드리고 다리도 주물러 드리고 지극정성으로 효도를 했다. 명절이 되어도 다른 아들들은 코빼기도 보이지 않는데 그래도 교사를 하는 아들은 찾아와 겨우 10만원을 내놓더라나.

부녀간의 정이란 무엇인가? 맛있는 것을 사든지 만들든지 해서 "'아버지 이것 잡수세요." 하면 그 모습이 얼마나 아름다운가? 부모의 은혜는 하늘보다 더 높고 바다보다 더 깊다는데, 그 은혜를 헌신짝처럼 져버리면 부모 가신 뒤에 크게 후회하게 될 것이다. 효자는 못될망정 제 부모를 학대하는 인간은 금수만도 못한 말종이다.

이씨가 그렇게 구급차에 실려 간 후 앞집 이층은 얼마동안 불이 꺼져 있었고, 눈이 퉁퉁 부은 딸이 비칠거리며 제 어미를 달고 나타났다. 그 여자는 한 눈에 보아도 매부리코에 광대뼈가 불거지고 주걱턱까지, 성깔 꽤나 있어 보였다.

"굶어 뒤질 것을 뭐하러 도망을 쳐, 치길"

"엄마가 좀 잘했으면 그랬겠어?"

"그러는 너는, 지 애비가 굶어 뒤지도록 나둬! 모지락스런 계집애."

"그게 다 엄마 때문이야."

모녀가 한바탕 싸움질을 해대더니 딸은 흑흑 울고, 어미는 노상 악다구니를 써가며 이씨가 길가에서 주어다 놓은 침대와 살림나부랭이와 옷가지들을 거리에다 내다 버렸다. 그 여자는 이씨의 돈 지갑이며, 방세 보증금이며, 보험금을 탄 통장을 모조리 움켜쥐고는 팔자걸음을 걸으면서 딸을 데리고 가버렸다.

그런 후 부동산 중개사가 들락거리는가 싶더니 유령이 되어 회심곡을 부르며 나타날 것만 같은 그 집에 새로운 사람들이 이사를 오느라 왁자지껄하다.

홀로 서기를 했더라면 죽는 일은 없을 텐데, 피붙이가 무어라고 의존하려 했던가? 이씨가 너무 불쌍해서 장여사의 가슴에 슬픔 한 조각이 얼음처럼 박혔다.

저승기록

●○●○

허공에 길이 있었다. 경사가 완만한 산 능선을 오르는 것처럼 오르다가도 옆으로 구비 구비 돌면서 하나의 준령을 넘으면 또 한 고개가 나오고 그렇게 구천은 열 두 고개 열두 구비로 아득히 멀었다. 그곳에는 밤낮도 없이 그저 희뿌옇기만 했고, 행렬은 쉬지도 못했다. 가다가 간혹 서로 발이 걸려 넘어지기도 하였다. 그럴 때는 눈을 부라리고 주먹을 쥐고 흔들다가도 언제 그랬냐는 듯이 제 갈 길만 가고 있는 모습이 흡사 병아리들의 싸움 같기도 했다.

누구 하나 말이 없었다. 백치처럼 하얗고 침울하고 무거웠다, 육체를 털어버리고 그림자처럼 가벼운 혼령이 되었으면서도 무겁고 괴로운 형상들을 하고 있었다. 누구라도 말을 시키면 끝없는 하소연이

터져 나올 것만 같았다. 저마다 다른 사연을 품고 서러운 한이 염주알 같이 맺혀있다. 그러나 말을 할 수 있는 상황이 아니다. 곧 급박하게 닥쳐올 엄청나게 커다란 심문 앞에서 가슴조이며 사시나무처럼 떨고 있는 것이다.

한수는 갑작스런 교통사고로 인해 어쩔 수 없이 이 길을 가야만 했다. 가지 않겠다고 누구를 붙들고 애원을 할 수도 없었다. 입이 얼어붙은 것만 같다. 그의 안에 있는 모든 말들이 사라지고 없다.

몹시 지치고 피곤하다. 어디에 가서 한 몇 백 년 푹 잠들어버리고 싶다. 모두를 다 잊어버리고, 자기라는 자체까지도 망각하고 깡그리 아무 것도 없는 상태에서 아주 영원히 잠들고 싶다. 모든 얽히고설키어 돌아가는 시끄러운 세상만사가 부질없는 것들이다. 사랑도 미움도 그저 부질없다.

그를 아는 이는 아무도 없다. 철저하게 홀로 떨어져 외톨이가 되어있다. 본래부터 그는 자신 혼자뿐이었다는 것을 알게 되었다. 자신을 둘러싸고 있던 주변 인물들이 스크린에 비친 순간적인 현상일 뿐이다. 그리고 그들은 그를 떠났다. 아니 그가 그들을 떠났다. 그들을 떠나 아주 멀리 와버렸다. 몹시 고독하다.

저승길은 노인만 가는 것이 아니었다. 어린 아이, 학생, 군인, 젊은 남녀도 있었다. 이 세상에 올 때는 순서가 있는데 갈 때는 왜 순서가 없는가? 가는 것도 순서대로라면 자식을 잃고 통곡하는 가혹한 슬픔은 겪지 않아도 될 텐데, 어떤 이는 말하기를 쓸모가 있어 데려갔다 고 한다. 아무짝에도 쓸모가 없으면 데려 가지도 않는다는 것이다. 또 바싹 늙은 노인네만 데려다 놓으면 구색이 맞지 않아서 구색을 맞추기 위하여 골고루 데려간다고도 한다.

그렇게 49일 째 되던 날이다. 단청이 화려한 전통양식의 어마어마 하게 큰 건물이 있는 문으로 들어가게 되었고, 그곳에는 지상에서 볼 수 없는 아름다운 세계가 펼쳐져 있었다. 햇빛이 다섯 가지 색깔로 무지개처럼 돌고, 맑은 바람이 유회를 하며, 가지각색의 꽃송이가 향기를 내 뿜고, 싱그러운 과일이 주렁주렁 열렸는가하면 보석으로 치장을 한 궁전도 있었다. 저승은 그렇게 눈부시게 황홀했다.

천왕문 안에 들어선 혼령들은 인솔자의 지시에 따라 무릎을 꿇고 대기하고 있었다. 호명이 되는 대로 한 무리씩 들어갔다. 그곳은 염라청이라 한다. 눈을 부릅뜬 무서운 신장들이 창과 칼을 번쩍이며 금방이라도 내려 칠 것 같은 태세였다. 좌상에 정좌한 법관들은 얼마나 번쩍거리든지 눈이 부셔 올려다 볼 수도 없을뿐더러 어마어마 하게 커서 사람의 10배쯤은 되어 보인다.

죽은자의 혼령들은 산사람 보다 작았다. 나이가 많이 먹었어도 한 8살 정도 아이의 크기만 했다. 산 사람처럼 단단하지가 않고 흐물흐물한 껍질만 있는 것처럼 여리고 얇아 마치 속이 비어있는 것 같다. 또 금박 수의를 입고 묘지를 광장만 하게 쓰고 비석을 세웠다 해도 혼령이 달라지는 것은 없었다. 고급 양복을 입고 살았거나 가난뱅이로 살았거나 차별이 없었다. 특별하게 미인도 없고 모두가 그저 허여스름할 뿐이다. 자세히 보면 심술이 더덕더덕 묻어 있다든지 욕심이 목구멍까치 차 있다든지 하는 것에는 차별이 있었다.

염라청의 분위기는 도끼와 창과 칼을 든 신들로 인해 엄청나게 무서워 숨도 크게 쉴 수 없었다. 그 곳은 법이 칼날처럼 서슬 퍼렇게 서 있었다. 아무리 빌어도 봐 주는 것이 없었고, 한 치의 용서도 용납되지 않았다. 지으면 지은 대로 닦으면 닦은 대로 그대로 행해지는 것이다. 변론을 해줄 변호사도 없었고, 인권이란 것이 존재하지 않았다.

차례대로 불려나가 업경대라는 커다란 거울 앞에 서면 그 사람이 일생동안 행했던 행적이 낱낱이 거울에 나타났다. 어떤 중년의 남자가 업경대 앞에 섰을 때, 자기 노모를 호수에 던지는 장면이 나왔다. 법정은 천둥 번개가 치듯 벼락을 때리는 소리가 천지를 뒤흔들며 시퍼런 칼날이 그 자의 목을 내려쳤다. 그런데 분명 목이 떨어졌는데도 다시 목은 그 자의 목으로 되돌아가 붙는 것이다. 그렇게 몇 차례의 반복된 형벌을 받고 그 자는 새파랗게 질려 정신을 잃고 쓰러졌다. 곧 오라 줄로 꽁꽁 묶어 검림지옥(劍林地獄)으로 데려간다 했다. 부모에게 불효한자 시뻘겋게 달아오른 쇠 알의 과일이 열려있고 잎이 칼로 된 숲이 펼쳐진 검림지옥으로 가게 된단다. 불효한 죄가 그렇게 무서울 줄이야. 한수는 가슴이 타 들어가는 통증을 느꼈다.

지옥의 종류도 여러 가지였다. 도시대왕이 다스리는 뾰쪽한 쇠가 들이찬 철상지옥(凸狀地獄), 철상지옥에 들어가면 발이 찔려 노상 피를 흘리는 고통을 받아야 한다는 것이다. 송제대왕이 다스리는 얼음나라의 한빙지옥(寒氷地獄), 한빙지옥에 들어가면 온 몸이 얼어붙는 형벌이 진행된다. 진광대왕이 다스리는 칼날의 도산지옥(刀山地獄), 초강대왕이 다스리는 끓는 물의 화탕지옥(火湯地獄), 변성대왕의 독사지옥(毒蛇地獄), 오관대왕의 칼 숲 검림지옥(劍林地獄), 오도전륜대왕의 캄캄한 흑암지옥(黑暗地獄) 등이다.

인간의 감옥은 죄에 따라서 형기가 정해지고 형기를 마치면 풀려난다. 어리석은 자들은 감옥에서 더 큰 범죄를 구상했다가 풀려나면 몇 조금 지나지 못하고 다시 또 들어가게 된다. 인간의 감옥에는 인권이니 뭐니 해서 잘 먹이고 편안하게 보호를 해 스스로 자기의 죄를 뉘우칠 수 있는 계기를 주지 않는다.

또 어떤 사람이 업경대 앞에 섰을 때는 부처님 형상이 나타났다. 칼과 창을 들었던 모든 신장들은 일제히 그것들을 내려놓고 비파를 탔다. 일시에 법정에는 형언할 수 없는 아름다운 음악이 흘렀다. 그 음악이 들리는 동안에는 모든 시름이 사라지고 고요하게 안정되어 겨드랑에서 날개가 돋아나 가볍게 날아오르는 기분이 들었다. 모두들 만면에 미소를 띠고 축복을 하며 그 혼령을 정중하게 안내했다. 그는 극락세계로 들어가는 영광을 누리게 된다.

다음, 한쪽 손이 없는 남자가 업경대 앞에 섰다. 그 남자는 달밤에 남의 밭에 들어가 고구마를 한 자루 캐어 짊어지고 가는 장면이 비쳐졌다. 그 남자는 전 전생에 남의 것을 많이 훔쳐서 한 쪽 손을 잘리는 형벌을 받았음에도 그 버릇을 고치지 못하고 남은 한 쪽 손만으로 밤낮을 가리지 않고 도둑질을 해다가 집안에 가득히 쌓아 놓았다. 그 남자는 다음 생애에는 양 손을 다 잘리게 되는 벌칙이 내려졌다.

또 흑암지옥에 가게 되는 사람은 맹인이 되고, 거짓말을 많이 한 사람은 벙어리가 된다는 것이다.

그런데 한수는 열일곱 살짜리 고등학생이었다. 그는 불려나가 벌벌 떨고 있었다.

"네 이놈! 여기를 왜 왔느냐? 어서 빨리 나가거라."

어찌나 큰 소리로 호령을 하던지 한수는 그 소리에 깜짝 놀라 깨었다. 한수가 자전거를 타고 등교하다가 그만 버스를 들이받아 머리를 심하게 다쳤다. 뇌수술을 두 차례 하였으나 깨어나지를 못하다가 두 달 만에야 기적적으로 깨어난 것이다. 그는 그 두 달 동안 저승을 다녀왔다.

양다리

●○●○

성질이 팍팍하기 짝이 없던 연탄 집 하씨가 갑자기 급사를 했다. 심장마비인지 뇌졸중인지는 아무도 모른다. 불같은 성질 탓에 혈압이 머리끝까지 올라가 터져 버렸을 것이라고 하씨를 아는 사람들은 이구동성으로 그렇게 말했다.

하씨는 산동네 두 칸짜리 판자 집에 살았다. 그 옹색한 방구석에다가 수족관을 방마다 들여놓고 노랗고 빨간 물고기들을 정성으로 키웠다. 하씨는 네 명이나 되는 자식들보다 물고기를 더 애지중지 길렀다. 밤이나 낮이나 집에 있을 때는 늘 물고기 바라보는 것을 낙으로 삼았다. 힘들게 연탄을 져다 나르고도 집에 오면 사흘이 멀다 하고 물을 갈고 수족관을 앞뒤로 닦아대기 일쑤였다. 그러니 아이들은 네 활개를 펴고 자지도 못하고 사지를 오그리고 새우잠을 자야 했다. 아이들이 사지를 펴지 못하는 것은 그것뿐이 아니다. 재잘거리며 좀 떠들기라도 하면 멱살을 잡아들어 올려가지고

"이 놈의 짜식 집어 던져 버린다."

하며 눈을 부라리고 으름장을 놓으면 대롱대롱 매달린 아이가 새파랗게 질려 벌벌 떤다. 그러니 아이들이 방귀 한 번을 마음 놓고 뀌지 못했다.

하씨의 부인 월순씨도 남편의 말에 복종했다. 한 마디라도 토를 달았다가는 손에 잡히는 대로 던지고 부순다. 전화기가 열 대는 부셔졌고, 눈퉁이가 밤퉁이 되기 일쑤였다. 그래서 월순씨는 죽어 사는 지혜를 터득했다. 남편이 뭐라고 하면 그저 예예 하고 겉으로만 복종하는 체하였다. 여편네한테 날이면 날마다 연탄이나 머리에 여다 나르게 하는 고생을 시키면서도 쥐 잡듯 하니 지옥이 따로 없다. 속으로는 저놈의 인간 급살을 맞아 죽어버렸으면 좋겠다고 수천 번을 염불 외듯이 해왔다.

하씨는 큰 키에 부리부리한 눈, 떡 벌어진 가슴을 가졌지만 덩치와는 반대로 좁아터진, 융통성 없는 마음에 성질머리만 예리한 칼날을 세우고 있었다. 그 놈의 성질 탓에 대기업 잘나가는 자동차 공장에서 부속을 맞추는 기술자로 일하던 그 좋은 직장도 날려 버렸다. 옹색한 이기적인 성질이 남을 배려하거나 이해하려 들지를 않았기

때문이다. 매사 자기에게만 유리하게 하려드니 동료들이 달갑게 여길 리가 없었다. 상사에게도 눈 밖에 났다. 결국 이사람 저사람 싸움질만 하다가 스스로 뛰쳐나오지 않으면 안 되었던 것이다.

직장을 그만 두고 한동안 여기저기 취직을 하려해도 여의치 않아 있는 돈을 다 까먹고 하는 수 없이 산동네로 기어 들어와 궁여지책으로 연탄 배달을 하게 된 것이다. 하씨는 생활고에 시달리니 애꿎은 아이들과 마누라에게만 횡포를 부려왔던 것이다. 결국 하씨는 제 성깔의 칼날로 제 목숨을 벤 것이다. 자기가 자기를 죽여 버리는, 가장 무서운 적이 자기 안에 있었던 것이다. 하씨의 장례식에는 조문객도 없었다. 화장을 해서 바람에 날려 공중에 분해시키면서도 월순씨는 눈물 한 방울 흘리지 않았다.

집에 돌아 온 월순씨는 당장 그놈의 수족관부터 내다 버렸다. 그렇게만해도 네 활개를 펴고 이리 뒹굴 저리 뒹굴 마음 놓고 잘 수 있어서 내 세상을 만난 것 같다. 그러나 막상 연탄 배달을 하려니 큰일이었다. 꼬불꼬불한 언덕길을 올라가려면 기껏해야 연탄 서너 장씩밖에 못 나른다. 하씨가 한 번에 스무 장씩 져다 올리면 100장도 순식간에 나르던 것을 월순씨가 머리에 여다 나르려니 한 나절이 꼬박 걸려야 하고, 그렇게 나르고 나면 힘이 빠져 녹초가 된다. 연탄 백장을 날라야 겨우 돈 삼천 원을 벌기에 아이들 입에 풀칠도 못할 지경이었다.

"시어머니 죽으라고 고사를 지냈더니 시어머니 죽고 나니 보리방아 찧을 때 생각난다." 던 옛말이 떠오른다. 월순씨는 이 노릇을 어떻게 하면 좋으냐고, 어떻게 살아야 하느냐고 탄식뿐이다.

연탄 대리점 남씨가 그런 월순씨를 딱하게 여겨 바퀴달린 끌개를 구해다 줬다. 끌개에다 연탄을 나르니 여섯 장은 나를 수 있어 그만해도 훨씬 수월하게 되었다. 남씨의 덕을 톡톡히 보는 것이다. 월순씨가 상글상글 웃으며 고맙다고 백배 인사를 하면서 커피도 타주고 칼국수도 만들어 대접하면서 살갑게 굴었다. 그러자 이번에는 남씨가 직접 나서서 두 서너 시간씩 월순씨를 도와 연탄을 날라주는 봉사를 해 주었다.

남씨는 보통체격에 얼굴도 별반 잘났다고는 볼 수 없지만 물색없이 사람 좋은 티가 줄줄 흘렀다. 본래 남을 잘 도와주는 성격이라 가엾은 사람을 보면 그냥 지나치지 못한다. 처음에는 그저 월순씨를 도와주려는 순수한 마음으로 시작되었지만, 주거니 받거니 으밀아밀 이야기를 하다가 그만 정이 들기 시작했다. 남씨가 연탄검정이 묻은 장갑을 낀 손으로 월순씨의 볼에 동그라미를 그렸다. 그러자 월순씨도 남씨의 턱에 수염을 그렸다. 그리고 마주보고 배꼽을 잡고 웃어대었다. 군데군데 연탄검정이 묻어있는 까만 얼굴에 하얀 이빨을 드러내고 웃는 모습이 더 우스웠다. 그들은 참으로 오랜만에 그렇게 유쾌하게 웃어 보았다. 십년 묵은 스트레스가 한꺼번에 확 풀어져버린 느낌이다. 그날 저녁 남씨는 월순씨네 아이들에게 군고구마며 군밤을 푸짐하게 사다 안겨 주고 용돈도 주며 귀여워 해 주었다. 아이들은

"아저씨, 아저씨가 참 좋아."

하며 남씨의 팔에도 매달리고 무릎에 앉으며 제 아비한테서도 받지 못했던 따뜻함을 느꼈다. 월순씨는 지푸라기라도 잡아야 할 처지에 남씨가 다가오니

"남 사장님! 남 사장님은 참 미남이세요."

하면서 오사바사하게 굴었다. 그들은 그만 전기가 통하자 몸이 꼬였다. 하지만 남씨는 그날 저녁에는 그냥 돌아왔다. 굼벵이도 뒹구는 재주가 있다고, 섣불리 시도를 했다가는 월순씨가 꽁무니를 뒤로 뺄 수도 있으니 좀 더 몸이 달아올라야 된다는 계산을 했기 때문이다.

그리고 며칠 뒤 남씨가 목욕재계를 하고 과자 한 보따리를 사 들고 월순씨 집에 찾아가서 놀다가 아이들이 잘 때를 기다렸다. 그러나 밤이 이슥해져도 아이들은 눈을 말똥말똥 뜨고 잘 생각을 하지 않아 월순씨를 데리고 나와 동네 여관으로 들어갔다.

그들은 이제까지 느껴보지 못한 색다른 세계를 탐방하게 되었다. 감미로운 환희가 온 몸을 휘감았다. 몸 안의 혈액들이 졸졸졸 시냇물 소리를 내며 순환되어 고목나무가지에서 꽃이 피는 것 같았다. 삼동설한에서 꽁꽁 얼어붙었던 대지가 봄 햇빛을 만나 만물이 기지

개를 펴며 소생하는 그런 기분이었다. 월순씨는 집으로 돌아와 자리에 누워서도 감미로운 느낌으로 밤새 빙긋 거리며 웃느라 잠도 자지 못했다.

남씨도 집에 들어가 아무 일 없었다는 듯이 아내와 같이 침대에 누었지만 마음은 온통 월순씨 생각뿐이다. 마누라에게서 맛보지 못했던, 부드럽게 쫄밋거리는 색다른 별미를 맛보았으니 마음속으로는 마누라의 존재가 저만치 멀어졌다. 마누라의 다리가 몸에 닿기라도 하면 바짝 오그리고 돌아누웠다. 꼭 돼지대가리 설삶아 놓은 것처럼 멋대가리도 맛대가리도 없는 여편네라고 여겼다. 이 여편네에게다 씨를 심어 자식을 다섯 명이나 내 질렀으니 자신이 한심스럽기 까지 했다. 전생에 무슨 원수가 져서 이런 여편네를 만나야 했던가? 마누라야 말로 떼어 내던져버릴 수도 없는 원수덩어리라고 까지 여겨졌다. 기다란 낯짝에 주걱턱까지 나온 말상에다가 마디마다 툭툭 불거진 굵은 뼈대는 좀 비벼보기라도 할라치면 살갗이 돌 모서리에 닿은 것 같이 아프기만 했다. 그런가 하면 성질머리도 더러워 깡통 두들기는 소리를 내지르며 앙달머리스럽게 달려든다.

남씨는 월순씨를 만나게 된 것이 자신의 인생에 가장 큰 행운이라고 생각했다. 월순씨와 같이 있으면 행복이 모락모락 피어났다. 월순씨를 꼭 붙잡고 앞으로 남은 인생을 즐겁게 살아 볼 것이라며 입을 함박같이 벌렸다.

월순씨는 동글납작한 얼굴에 상글상글 예쁘게 웃으며 무슨 말을 해도 그렇다고 척척 장단을 맞추어 기분을 좋게 해준다. 아담한 키에 살집이 통통하고 탄력성이 있어 쿠션이 끝내준다.

남씨는 날만 새면 월순씨한테 달려가서 식전에 연탄 한 차를 내려놓고 월순씨와 같이 밥을 먹고 오전 내내 월순씨 구역에 배달을 해주고, 오후에는 제 구역으로 돌아와 차떼기로 나른다. 그러니까 오전에는 월순씨 가족을 먹여 살리기 위해 일을 하고, 오후에는 자기 가족을 먹여 살리기 위해 일을 하는 것이다. 온종일 일을 해도 제 식구 건사하기에 바쁜 처지에 남의 식구까지 떠 안았으니 머슴을 이중으로 살아야 하는 것이다. 그래도 그런 줄도 모르고 그냥 즐겁기만 하다고 끄떡거리며 신이 나서 돌아가다가 그만 사고를 된통 쳐 버렸다. 월순씨가 쉰둥이를 임신해 버린 것이다. 월순씨는 남씨가 알면 유산을 하라고 할까봐 임신했다는 소리를 하지 않았다. 그러나 5개월이 되자 배가 불러오는 것을 본 남씨는 그만 깜짝 놀랐다. 애가 다섯이나 있는 처지에 또 애를 낳으면 그 뒷바라지를 어찌 해낸단 말인가?

"유산을 해야 해."

"낙태 금지법도 모르세요?"

"그럼 중국에 가서 하면 되지."

"에이 잉잉, 나 당신 닮은 아기 낳고 싶단 말예요."

"이제 낳아서 어떻게 가르칠 수가 있어?"

"제 살 복은 다 타고 난대요."

"아휴~ 이 노릇을 어찌 할꼬."

남씨나 월순씨나 성기하나는 특허감인가보다. 2, 30대 혈기 왕성한 청년들도 남성 불임이 여성 불임보다 네 배나 많다고 한다. 그 원인은 스트레스와 환경호르몬 때문이란다. 월순씨도 폐경이 가까운 나이에 쉰둥이를 임신하였으니 자궁이 우수한 기능을 발휘한 것이다.

콩 심은데 콩 나고, 팥 심은데 팥 난다고 같은 배에서 태어났다 해도 하씨의 아이와 남씨의 아이는 다르고, 같은 씨가 태어났어도 배가 다르면 또 다르다. 하긴 한 공장에서 태어난 형제들이라 해도 조금씩은 다 다르다. 아이는 천간(天干) 지지(地支)의 기운을 받고 태어난다고 한다. 그러니까 십간(十干)과 십이지(十二支), 갑(甲)·을(乙)·병(丙)·정(丁)·무(戊)·기(己)·경(庚)·신(申)·임(壬)·계(癸)는 천간이라 하고, 띠를 말하는 자(子)·축(丑)·인(寅)·묘(卯)·진(辰)·사(巳)·오(午)·미(未)·신(申)·유(酉)·술(戌)·해(亥)는 지지, 즉 십이지이다. 천간은 하늘의 기운이고 지지는 땅의 기운을 말한다. 이 천간과 지지는 해마다 바뀌어 돌아가면서 조금씩 다른 기운이 형성된다는 것이다. 그래서 태어나는 해와 달과 날짜와 시간으로 팔자가 이루어진다. 태양의 양기를 많이 받았는지, 달의 음기를 많이 받았는지, 수(水)의 기운이 많은지 적은지, 목(木)의 기운인지,

토(土)의 기운인지도 헤아린다는 것이다.

그러나 태어나는 날짜와 시간은 알 수 있지만, 잉태되는 날짜와 시간은 잘 알 수가 없다. 전해오는 말로는 뇌성벽력이 칠 때 아이를 만들면 그 아이가 간질을 한다고도 한다. 하늘이 화가 나서 고함을 지르고 있는데 자숙하지 못하고 그 짓거리나 하고 있으니 벌을 받을 만도 하다. 또 저녁에 만들어진 아이보다는 새벽에 만들어진 아이가 더 총명하다고 한다. 낮에는 밖에 나가 일을 한 시간이기에 낮에 만들어진 아이는 게으르고 머리가 나쁠 수가 있다는 것이다. 잉태되는 시간도 태어나는 시간만큼이나 중요하겠지만 잉태되는 시간에 대해서는 명리학적으로 풀어 놓은 것이 없다. 성격이 급하거나 느긋하거나 게으르거나 부지런하거나 건강하거나 그렇지 못하거나 하는 것은 다 타고날 때 받은 기의 흐름이라는 것이다. 제 2의 천성으로는 부모나 환경, 교육에 따라 차이를 나타낼 수가 있을 것이다. 사람이 하나 형성되는 것은 이렇게 우주의 기운이 강하고 약하고의 조화로 시시각각으로 변하는 기운의 차이를 받게 되는 것이라 한다.

"새벽에 뭣이 서지 않는 자에게는 돈을 꾸어 주지마라" 라는 일본 속담이 있다. 정력이 떨어지면 기운이 없으니 돈을 벌어 갚을 능력이 없다는 얘기일 게다.

조선시대에는 첩이 낳은 자식은 벼슬길에도 못 올랐다. 아무리 머리가 좋고 똑똑해도 정당하지 못한 사이에서 태어났다는 것이다.

남씨는 그만 월순씨의 오랏줄에 꽁꽁 묶여버렸다. 빼도 박도 못하는 신세가 되었다. 기존 월순씨의 아이들 네 명에다가 태어날 아이까지 다섯 명을 덤으로 떠안고 먹여 살려야 하는 것이다. 그러면 자신의 아이 다섯 명까지 아이들이 도합 열 명이고, 마누라 두 명에다가 열 두 식구를 혼자 걸머져야 하는 것이다. 남씨는 양 어깨가 바윗돌을 얹어 놓은 것처럼 무거워졌다.

아차! 하고 남씨는 제 이마빡을 세게 쳤지만 이미 엎지르진 물이다. 마치 물이 가득 담긴 커다란 물통 두 개를 물지게의 양쪽 날개에 걸어가지고 비틀거리며 가야 하는 그런 신세가 되었다. 남씨는 점점 지쳐간다. 그렇게도 좋다고 날뛰던 몇 달의 세월이 그의 멱살을 꽉 틀어 움켜쥐고 요지부동 못하게 낚아 챌 줄을 그는 미처 몰랐다.

월순씨는 더 이상 연탄 나르는 일을 할 수가 없었다. 연탄을 나르고 나면 배속에 아기가 아래로 처져서 빠져 나오는 것 같았다. 그럴 때는 가만히 누워서 다리를 벽에 올리고 엉덩이를 쳐들어 처진 자궁이 제 자리로 올라가 안정을 하도록 해 주어야 한다. 하는 수 없이 월순씨는 쉬고 남씨 혼자서 연탄을 날라야 했다. 남씨는 새벽부터 연탄 한 차를 싣고 부릉부릉 달려와서는 어떤 날은 만 오천 원, 또 어떤 날은 이만 원을 주고 간다. 연탄 오백 장을 나르는 날은 수입이 만 오천 원이기 때문이다. 그 돈으로 월순씨는 남씨의 맛있는 아침밥도 차려야 하고, 아이들과 하루를 살아내야 한다. 그래도 남씨에게 죽을 때까지 꼭 붙어서 떨어지지 않으려고 아양을 떨어대고 정성을 쏟느라 연구에 연구를 거듭한다.

그런데 월순씨가 그만 일곱 달 반 만에 조산을 하고 말았다. 노산인데다가 힘든 일을 했기 때문이다. 아기는 아들이긴 하지만 꼭 주먹만 하다고 할까, 겨우 체중이 2kg 밖에 안 되는 아기는 꼭 강아지 갓 태어난 것처럼 살결이 연하고 흐물흐물 했다. 이목구비 어디 한 군데 덜 생긴 곳은 없어 그나마 다행이라고 할까?

남씨는 아기를 보면서 크게 한숨을 내리 쉬었다.

"저 여린 생명이 이 험악한 세상을 어찌 살아갈꼬."

인큐베이터에 들어가 있는 아기가 측은하고 가엾어서 가슴이 미어지고 눈물이 났다. 남씨는 월순씨를 병원에서 데려와 방에 눕히고 밥을 하고 미역을 들기름에 달달 볶다가 물을 부어 미역국 끓이기에 여념이 없다.

●○●○ 회심곡

●○●○

명사십리 해당화야 꽃 진다고 설워마소.
명년 이때 삼월이면 너는 다시 피건마는
우리 인생 한 번 가면 다시 오기 어려워라
가오 가오 나는 가오,
너희들아 잘 살아다오
세상천지 만물 중에 사람밖에 또 있는가?
석가여래 공덕으로 아버님 전 뼈를 빌고
어머님 전 살을 빌어
이 세상에 탄생하여 부모 은공 못다 갚고
어이없고 가소롭네.

예전엔 무심코 들었던 이 노래가 오늘은 창자가 토막토막 끊어지는 단장곡(斷腸曲)이 되어 가슴을 헤집는다. 낙명(落命)의 시간이 초읽기로 카운트다운 되고 있다. 셋, 둘, 땡.

장갑수씨는 가까스로 몸을 빠져나와 이쪽 의자에 걸터앉는다. 후~유 긴 한숨을 몰아쉰다. 그는 지금 무척 피곤하다. 고되고 힘든 여행을 마치고 이제 막 돌아온 것 같다.

갑수씨는 침대에 누워 있는 자신의 시신을 멀거니 바라본다. 마치 타인 같다는 느낌이 든다. 육신은 이제 손끝 하나도 꼼짝할 수가 없다. 나뭇가지 삭정이 같다. 영혼이 쓰다버린 쓰레기다. 따라서 따뜻한 밥을 먹을 수 있는 기쁨이나 육체로 느낄 수 있는 오감이 모두 사라져버렸다. 이제는 아무리 일을 하고 싶어도 더 이상 할 수가 없다. 육체를 잃어버린 영혼은 무엇 하나 할 수 있는 게 없다.

갑수씨는 930평짜리 빌딩을 세웠다.

"내 빌딩은 지진이 나도 끄떡없지. 오백년, 아니 천년은 갈수 있을 거야. 온통 철판과 쇠기둥으로 지었으니까. 이만하면 손자, 증손자, 고손자까지 대대로 살아가는데 걱정이 없을 게야."

갑수씨는 혼잣말처럼 중얼거리며 즐거워했었다. 갑수씨는 그 빌딩 하나를 세우기 위해 한평생을 줄기차게 달려왔다. 착공식을 하면서부터 공사현장을 지키며,

"최고로만 쓰란 말이야. 최고로만."

손톱만큼이라도 불량자재가 들어가지 않는지 꼼꼼히 살피고 간섭했다. 마침내 그 거대한 빌딩이 완공되던 날 갑수씨는 천하를 다 얻은 듯이 오만한 기쁨으로 충만해 있었다. 벽을 어루만지고 유리창 하나하나를 닦고 또 닦고, 아침 햇볕이 유리창에 부서지면서 발산하는 오색영롱한 광채를 바라보며 자신이 걸어온 인생의 위대한 승리를 과시하기도 했다. 옥상에 올라가 아래를 내려다보면서

"야, 이놈들아 - 저런 머저리 같은 놈들…."

눈 아래로 보이는 모든 사람들을 멸시하고 조롱했다. 갑수씨는 세세손손 빌딩으로 하여 위대한 선조의 업적이 길이 빛날 것을 상상하면서 어깨를 으쓱거렸다.

갑수씨는 늘 입버릇처럼 "단단한 땅에 물이 고인다." 면서 엄청나게 지독하고 철저하고 악지스러웠다. 한 푼의 돈도 늘 천금같이 여겼다. 그의 사전에는 헛돈이라는 단어는 존재하지 않는다. 불우이웃을 위해서라도 천 원짜리 한 장 어림 턱도 없다. 가족들의 생활도 철저하게 통제했다.

"칫솔은 일 년에 두개만 쓰고, 옷은 사철 단벌옷으로 입고, 신발은 한 켤레만 신고……"

하면서 옴짝 달싹 못하게 옥죄여 왔다. 다만 먹는 것은 통제를 하지 않았다. 몸보신이 된다면 몇 십 만원이라도 투자를 했다. 몸이 건강해야 병원비가 나가지 않기 때문에, 그리고 천년만년 살겠다는 생

에 대한 집착이 대단했기 때문이었다. 검고 단단하게 단련된 그의 몸은 한 때 폭력조직에 들어가 싸움으로 다져졌고, 그때 더 독종이 되어버린 것이다. 눈 밑으로 길게 난 칼자국의 흉터도 그래서 생긴 것이다. 그 조직에서 탈퇴하려 할 때 오른쪽 손가락이 작두로 잘려 나갔다. 그날을 생각하면 사지가 벌벌 떨린다.

지하 조직, 컴컴한 지하실 탁자위에는 각목과 흉기가 진열돼 있었다. 날이 번쩍이는 작두, 작두에서 귀청을 찢듯 사자후 울음소리 같은 것이 들리는 듯도 하고, 시뻘건 아가리, 날선 칼날이 갑수씨를 잡아먹을 만반의 태세를 갖추고 있었다.

"살려주세요. 한 번만, 한 번만 살려주세요."

아무리 울며 발버둥 쳐도 인정사정이 없었다. 선홍빛 피를 쏟으며 손가락 네 개가 맥없이 떨어져 버리는 순간.

"아! 내 손가락, 내 손가락."

붕대로 대충 감겨진 반쪽의 손, 사는 것 보다는 차라리 죽는 것이 낫다는 절망이 그를 사로잡았다. 그러나 죽으려고 갖은 노력을 해봤지만 쇠심줄 같은 명줄이 얼마나 질긴지 번번이 실패를 했다.

"그때는 몰랐지. 쇠똥 밭에 굴러도 이승이 좋다는 것을. 기왕지사 죽고 사는 것을 제 마음대로 못할 바에야 말리다가 만 시래기처럼 시들시들 사흘에 피죽 한 그릇도 못 먹은 사람 꼴이 되느니 독초가 되어서라도 서슬이 퍼래 가지고 사는 것 같이 살아봐야지. 그깟 손가락 없다고 숨을 벌떡벌떡 쉬고 있는 몸뚱이를 통째로 버릴 수가 있나? 사라진 손가락은 남아 있는 몸의 천분의 일도 안 되는 지극히 작은 부분이다.”

갑수씨는 독하게 일어났다.

그때부터 이리 뛰고 저리 뛰고 동서남북 사방팔방 사통팔달로 뛰다보니, 지금에 이르렀고, 이제는 실낱같은 명줄을 붙잡고도 놓지 않으려고 발버둥을 쳤다. 인조 항문을 옆구리에 차고 다니면서도 죽을까 두려워 얼마나 노심초사 해 왔던가? 장암이 걸려 몇 차례나 잘라내다가 급기야는 장을 옆구리로 빼내는데 까지 이르게 되었다. 옆구리를 뚫고 나온 창자는 불로 지져 마치 나일론 천을 불에 태우다가 만 것처럼 우둘투둘하다. 거기에 고무로 박아 놓은 항문은 항문 역할을 조금도 하지 못한다. 똥이 마렵다든지 똥을 누어야 한다는 느낌이나 의지가 없이 시도 때도 없이 줄줄 흘러버리는 통에 변주머니를 밤낮 차고 있어야 한다. 하루에도 몇 차례 주머니를 털고 씻어 다시 차면서도 죽을까봐 벌벌 떨었다. 그러나 갑수씨가 살고 싶다고 매달린 명줄은 썩은 동아줄처럼 흐느적거리다가 급기야는 더 버티지 못하고 톡 하고 끊어져 버렸다.

“아이고 오 흐흐 흑 꺽”

그는 땅을 치면서 북받쳐 올라오는 울음을 꺽꺽거리며 운다. 이제 930평의 빌딩을 세운 그 거룩한 몸은 한 줌 재로 사라질 것이다.

허무하다. 인생 일장이 마치 꿈과 허깨비 같다. 한 낱 개꿈도 못 되는 몽환(夢幻) 속을 허덕여 왔다는 게 슬프다. 오호통재라! 갑수씨는 자꾸 꺼억 거리며 피를 토하듯이 울기만 하였다.

한 떼거리의 잡귀들이 몰려들었다. 악령들이다. 천태산 마귀할멈 같은 유령도 있고, 몹시 일그러지고 찌그러졌는가 하면 팔이 세 개나 되고 손톱이 한 자는 되고 눈이 뒤통수에 가서 붙거지고 머리를 풀고 소복을 한 여자귀신도 있다.

갑수씨는 움찔 공포에 떨며 한 쪽으로 피한다. 잡귀들은 갑수씨의 시신을 둘러싸고 눈을 까뒤집어 보는가 하면 콧구멍을 쑤시기도 하고 입을 찢기도 하고 성기를 잡아당기고 장난감을 가지고 놀 듯 하면서 외친다.

"육체가 그립다, 육체가 그리워,"

"무슨 짓이오. 이러지들 마시오."

갑수씨가 잔뜩 웅크리고 모기소리만큼 말했다. 그러자 마귀할멈 같은 귀신이 지팡이로 갑수씨의 머리통을 내려치면서,

"야 이놈 봐라. 새까만 후배가 어디 선배한테 감히 대들어?"

죽는 것도 먼저 죽으면 선배가 되는 가보다. 어떤 귀신은 갑수씨의 멱살을 잡고 따귀를 때려댄다. 어떤 귀신은 발로 짓밟고 주먹으로 친다.

"이놈! 네놈이 죽기를 얼마나 기다려 왔는지 아느냐? 나는 네놈에

게 맞아 눈이 멀어 버렸다. 네놈이 폭력조직에 있을 때 나는 종로에서 주점을 하고 있었다. 네놈이 몽둥이를 휘두르며 난장판을 만들어 놓고 유리창을 깨는 바람에 눈을 맞고 유리파편이 동자에 박혀 실명을 하게 되었다. 네놈이 두 눈을 뜨고 버젓이 살아갈 때 나는 눈을 감고 암흑 속에서 살아야 했단 말이다."

"이놈아. 나는 네 공장에서 일을 하다 폐병이 들려 죽은 박 양이다."

"나도 네놈의 공장에서 폐암이 걸려 죽었다."

갑수씨는 이불공장을 경영했었다. 공장에는 언제나 천이나 솜에서 떨어진 나부랭이들이 먼지가 되어 공장 안의 공기 속에 난분분했다. 그로 인해 눈썹이 하얗게 서리를 맞은 듯했는가 하면 머리에도 허옇게 내려앉았다. 지독한 갑수씨는 환풍기 하나 달아놓지 않았고, 4대 보험을 들기 싫어서 모두 일용직으로 채용을 했다. 그런 환경에서 오래 일을 하던 미싱공이며, 재단공들이 폐병이 걸려 고생을 하고 죽은 사람도 몇이나 되었다. 누가 앓고 있다, 누가 죽었다 해도 갑수씨는 눈썹 하나 까딱 하지 않았고, 생산량을 더 늘리는 데만 혈안이 되어 마이크에다 대고

"도대체 일을 하는 겁니까? 뭡니까? 한 눈 다 팔고 언제 일을 합니까? 일 하기 싫으면 나오지 말라 이 말입니다. 오늘 생산량을 채우기 위해 두 시간 연장입니다."

소리를 버럭버럭 질러대고 퇴근시간을 한 두 시간 늦추는 것이 오

랜 관행으로 되어 있었다. 노동자들의 노동을 작취해서 빌딩은 그렇게 세워진 것이다.

의사가 들어오더니 하얀 홑이불을 갑수씨의 시신 머리끝까지 덮어버렸고, 병원 장례식장 냉동실에다 처넣었다. 곧 바로 영정 사진이 걸리고 제물이 차려졌다. 유령들은 따라와 제상에 놓인 사과며 배를 가져다 축구공만큼 키워가지고

"자 이제부터 월드컵 축구 경기를 하자."

장례식장을 온통 난장판으로 만들었다. 이 구석 저 구석에서도 귀신들이 모여 도섭을 떨었다. 장례식장은 유령들의 잔치판이 되었다. 어중이떠중이 유령들이 제물을 서로 뜯어먹으려고 각다귀판을 벌였다.

망자가 가는 길이 순탄치만은 않을 것이라는 조짐은 날씨도 보여주고 있다. 혹한의 추위가 살을 에는듯 했고, 성난 바람이 말발굽 소리를 내며 대지를 훑고 지났다. 그 바람에 양재기가 왱댕그랑 하며 나가 뒹굴고 간판 떨어지는 소리가 벼락 치듯 했다. 장례식장에는 문상객도 없다. 아들 친구 몇 명이 우왕좌왕 할 뿐이다.

"지독스럽게 볶아 대더니 마지막 가는 날까지 사람을 볶을 게 뭐람."

갑수씨의 부인 배인자가 혼잣말처럼 구시렁댄다. 배인자는 검은 한복을 우아하게 입고 다소곳이 앉아 있다.

"여보! 내가 죽었소. 내가 죽었는데 당신은 울지도 않아?"

인자씨는 듣는지 마는지 도통 대답이 없다.

"흥, 조금만 있어봐라. 네 부인은 다른 남자를 좋아할 것이다."

유령 중에 하나가 비아냥거렸다.

"안 돼. 다른 남자를 좋아하다니, 절대로 안 돼, 내가 당신을 얼마나 사랑했는데. 지켜 볼 거야."

장대 같은 아들 4형제가 나란히 앉아있다. 아들들은 인자씨를 닮아 피부가 희고 키도 훤칠하다.

"얘들아 너희들은 아빠가 없어도 잘 할 수 있어야 한다."

"흥, 자식들이 제 애비가 죽었다고 슬퍼하는 놈 하나 있는 줄 아느냐? 지독한 억압에서 풀려난 해방감을 느끼고 있는 중이다. 내일 모래만 되어봐라 그동안 사고 싶었던 물건들을 꾸러미로 사다 나를 것이다. 930평짜리 빌딩도 저 놈들이 다 말아 먹을 것이다. 팔아서 서로 찢어가기에 혈안이 될걸."

또 유령들이 비아냥거린다.

"어찌할꼬. 어찌할꼬. 그 빌딩이 어떤 빌딩인데 팔아? 떠메고 갈 수도 없고 어찌할꼬. 어찌할꼬. 으흐흐흐 흑 꺼억"

평생을 일구어 놓은 빌딩이 물위에 뜬 수포처럼 사라지게 되었다. 저승길에 노자 한 푼으로도 쓸 수 없는 재산인 것을.

"이제 그만 가자 이놈아"

"못 가. 나는 못가. 죽어도 나는 못 가오."

"잔 말 말고 가자 이놈아."

"빌딩을 줄 테니 두고 가시오."
"이 주리를 틀 놈아, 썩은 뇌물은 안 받는다."

일가친척 많다 해도
어느 누가 대신 가랴
천석 만석을 높이 쌓고
네 얼굴이 천하일색이어도
내 몸 하나 없어지면
백사 만사가 허사로다.
어허이 어 해, 에 헤이 어 헤.

아이고 나는 못가, 빌딩을 두고는 나는 못가, 백골이 산산 조각이 난다해도 나는 못가네. 이 노릇을 어찌 할꼬. 애탄 지탄 살아온 날들이 억울하고 분통이 터져서 나는 못가네. 대굴대굴 뒹구는 갑수씨를 들것에 꽁꽁 묶어 떠메고 유령들이 구슬프게 상여소리를 낸다.

가네 가네 나는 가네 북망산천 돌아를 가네,
북망산이 얼마나 멀기에 한 번 가면 못 오시나
이제 가며는 언제나 오시오. 명년 소기 때 다시나 오지.
영정 공포를 앞세우고 영결종천 나는 가네.
아이고 지고 우지를 말고 손자 손녀를 잘 기르소.

살아생전 맺힌 벗님들 안녕히도 잘 계시오.
북망산이 멀다더니 문턱 너머가 북망산 일세.
어허이 어 해, 에 헤이 어 헤.

갑수씨는 이제 유령들에게 이끌리어 만가(輓歌)의 구슬픈 가락과 함께 점점 더 멀리 사라져가고 있다. 염라청으로 가고 있는 것이다.

갑수씨가 태어났던 고향 시골집 굴뚝에서 꺼무스레한 연기 한 줄기가 올라와 지붕을 덮고 너울대더니 바람에 날려 흔적도 없이 사라져간다.

•○•○ 허울만 인간

●○●○

플라타너스 나뭇잎이 무수히 떨어져 뒹구는 늦가을, 솔로인 나는 유독 외롭고 쓸쓸한 감성에 젖어 있었다. 그런데 마침 퇴근길에 버스를 타려는데 같은 회사의 직원인 강새변을 만났다. 그 사람 이름은 거꾸로 하면 변새강이다. 그래서 별명이 변강쇠가 되었다.

변강쇠와 나는 같은 버스를 타게 되었는데 그가 한사코 차나 한잔 하고 가자고 했다. 모르는 사람도 아니고 해서 그러기로 하고 그가 내리자는 곳에서 하차를 했다.

그 변강쇠가 나를 데리고 간 곳은 찻집이 아닌 그의 자취방이었다. 어쩌면 창피하지도 않은지, 제 사는 모습을 여과 없이 내게 다 까내어 보여주는 것이다.

그는 나를 너무 쉽게 여겼든지, 아니면 제 수준과 같은 줄 알았던 모양이다. 은근슬쩍 나에게 낚싯대라도 들이밀어서 걸리는지 안 걸리는지 실험을 해 볼 작정이었을 것이다. 그래서 걸려들면 이용을 해먹고 안 걸리면 말고, 라는 심사일 것이다.

나는 그의 방문 앞에서 발을 들여놓지 않고 서 있었다. 그가 가방을 던져 놓고 겉옷을 벗어 걸고 손바닥만 한 부엌으로 들어갔다. 부엌은 난장판으로 어질러져 있었다. 조리기구도 반듯한 것이 없었다. 그는 어느 천 년에 쓰던 냄비인지 찌그러지고 우그러진 양은 냄비에 물을 많이도 붓고 가스레인지에 불을 켰다. 나는 무엇을 하려는가 하고 부엌문지방 밖에서 구경을 했다. 그의 방이며 주방은 나에게 신기한 구경꺼리가 되었다. 곧 냄비에서 물이 끓자 라면 두 개를 넣고 거기에 또 밥을 넣었다. 라면과 밥이 퉁퉁 불어 퍼질 때까지 끓인 것을 큰 대접에다가 퍼 담아가지고 개다리소반에 차려서 들고 들어갔다. 그리고 나를 돌아보며 나무라듯 말했다.

"어서 들어오지 않고 왜 그러고 섰어요."

나는 아니요, 하며 돌아 나올 수는 없었기에 구두를 벗고 그 방으로 들어가 앉았다. 내 몫으로 한 대접이 담긴 그 음식을 나는 처다만 보고 있었다. 배는 출출했지만 식욕이 당기지를 않았다.

"무슨 체면 차리세요. 어서 들어요."

"별로 생각이 없어서요."

"음식은 먹어주는 게 예의지요. 음식은 저를 버리는 사람을 저주하지요."

그는 또 나를 나무라듯 말했다. 내가 왜 그에게 이런 말투를 들어야 하는지도 모르면서, 나는 마지못해 수저를 들긴 했지만 세상에서 그렇게 맛없는 라면은 처음이다. 라면 가닥과 밥알이 멍멍이 죽을 연성케 했으며, 싱겁고, 반찬이라고는 쉬어빠진 김치조각 뿐이었다. 억지로 참고 몇 수저 떠 넣으려는데 구역질이 올라오려고 했다. 그렇다고 수저를 놓으면 그의 입에서 또 무슨 말이 튀어나올지도 몰랐다. 나는 그의 다음 말을 연상해 보았다. 배가 고파봐야 음식이 귀한 줄 안다든가, 사흘을 굶어보라든가, 대충 그런 말일 것이다. 그래 어쩔 수 없이 천천히 꾸역꾸역 반 그릇을 먹고는

"배가 불러서." 라며 수저를 놓았다.

그는 기갈이 들린 사람처럼 내가 남긴 것까지 다 먹어치웠다. 대단한 식욕이다. 그는 빈 그릇만 남은 소반을 윗목으로 밀어놓고 요를 끌어다 펴는 것이다. 나는 깜짝 놀라 무릎을 세우고 여차하면 밖으로 튈 태세를 갖추고 눈을 뜨악하게 뜨고 그의 행동을 주시하고 있었다.

"하하하하, 왜 그런 눈을 하고 있어요? 보일러를 켰으니 방이 식을까봐 펴두는 것 뿐 인데."

그가 재미있다는 듯이 웃어대었다. 그 웃음 속에는 내가 너를 어

떻게 할까봐 지레 겁을 먹느냐는 야유가 담겨있는 듯 했다.

"김 과장 그 자식, 꼭 퇴근시간이면 붙들고 한 시간을 떠들어 대네. 그 개자식 미워서 회사를 때려치우든지 해야지. 내 참 더러워서."

"김 과장은 집에 가 봐야 쓸쓸한 사람이예요. 이혼 한지 오래 됐다는데요."

"시시콜콜 잔소리를 해대고 가탈을 부리는데 마누라인들 견뎌 낼 수가 있었겠어. 사내가 그래 가지고서야 집안 식구가 부지를 못하지."

김 과장은 이혼을 해서 딸은 제 엄마한테 가 있고 아들은 군대에 가고 혼자 산다고 한다. 퇴근을 하면 술집으로 가든지 거리를 방황하든지 한다는 것이다. 직장에서도 아가씨들하고 농담을 잘 하고 여자들 하고 친해지려고 노력을 하면서 남자직원에게는 트집을 잡고 화풀이를 하는 사람이기도 하다. 알고 보면 김 과장은 몹시 외롭고 의지할 곳 없는 불쌍한 사람이기도 하다.

변강쇠는 아마 퇴근 전에 김 과장한테 몹시 까였나 보다. 그래 아직도 생각만 하면 더러운 기분이 남아 있는지 담배를 꼬나물고 불을 붙였다. 방안에 금방 연기가 찼다. 나는 기침을 콜록거리며 문을 열었다. 남의 행동에 대해서는 잘잘못을 꿰뚫어 보며 입바른 소리로 타박을 잘도 하면서 숙녀 앞에서 담배를 피우는 제 행동에 대해서는 무관한 모양이다. 그래서 나도 그의 행동에 대해 타박을 가했다.

"이 좁은데서 담배를 피우면 어떡해요. 남도 있는데."

"아 미안."

그는 이내 담뱃불을 재떨이에 비벼 끄고 나를 바라보았다. 그 모습이 철딱서니 없는 아이 같기도 하고 소탈한 이웃집 아저씨 같기도 했지만 어딘가 또 정돈되지 않고 체계 없이 살아가는 빈 수레 같기도 했다. 어쩌면 그는 속이 다 비어있는 빈 수레를 끌고 날마다 덜커덩거리며 살아가고 있는 지도 모른다. 그에게도 꿈이나 희망이라는 것이 있을까? 있다면 그것은 무엇일까? 각유일능(各有一能)이라고 사람마다 한 가지씩 재주를 가지고 있다는데 그의 재주는 무엇일까? 라면을 맛없게 끓이는 것이 그의 재주일까? 변강쇠를 바라보는 순간 문득 그런 의문이 일어났다.

나는 그의 방을 관찰해 나갔다. 오래된 농이 두 짝, 플라스틱 바구니가 두 개, 하나는 짝이 맞추어지지 않은 양말이 뒤섞여 있고 하나는 벗어놓은 빨랫감이 담겨 있다. 홀아비 냄새인지 벗어놓은 양말에서 풍기는 냄새인지 꾸리리한 냄새에다가 방금 먹어치운 라면 냄새까지 방안의 풍경과 구색이 아주 딱 떨어지게 잘 맞았다. 이런 경치의 방에서는 고고한 가향이 풍길 리가 없다는 것, 신선한 공기가 감돌 수 없다는 것은 당연한 것이면서도 그래도 그것이 뱃속에 똥을 담고 살아가는 인간의 냄새가 아니겠느냐고 여겼다.

언제적엔 책상을 필요로 했던 것일까? 책상 하나는 거의 새 것 같아 보였는데 그 위에 책이라고는 단 한 권도 보이지 않고, 탁상시계와 작은 거울과 면도기와 스킨로션 같은 화장품 너부렁이가 질서 없이 놓여있다. 도대체 월급은 타서 다 무엇에 쓰기에 집구석이 이 모양일까? 하루저녁 술집에서 날리는 돈만으로도 방에다 투자를 했다면 이토록 궁색스럽지는 않을 것이다.

그는 유통과정을 맡고 있다. 입수된 물건을 대형마트에 넣는 영업사원이다. 주문을 받고 배달을 하고 진열까지 하는 업무다. 우리 회사에서 넣는 물건을 되도록 소비자들에게 잘 보이는 곳에 진열을 해 놓아야 잘 팔리기 때문이다. 내 직책은 검사반에서 들어온 물건들을 점검하고 검사하는 일이다. 변강쇠는 외부로 다니기 때문에 그와 나는 한 회사에서 일을 하긴 해도 마주치는 일은 드물다. 가끔 어쩌다가 퇴근시간이나 점심시간에 스치듯이 보는 것이 고작이다. 그러기에 그에 대해서는 어떤 평판도 들은 적이 없다. 아직 총각이라는 것 밖에는,

그날 나는 그가 김 과장 험담하는 소리를 몇 마디 더 듣다가 돌아왔다. 대문간까지 나와 미안하다며 다음에는 식당에 가서 한턱 쏘겠다고 했다.

나는 그 변변치 못한 인간을 그냥 이해하려고 했다. 정돈되지 않은 방도, 난장판인 주방도, 혼자 사는 남자니까 그럴 수가 있다고 너그럽게 봐 주었다. 그렇다고 해서 변강쇠가 좋아졌다는 것은 아니다. 배가 불룩하게 나온 그 감때사나운 모습은 꼭 예전에 소주 선전을

하는 금복주 아저씨처럼 생겨 내 마음에는 통 들지가 않았다. 그래서 관심을 갖지 않고 잊어버리려 하는데도 웬 일인지 무심해 지지를 못하는 것이다.

어느 날 나는 기어코 저녁 열시가 넘었는데도 김치를 먹게 좋게 잘라서 가지런히 담고 깻잎장아찌를 가지고 그의 집으로 가고 말았다. 그는 아직 돌아오지 않았는지 불이 켜 있지 않았다. 주방문은 잠기지 않아서 나는 주방으로 들어가 개수대에 담가 놓은 지 몇 날이 되었을 법한 그릇들을 세제로 닦고 개수대며, 가스레인지며, 식기 건조대며 기름때가 찌들어 있는 곳을 말끔히 닦아 주었다. 청소를 하느라 자정이 되어 가는데도 그는 오지 않았다. 나는 메모도 남기지 않고 와 버렸다.

어쩌다 회사에서 언뜻 그를 스쳐가도 의례적으로 꾸벅 인사만 할 뿐 별다른 말은 건네지 않았다. 그는 내가 청소를 해 주고 반찬을 가져다 놓은 것도 모르나 보다. 아니면 회사에서 조금이라도 친한 기색을 보이면 직원들 사이에서 이상한 소문이라도 날까봐 무섭기도 했나보다. 그것은 나도 마찬가지였다. 하지만 다시는 만날 일이 없더라도 반찬을 갖다 준 그릇은 찾아와야 했다. 찾아오지 않으면 혹시라도 그의 동료가 왔을 때 이 그릇은 미스 김이 반찬을 갖다 준 그릇이라고 말해버리면 큰일이다. 그랬다가는 이제까지 자기 관리를 잘 해온 내 인격에 금이 가고 말 것이다.

내가 그릇을 찾으러 그의 집에 갔을 때는 불이 켜져 있었다. 그의 집은 여러 사람이 세 들어 살기 때문인지 대문이 고장 났는지 항상 열려있었다. 그가 세 들어 있는 방은 대문을 들어가 옆으로 돌아가면 현관도 없는 방이다. 현관이 없으니 현관문이 없는 것은 당연하다. 뜰에 올라서면 거기 부엌문과 방문이 기역자로 있다. 내가 그의 방 옆을 지나려는데 심하게 앓는 소리가 났다. 그가 몸살이라도 나서 몹시 앓고 있나보다 하고 뜰에 올라서려는데 거기엔 빨간 여자 구두가 있었다.

움찔 놀라서 멈춰 서버린 나는 잠시 그의 신음소리를 흥미 있게 듣고 있다가 발자국 소리가 들리지 않게 조심해서 대문을 나와 버렸다. 방문을 벌컥 열어보고 싶은 장난기도 솟긴 했지만 그럴 수는 없었다. 그럴 권리도 내게는 없다. 나는 변강쇠의 마누라도 애인도 아니기 때문에 변강쇠의 밑에 깔려있는 누군지 모르는 그녀와 연적이 될 수 없고, 변강쇠의 성행위에 대해서 가타부타할 이유도 권리도 없기 때문이다.

나는 그때부터 그 변강쇠가 사람으로 보이지 않았다. 그는 허울만 사람의 모습을 하고 있지 속은 늑대나 이리 한 마리가 들어 있는 짐승 같았다. 내 그릇이 늑대의 밥그릇이 되어도 나는 그릇을 버릴 것이다. 더 이상은 그릇을 찾으러 가지 않을 것이며 그 그릇이 내 것이라는 것을 밝히지 않을 것이며 청소를 한 당사자가 나라는 것을 절대로 알리지 않으리라고 다짐했다.

나는 직장에서 변강쇠가 동쪽 문으로 들어오면 서쪽 문으로 나가 버리고 되도록 얼굴을 마주치지 않으려 했다. 어쩌다 그가 검사실에 들르면 딴전을 보기도 하고, 친구에게 전화를 걸어 얘기하면서 그의 얼굴을 못 본 척했다. 그러면서 그를 색다른 눈으로 관찰해 나가기 시작했다. 내 눈에 비치는 그는 점점 더 실망스러운 존재였다.

전 사원이 다 모인 회식자리에서 노래방으로 자리를 옮겼을 때였다. 연거푸 몇 곡을 뽑아내고도 제가 찍어놓은 곡을 다른 동료가 부른다고 마이크를 빼앗고, 눈알을 부라리며 소리를 질러대더니 김 과장을 붙들고 찌드럭거리며 개개고 있었다. 술에 취하니 이해와 양보가 없는 개불상놈의 객기가 바로 튀어 나왔다. 누구든지 취중에 하는 말과 행동이 그의 진 모습이라고 했다. 평소에 마음속에 간직했던 것을 술 기운을 빌어 한다는 것이다. 그래 그 사람을 떠 보려면 술을 많이 먹여보면 안다고도 했다. 변강쇠는 안주와 술을 남의 세 몫은 먹어치우고는 화장실을 드나들며 싸재끼는 것 또한 꼴불견이다. 닥치는 대로 먹어대고, 먹는 대로 싸고, 나오는 대로 지껄이고 치졸한 생각을 행동으로 바로 옮기고, 도시 참고 절제하고 걸러내고 판단할 줄을 모르는 무지가 그를 지배하고 있었다.

책도 읽지 않고, 종교도 믿지 않고, 꿈도 없이 마구잡이로 살아가는 대책 없는 그 인간을 보면서 문득 나는 무엇일까 하는 의문으로 내 인생에 대하여 조명해 보는 계기를 가지게 되었다.

나는 현재 서른 살의 마루터기에 올라있는 미혼이고, 스물 두 살 때 애절한 첫 사랑을 했었으나 그 남자가 나를 떠났고, 배신을 당했을 당시에 자살을 하려고 나무에 올라가 떨어지려고도 했고, 물에 빠지려고 연못가에 가서 눈이 붓도록 울다가 빠지지 못했고, 약을 먹고 그의 집 앞에 가서 죽어 내 죽음을 그에게 보여주는 복수를 하려고 했으나 죽지도 못하고 밤마다 베개가 젖도록 울었던 적이 있었다. 그 슬픔으로 무려 삼 년이란 세월을 절망에서 헤어나지를 못했었다. 당시 내 안의 모든 희망이 사라지고 아무것도 없는 빈껍데기만 남아 있었다. 지금 생각해 보면 참 어이없는 어리석음이었다. 세상엔 얼마나 풍미 있는 남자가 많은가? 왜 그 한사람만이 나의 전부였다고 생각했단 말인가? 만약에 내가 그때 헛되이 목숨을 버렸다면 무슨 가치가 있을까? 지금의 내가 존재할 수 없었을 것이다. 아찔하고 끔찍하다.

내가 스물다섯 살이 되었을 때 입사시험을 보고 지금의 회사에 들어왔다. 모든 걸 다 잊고 일을 열심히 해 왔다. 그 덕분에 시집갈 때 쓰려고 얼마간 저금도 해 놓았다. 그래서 내 미래는 무엇일까? 착실한 신랑을 만나서 자식 잘 키우며 살아가는 것일까? 착실한 신랑이 나타난다면 그러겠지만 나타나지 않는 다면, 혹시 남자를 잘못 만난다면 어떻게 될까? 만약에 변강쇠가 여자와 레슬링을 하는 것을 목격하지 않았다면 그와 가까워졌을 지도 모른다. 그랬으면 나까지 그 푼수의 수준에 동질화 되어 아귀지옥에 빠졌을 것이다. 상상만 해도 치를 떨 일이다. 남자라는 것은 믿을 수가 없다. 나는 나 혼자서라도 인간답게 살아보는 기틀을 마련해 나가야 하겠다.

나는 초등학교 때에는 간호사가 되는 것이 꿈이었고, 중학교 때에는 선생님이 되는 것이 꿈이었다. 그런데 지금 내 꿈은 어디로 갔는가? 이대로 이 회사에서 물건을 검사하는 직책으로만 내 인생을 묶어 둘 수는 없는 일이다. 나는 초등학교 교사라도 되어야 하겠다는 매우 강견한 결심을 하게 되었다. 결심은 곧 실천에 들어갔다.

퇴근을 하면 밤이 이슥하도록 임용고시 시험을 준비했다. 그 결과 6년 만에 합격증을 그러쥐고 발령을 기다리는 중이다.

하지만 변강쇠 그 인간은 6년이라는 세월의 격류 속에서도 이렇다 할 변천사를 쓰지 못했다. 한 가지 변한 게 있다면 살이 더 뙤록뙤록 쪄 있다는 것이다. 그는 나를 볼 때마다 무언가 아쉬움이 잔뜩 남아 있는, 무슨 할 말이 있기라도 한 듯 입술을 달싹거리려다가 내가 쌀쌀맞게 찬바람을 내며 사라지면 내 뒤통수만 바라보곤 하는 모양새다. 제 주제에 감불생심 어디라고 나를 넘보는가? 내가 아무리 노처녀이기로서니 저 같은 인간을 상대할 줄 아는가? 그와 나의 가치척도는 이미 천지차이가 된지 오래다. 그것은 꿈이 있는 자와 꿈이 없는 자의 차이다. 꿈이 있는 자는 저 만치 달려가지만 꿈이 없는 자는 제자리걸음하다 퇴보하기 일쑤다.

이제 그만 거두절미하고, 나는 초등학교 교사가 되어 거기에서 풍미 있는 신랑감을 찾아 볼 요량이다.

●○●○ 성폭행 조사서

●○●○

경순은 벽에 걸려 있는 남편 충식의 옷가지가 뱀 허물처럼 징그럽게 보였다. 경순은 몸이 오싹하도록 혐오스러움을 느꼈다. 뱀처럼 징그러운 동물을 남편이라고 믿고 몸을 비비며 살아온 자신의 처지가 한없이 슬퍼왔다. 그러나 현실은 이러지도 저러지도 못하는, 말하자면 집을 나갈 수도 없고, 그렇다고 해서 남편을 내어 쫓을 수도 없고, 이혼을 할 수도 없었다.

그날 아침나절에 경찰서라며 전화가 왔다. 남편보고 경찰서 강력반으로 출두를 하라는 것이다. 남편은 전화를 받으면서 매우 어리둥절했다. 아무 것도 죄 지은 게 없는데 왜 경찰이 부르느냐면서 무엇인가 착각이 생긴 것일 거라면서 경찰서로 갔다. 그런 남편이 밤이 늦어도 돌아오지 않아 친구들과 어디서 술을 마시고 있나보다 했지만, 전화기는 꺼져 있었고, 새벽이 되어도 들어오지 않아 경순은 불안해하며 밤을 꼬박 뜬 눈으로 지샜다. 날이 밝기가 무섭게 경순은 114안내에게 물어서 경찰서로 전화를 했다.

"아, 그 키 작은 남자분 말입니까? 여기 유치장에 있습니다."

경순은 제 남편이 그렇게 키가 작다고 생각해 본 적이 없었다. 결혼을 할 때 그녀의 남편은 162cm로 그녀의 키와 같았다. 그런데 그녀의 남편이 고한 노동을 하면서 키가 한 4cm정도가 줄어 버렸다. 남편의 직업은 전자제품 대리점에서 세탁기며, 냉장고를 소비자들의 집 안까지 배달해 주는 것이다. 날이면 날마다 무거운 것을 어깨에 메고 운반을 하니 남편의 키가 어느새 그렇게 줄어들었다. 어깨에서부터 척추 뼈 마디마디가 눌려서 짜부라든 모양이다.

경순은 부리나케 택시를 타고 경찰서로 달려가 유치장에 갇혀 있는 남편을 면회했다.

"아니 이게 무슨 일이야. 당신 무슨 죄 지은 것 있어?"

"별거 아니야. 오해가 있었어. 확인만 되면 바로 나갈 거야. 걱정 말고 집에 가 있어."

그녀의 남편은 그렇게 말했지만, 눈이 괭하고 얼굴이 수척해서 하루사이에 마음 고생을 얼마나 많이 했는지가 역력하게 들어났다. 꼭 덫에 걸린 사슴 한 마리가 죽을 때를 기다리는 것처럼 가엾고 측은해 보였다. 경순은 형사실로 들어가 당직형사를 붙들고 죄가 무엇이냐고 물었지만, 형사는 그저 자기는 담당이 아니라서 모른다고만 했다.

"왜 모르시겠어요? 바른대로 가르쳐 주시지 않으면 저는 한 발자국도 여길 나가지 않겠어요. 가르쳐 주세요."

그녀가 형사에게 끈질기게 자꾸 캐묻자 성폭행범이라는 것이다. 남편이 성폭행범이라니 이럴 수가. 도대체 누구를 성폭행했단 말인가? 수채구멍인지 쥐구멍인지도 모르고 아무데나 대가리를 들이 밀어서 껍죽대는 그 놈의 물건을 당장에 빼내어 개에게나 휙 던져주라고 소리치고 싶다.

경순이 맥이 다 풀려 시름없이 집으로 돌아와 자리에 누었을 때 충식이 친구를 보증세우고 집으로 돌아왔다.

"당신이 성폭행 범이라니 그게 무슨 소리야?"

"성 폭행은 무슨……"

"그런데 왜 갇혔어?"

"미친년이 올가미를 씌었어."

"꽃뱀한테 물린 거야?"

그녀의 남편은 더 이상 말을 하지 않고 휑하니 일터로 나갔다. 좀 찝찝하니 많은 의문점이 남긴 했지만 그 일은 큰 문제가 되지는 않고 일단 마무리가 잘 된줄 알았다.

그로부터 한 20일쯤이 지난 뒤였다. 피해자 측에서 재조사를 신청하였으니 경찰서로 출두하라는 전화가 왔다. 조사를 받고 조사서가 검찰로 넘어 갔는데도 합의를 보자는 제안이 없으니 다급해진 모양이었다. 합의금을 만만치 않게 받아내려는 꿍꿍이속이 먹혀들지 않으니 재조사를 청구한 것이다. 재조사도 다를 것이 없었다.

조사서는 이랬다.

공원 시계탑 아래서 애자가 시계를 올려다보며 누군가를 기다리고 있었다. 경순의 남편 충식씨가 퇴근을 하다가 피곤한 몸을 공원에서 잠깐 쉬고 있었다.

"누구를 기다리고 계세요?" 충식이 말을 걸었다.

"동네 할아버지가 나오기로 약속을 했는데 시간이 넘었는데 안 나오네요."

여기서 두 사람의 말이 다르다. 충식은 동네 할아버지라 했다하고, 애자는 교회 사모님이라 했다고 우겼다. 이럴 땐 형사가, 만나기로 약속한 사람이 어느 교회 누구인지 물어보고 그 사람에게 전화를 해서 확인을 해보면 누가 거짓말을 하는지 명백해 질 텐데, 그 부분은 없다.

"저녁은 드셨어요?" 충식이 물었다.

"아니요."

충식이 순간적으로 작업에 들어가려는 마음이 스멀스멀 일어났는지, 아니면 가엾다는 생각이 들어 밥을 한 번 사 주고 싶었는지는 모른다. 아마 두 가지가 다 동시에 작동을 했을 것이다. 애자는 장애자였다. 말이 좀 어눌하고 한 쪽 수족이 반신불수다.

"나도 저녁 전인데, 우리 같이 밥이나 먹을까요?"

"예, 그러지요 뭐."

충식은 애자를 데리고 식당으로 들어가 곰탕을 한 그릇씩 비웠다. 밥을 먹으면서 이런 저런 얘기를 했다. 애자는 아이가 둘 있다했고, 남편이 있긴 있지만 성생활을 못한다고 했다. 그런데 이 대목에서 애자는 또 남편이 있다고만 했지 언제 성생활을 못한다고 했느냐고 반박을 했다.

"언제 내가 성생활을 못한다고 했어. 이 나쁜 놈아"

경찰서가 떠나가라고 애자가 소리소리 질러 댔다. 다음,

"드라이브 시켜 드릴까요?"

충식이 말하자 애자가 충식의 차 있는데 까지 따라왔다. 충식은 드라이브 코스가 좋은 산 구비를 돌아 강변도로로 신나게 달렸다. 돌아오는 길에 모텔을 올려다보았다.

"저기서 쉬어 갈까?"

"그라든지요."

이 대목에서 또 말이 어긋났다. 충식은 애자가 "그라든지요" 라고 대답했다 하고, 애자는 "안 가요" 라고 했다 한다.

"안 간다고 했잖아, 이 개새끼야"

도대체 누가 거짓말을 하는지 도시 종잡을 수가 없다. 모텔에 들어가서도 충식이 애자의 꽉 끼인 청바지의 단추를 풀지 못해 애를 먹자 애자가 스스로 단추를 풀고 바지를 벗었다고 하고, 애자는 아니라고 했다.

"안 한다고 했잖아, 이 개새끼야, 팔을 누르고 강제로 바지를 벗겼잖아, 나쁜 놈아."

"네가 더 즐겼잖아."

"뭘 즐겨?"

"두 손으로 내 엉덩이를 감싸고 밑에서 요동을 쳤잖아."

"아니야, 거짓말이야. 난 그런 적 없어."

형사들도 듣기가 민망했든지 질문을 돌렸다.

"가해자가 피해자를 협박하거나 폭행을 한 적이 있습니까?"

"없습니다."

"소리를 질렀습니까?"

"아닙니다."

"그럼 피해자는 왜 소리를 치지 않았습니까?"

"창피해서요."

애자는 창피해서 소리를 치지 않았다고 했다.

충식은 소기의 목적을 해소하고 애자에게 옷을 입혀서 데리고 나와 차에 태우고 다시 공원의 그 자리에다 내려 주었다.

"오늘 즐거웠어. 잘 가요."

충식이 인사를 하자.

"언제 또 만날 거예요?"

애자가 물었다.

"남들이 알면 어쩌려고 또 만나요."

"괜찮아요. 내일 여기서 기다릴게요."

"제가 바쁘니까 조금 기다려 보다가 안 오거들랑 곧장 들어가세요."

일회용 데이트는 그렇게 해피엔딩으로 끝이 나는가 했다.

애자가 물었다.

"왜 안 왔어? 내가 두 시간을 기다렸잖아."

"곧장 들어가랬잖아."

조서의 내용은 여기까지이다. 경찰은 충식을 장애인 성폭행범으로 취급을 하는데 여지가 없었다. 애자는 육체의 장애뿐만 아니라, 정신적인 장애가 있어 바보라는 것이다. 바보를 꼬여서 성폭행을 했다는, 아주 죄질이 나쁜 범인이라는 것이다.

형사는 조서작성을 마치고 애자에게 먼저 나가게 하고 충식은 삼십분 후에 나가게 했다. 그것은 그들이 밖에 나가서 싸움을 한다든가, 돌발할 위험한 사태를 막기 위해서다. 그래서 1차 조사 때에도 연락처를 알아내지 못했던 것이다.

재조사 때에는 경순이 경찰서 문 앞에서 애자를 기다렸다가 전화번호를 물었다. 애자는 이 때다 하고 전화번호 적은 쪽지를 건네주었다. 재조사를 신청한 것은 바로 전화번호를 가르쳐 주기 위한 것이었다. 그래야 합의를 보자고 전화를 걸어올 것이기 때문이었다. 경순의 생각 같아서는 합의를 보고 싶지 않지만 남편이 장애자 성폭행범으로 들어가 살게 되면 자식들 취직길이 막히게 될 것이니 어쩔 수 없이 합의는 보아야 했다.

그로부터 며칠 후 경순은 애자에게 전화를 걸어 만나자고 했다. 애자는 터미널 옆 다실로 장소를 정했다. 경순이 약속장소에 나가니 애자 쪽에서는 세 사람이나 나와 있었다. 애자의 언니라고 하는 사람과 친척 오빠라고 하는 사람이었다. 친척 오빠라고 하는 사람은 인상이 어찌나 험악한지 마치 흉악범 같이 보였다. 그 흉악범 같은 남자가 연신 인상을 찌푸리며,

"이런 일은 합의금으로 수억을 받는 것으로 알고 있지."

반말을 찍찍 내 뱉더니 무슨 자랑이라도 하려는 건지 제 아들이 형무소에 들어가 있다고 했다.

"큰 애가 겨우 출옥을 했는데, 또 작은 애가 들어가 있어. 나도 자식 놈들 때문에 하루도 마음 편할 날이 없어."

감때사나운 남자가 탄식조로 내 뱉는 그 말이 어쩌면 사실인지도 모른다고 경순은 생각했다. 부전자전이라고 그 아비의 인상을 보니 그도 감방을 큰 집 드나들 듯이 했을 터였다. 경순은 이 자리서 충

식의 부인이라 하지 않고 여동생이라 둘러 대었다.

"저는 충식이 동생인데요. 오빠가 그런 일을 저질렀다는데 무척 놀랐습니다. 당연히 감방에 들어가 벌을 받아야 하지요. 하지만 오빠가 하도 나가 보라고 해서 나오긴 했습니다. 면목이 없습니다."

"모르긴 해도 한 10년은 징역이 떨어질 거요. 억 단위가 들어가지 않으면 아예 합의를 볼 생각을 말라 하슈."

험상궂은 남자가 을러방망이를 쳤다.

"그럼 합의는 불가능하네요. 오빠는 집도 없이 사글세를 살고 있는 형편이라서…… 얘기는 더 진전이 될 수 없고 그렇게 전하겠습니다."

"참 걸려도 더럽게 걸렸구먼. 형편이 그렇다면 딱 잘라서 오천으로 하자고 그러시오."

"그렇게 전하겠습니다."

"되는 방향으로 해 보슈. 오천이면 해결될 일을 10년을 징역 산다면 무식한 짓이오. 어디 그것뿐입니까? 평생 전자발찌를 차게 된다고 생각해 보슈."

경순은 그 날은 그쯤 하고 돌아왔다. 억 소리를 하며 탱탱 거리던 남자가 오천으로 내려 깎은 것만으로도 성과는 있었다.

다음에 만날 때는 충식씨 친구 중에서 제일 언변과 수단이 좋은 친구와 같이 나갔다.

"처음 뵙겠습니다. 이런 자리에서 만난 것도 어쩌면 무슨 인연이기도 하겠습니다만, 더 좋은 자리에서 좋은 인연으로 만났으면 얼마나 좋았겠습니까? 너무 죄스러워서 얼굴을 들지 못하겠습니다. 너그러우신 혜량을 부탁드립니다."

"아 사건이 그렇게 됐네요, 저야 뭐 제 삼자니까 저한테 죄송할 건 없습니다."

"못난 친구를 두다 보니 이렇게 얼굴을 들지 못하도록 부끄러워질 때도 있군요. 좀 전에 충식이를 만나 따귀를 호되게 때리고 왔습니다. 죄를 지었으면 마땅히 처벌을 받아야 함이 당연하지요."

"뭐 그러실 필요야."

애자의 친척오빠라는 그 흉악한 사내의 얼굴이 좀 펴지고 분위기가 누그러져 갔다.

"전번에 합의금을 5천만 원을 요구하셨다 하던데, 그 정도면 이쪽의 형편을 가만하여 많이 선처해 주신 점은 잘 알고 있습니다만, 하지만 형편이 너무 없어서……"

"그럼 오천이 불가능하다 이 말입니까?"

"네 그렇습니다."

"그럼 도대체 무얼 어떻게 합의를 보겠다는 말입니까?"

"사실 집도 없이 연립 반 지하에서 세를 사는 형편이라, 차를 팔면 한 이백은 겨우 만들 수 있을지 모르겠습니다."

"이백이라니요? 이 사람들이 누굴 물로 보는 겁니까? 합의는 안 되겠네요."

애자 오빠라는 사람이 화를 벌컥 내며 일어서자 그 일행이 모두 일어나 나가 버렸다. 한건을 단단히 잡았으니 어떻게 해서든지 돈을 좀 더 뜯어내야 하겠다는 그들의 속셈과 되도록 돈을 적게 주려하는 경순의 줄다리기가 팽팽하여 합의는 난항에 부딪쳤다.

경순은 그동안 찌들은 살림살이에 눌려 얼굴 한 번 환하게 펴지 못하고 살아온 터라 옷차림이며 모양새에 궁색이 줄줄 흘렀다. 경순은 오래 처박아 두었던 구식 비닐 손가방에 헤어져 너덜너덜 떨어진 운동화를 질질 끌고 나갔으니 빈티가 그대로 드러났다. 그러나 애자나 그 언니라는 사람은 말끔하니 제법 차려 입었고 애자 오빠라는 사람도 인상이 도둑놈 같긴 했지만 양복에 넥타이까지 매고 모양새를 부렸으니, 돈을 받으려는 사람들은 잘 사는 편이고 돈을 내야 하는 쪽은 가난하기 그지없다. 하지만 그것은 충식이 성폭행을 했기 때문이지 그런 일이 없었다면 그 사람들이 왜 돈을 달라 하겠는가?

경순은 더 이상 합의를 보자는 전화를 하지 않고 10일이 지나도 15일이 지나도 그냥 내버려두었다. 다행히 검찰에서는 출두 통지를 보내지 않았다. 사건이 많이 밀려있어 충식이 차례가 오려면 두 달은 족히 걸려야 한다는 것이다. 다급해 진 것은 애자편이다. 검찰에 넘어가 재판에 들어가면 단 500만원이라도 받지 못할 것이고 다른 사람 징역을 살려본들 이로울 것이 없기 때문이다. 그래서 애자 오빠라는 사람이 먼저 전화를 걸어왔다.

"여보세요. 이제 곧 검찰에서 소환을 하면 어쩌려고 그러고 계십니까? 남에게 징역을 살게 하고 싶지는 않아서 그럽니다."

"글쎄요. 징역을 살아야 한다면 합의를 본다고 안 살겠어요."

경순이 태연하게 대답했다.

"아이구 모르시는 말씀, 이런 일은 합의서만 들어가면 그대로 무마가 되는 것입니다. 검찰청에서 부를 때 말만 잘 해주면 아무것도 아닌 일로 끝나버립니다."

경순은 이때다 하고 먼저 같이 갔던 남편의 친구를 동원해 천만원을 싸 들고 그들을 만나러 갔다. 먼저와는 달리 분위기에 날을 세우지는 않았다.

"그동안 차를 처분하느라고 좀 늦었습니다."

"얼마나 받으셨습니까?"

"차는 200을 받았는데 사채를 좀 내어서 1,000만원을 가지고 왔습니다. 더는 어떻게 할 수가 없으니 이거라도 받으시고, 사람 한 번 살려 주십시오. 이렇게 부탁드립니다."

충식의 친구가 두 손을 모우고 싹싹 비는 시늉을 하자,

"아무리 그래도 천만 원 가지고는 턱도 없습니다."

그날도 합의는 이루어내지 못했다. 검찰이 부를 시기가 다가오기

때문에 다급한 것은 경순도 마찬가지였다. 다시 천 500만원을 가지고 갔다가 거절당하자, 이천만원을 가지고 가서야 겨우 합의가 이루어 졌다. 만 원짜리 100장씩의 묶음 스무 덩어리를 탁자위에 올려놓으니 하늘에서 돈 벼락이 떨어진 것 같았다. 애자 오빠라는 사람이 만면에 미소를 띠며 돈 다발을 세어 확인 하고는 애자보고 합의서에 도장을 찍으라고 했다.

"검찰청에 가시면 말씀이라도 좀 잘해 주셔서 처벌을 받지 않게 해 주세요. 부탁드립니다."

"걱정하지 마십시오."

합의서를 작성하고 도장을 찍고 합의는 그렇게 하여 끝이 났다. 돈을 받은 쪽은 즐거워 어쩔 줄 몰라 했고, 돈을 준 쪽은 몸속에 장기를 떼어낸 듯 속이 쓰리고 아팠다.

경순은 울면서 곧 합의서를 경찰서에 제출했다. 강력반 담당 형사가 낯을 찌푸리며

"현장검증을 하려 했는데 합의를 보다니, 도대체 합의금은 얼마를 주었습니까?"

"2천만 원을 주었는데요,"

"2천만 원을 받으려고 그 야단을 쳤다 이 말이지. 우리가 그들의 꼭두각시 노름을 했군."

형사가 씁쓸한 표정으로 합의서를 던지듯이 책상위로 밀쳐 두었다.

그로부터 얼마 안 되어 검찰청에서 출두명령을 내렸다. 피해자와 가해자가 똑같이 검찰청에서 만났다. 똑같은 조사서가 두 장이나 올라왔는데 앞에 것이나 뒤에 것이 다를 것이 없다며, 순순히 시인을 해야지 꼬투리를 달면 문제가 더 복잡해진다며, 경찰조사서대로 시인을 하라 했다. 검찰은 애자에게 몇 가지 질문을 했다. 머리가 백치라서 2급 장애자라고 했지만 애자는 제법 똑똑한 편이었다.

그 일은 그렇게 일단락이 지어졌지만, 경순은 도저히 남편이 용서가 되지 않았다. 2천만 원이면 남편의 열 달 봉급이다. 대학에 다니는 아들이나 고등학교에 다니는 딸에게 5만 원짜리 한 장을 시원하게 용돈으로 주어 본 일이 없는데, 2천만 원을 한 구멍에 쏟아 붓다니 이런 억울한 일이 어디 있을까? 생각할수록 분통이 터져서 몇 달이 지나가도 말을 하지 않고 거실에서 웅크리고 잠을 자는 생활이 지속되었다.

충식은 그런 일이 있은 후로 성불구자가 되었다. 너무나 충격이 컸든지 충식의 성기는 도시 회생할 기미를 보이지 않았다. 그는 고개 숙인 남자가 되어 집에서도 직장에서도 말을 잃어버리고 마치 생명없는 로봇처럼 돼 버렸다.

•○•○ 재회

●○●○

며칠째 주룩주룩 내리던 비가 그치고 상명한 아침이다. 어디서 날아왔는지 까치 한 쌍이 떡갈나무 우듬지에서 납죽 엎드린 우리 집 사랑채를 내려다보며 깍깍거린다.

후여~ 후여~

길다란 장대로 마구 쫓아 버리고 싶은 심정이다. 이제 저 놈의 까치까지 사람을 놀려먹는다고 생각하니 심보가 뒤틀렸다. 몇 년을 하루같이 기다려도 오지 않는 그이, 그동안 까치는 수십 번을 울어 댔지만 감감 무소식이다.

헛된 기다림으로 하루가 또 저무는가 싶더니 산 그림자가 길게 눕고 어둑어둑해서야 검은 그림자가 삽짝 문 밖을 서성였다.

상진씨는 해골처럼 바짝 말라 툭 불거진 광대뼈에 풀어진 동공이 동태의 그것을 연상케 했다. 머리는 얽히고 설키어 언제 빗질을 했는지 알 수 없고, 상판때기는 물이 지나간 흔적이라고는 찾을 수 없을 만큼 매연 먼지로 칠갑이 됐다. 걸치고 있는 옷가지는 쥐의 털보다도 더 더러워 가까이 올까봐 겁이 나 온 몸에 소름이 확 끼쳤다. 그렇게 듬직하고 멋있던 상진씨가 어떻게 저렇게 까지 추락할 수 있을까? 정신이 피폐되면 육체는 인간 구실을 못하나 보다.

알코올 중독자, 거리의 노숙자, 그들은 절망의 늪에 빠져 정신병을 앓고 있는 중환자들이다. 병을 치료하지 않고 깊어지면 죽기 마련이다. 늪을 헤치고 빠져나올 생각은 하지 못하고 스스로 죽기만을 기다리는 환자들, 어떤 계기와 환경이 그들을 수렁으로 몰아넣어 폐병을 앓는 것처럼 바이러스들이 침투해 정신을 갉아먹는 중이다. '오! 하느님!' 나는 땅이 꺼져라 한숨이 나왔다.

"누구시우?"

어머니도 그를 몰라보았다.

"저 윤상진입니더."

"누구라고?"

"죄송합니더. 죽기 전에 한 번 보고 싶어서……"

그는 얼마나 굶었는지 기진맥진 목소리도 제대로 나오지 않았다.

"세상에 이런 일이."

어머니는 혀를 차대며 그를 사랑채로 들여보내고 사발에 밥을 꾹꾹 눌러 담고 냉수 한 그릇에 풋고추와 생된장을 아무렇게나 차려다 주며 나를 돌아보았다.

"어쩌겠나. 굶주린 짐승도 먹이를 주는 법인데……"

어머니는 그래도 그가 측은하다는 생각이 드는 모양이다. 나는 너무 기가 막혀 목구멍으로 절망의 피울음을 삼키고 있었다.

세월을 네 바퀴나 후진해 본다면 나는 물론 우리 집 식구 모두가 그를 좋아했었다. 단층 산지로 치솟은 상봉 꼭대기에 통신대가 들어오면서부터 주말이면 군화 소리가 그땅을 울렸다. 우리 집은 군인들이 지나다니는 길목은 아니다. 봉우리의 남록으로 휘어진 산자락 아래 고즈넉한 외딴 집이다. 그러나 군인부대가 들어오자 아버지는 대나무를 몇 짐 사다가 촘촘히 엮어서 울타리를 에워싸고 사립문도 대나무로 높이 만들어 가려놓았다. 집안에 다 큰 처자가 있으니 뭇 사내들이 들여다보지 못하게 하기 위한 것이었다. 그러면서 아버지는 항상 근엄한 표정으로 굳어 있었다.

참 묘한 신의 장난이었을까? 하필 칠흑 같은 밤중에 사립문을 흔들어대는 사람은 상진씨였다. 그가 휴가를 나갔다가 귀대 길에 그만 날이 어두워 산속을 헤매다가 인가를 찾아온다는 것이 우리 집으로 왔던 것이다. 그는 어둠속에서 얼마나 넘어지고 뒹굴었는지 얼굴에 피가 흐르고 손등이 찢겨 있었다.

"딱도 하지."

어머니는 마치 전쟁터에서 부상병을 만난 것처럼 자상스럽게 피를 닦아주고 연고도 바르고 반창고를 붙여 주었다. 불빛 아래 들어난 그의 얼굴은 한 눈에 보아도 썩 듬직했다.

"저녁은 먹었는가?"

아버지의 근엄한 표정은 언제 풀렸냐는 듯 인자한 목소리가 흘러 나왔다.

"예, 걱정하지 마이소."

"시간에 쫓긴 사람이 밥을 어찌 먹었겠는가."

마침 보리밥이 남아있어 열무김치 하나로 상을 차려주었다. 그는 배가 고팠는지 마파람에 게 눈 감추듯 먹어 치웠다.

그렇게 하룻밤 신세를 지고 가더니 무엇을 사 들고 오기도 하고, 빈 걸음이라도 무시로 드나들었다. 어떤 때는 군산 어디에서 왔다는 장일우 병장과 같이 올 때도 있었다. 장일우씨는 키만 껑충해 가지고 휘청휘청하며 하는 짓이 매우 시건드러졌다. 겨우 두 번째 와 가지고는,

"현수! 할 말 있쓴 게 저쪽 냇가로 오시오잉."

"안 갑니다."

"아따 그래쌌지 말고 내 말 쪼까 들어보드랑께."

"흰수작 그만하고 어서 나가십시오."

"나 진심으로 현수 사랑한당께."

"당장에 나가세요. 다시는 우리 집에 발도 들여놓지 마십시오. 별 미친 사람을 다 보겠네."

내가 생파리 대가리 잡아 뜯듯 뾰롱뾰롱하게 나오자 방향을 아버지에게로 돌려 지드럭거렸다.

"저의 집은요, 군산에서 멸치덕장을 하고 있지라우. 말하자면 멸치회사지라우. 일하는 사람도 몇 십 명 되지라우. 군산에도 서울에도 빌딩이 있쓴께요. 나는요, 외동이잉께 재산을 나눌 형제도 없고 고것이 결국은 다 내 것 아니요. 어르신네가 현수 저에게 주시면 호강시켜 드릴랑께요, 저를 사위로 삼아 주시오잉."

"우리는 재산 탐하지 않네. 현수는 안 되니 헛소리 말고 돌아가게."

"면사포를 금관으로 씌울 수 있당께요.

"글쎄 안 된 다니까."

장일우는 백 번을 졸라도 가당치 않다. 아버지는 이미 상진씨를 마음 깊이 두고 있기 때문이다.

"상진이를 우리 사위로 삼으믄 얼매나 좋겠나."

"삼고 싶은 마음이야 굴뚝같지만 넘고 처져서……"

어머니의 한숨 섞인 말이다. 어머니는 내가 상진씨의 짝으로는 처진다는 판단이다. 학식도 처지고 인물로 처지고, 더구나 대처 바람을 쐰 적이 없어 세상 물정에 어두운 숙맥이라는 것이다.

"어머니 내가 왜 숙맥이여요? 나는 누구한테도 속지 않는 다구요. 어머니가 자기 딸을 숙맥이라고 하는 사람이 어디 있어요?"

나는 시쁘둥하게 대받았다. 어머니는 늘 입버릇처럼 나를 과소 평가해 왔다. 그럴 때마다 서운한 마음이 발끈 솟아 올랐지만 대들지 않으려고 꾹꾹 누르던 참이다. 나는 내 나름대로 숙맥은 아니라는 확신을 가지고 있다. 첫째, 어느 누가 감언이설을 해도 넘어가지 않을 각오가 돼 있을 뿐만 아니라, 겉으로는 마음이 좋은 듯해도 실속에 부딪치면 손해를 보려 들지는 않는다. 내 몫은 다 찾아 챙길 수 있다. 또 학식이 처진다고 하는데, 문교부 정식 졸업장은 달랑 국민학교 뿐이지만 주경야독으로 배운 세월이 얼만가? 한자를 쓰라면 대학생이상 쓸 수 있고, 닥치는 대로 읽은 독서로 학식 있다는 사람들이 하는 말이나 글의 어려운 단어도 사전을 찾아보지 않고 해득할 수 있다. 인물이 처진다 하는데, 이팔청춘 묘령에도 화장품 하나 찍어 바른 적 없고, 미장원에 가 지지고 볶지 않은 탓에 땋거나 질끈 묶은 머리가 고작이며, 그럴싸한 옷 한 벌이 없으니 항상 그 꼴이 그 꼴이지 않는가? 나도 한 번 제대로 차리고 나가면 그리 처질 인물은 아니다. 겨우 자드락밭 몇 뙈기에 농사지은 것 팔아서 돈푼이나 있는 것을 쓰지 않으려는 것이지 할 줄 몰라 못하는 것은 아니다. 도시 바람을 쏘이지 못한 것도 그렇다. 공장에라도 가려고 몇 번이나 부모님을 설득했으나 무남독녀 외딸 하나 있는 것 외지에 보내놓고 어찌 살겠느냐고 극구 말린 것은 어머니가 아니었던가. 그래 놓고 지금에 와서 처진다, 숙맥이다 하면서,

"부부란 짝이 맞아야 잘 살 수 있지. 너는 왕바윗골 칠석이를 만나야 무탈하게 살 수 있지."

"싫어요. 칠석이는 싫어요. 나는 배운 사람한테 갈래요."

"배우면 뭘 하겠냐? 국회원이 될 꺼여 장관이 될 꺼여, 그저 등 따시고 배부른 게 최고지. 그라고 네가 지척에 살아야 우리가 오며 가며 그림자라도 볼 수 있지 않겠냐?"

"하여튼 칠석이는 싫어요. 어머니도 그리 아세요."

왕바위골 칠석이는 헐후하게 볼 사람이 아니다. 얼마나 악지스럽든지 다랑이 논배미를 수십 마지기 일구어 놓았으며 농한기에는 약초를 캐다 팔아서 알부자란 소문이 나 있다. 순박하기야 칠석이를 따라갈 사람이 없지만 지독한 것도 한몫을 한다. 돈을 뭉텅이로 쌓아 놓고도 한쪽 가랑이는 검은 색인가 하면 한쪽 가랑이는 허연색이고, 네모, 세모, 동그라미들로 기운 옷을 걸치고 안 가는 곳이 없다. 어떤 도시 청년이 그런 칠석이 옷을 사겠다고 조르면서 집에 까지 따라왔다지 않는가. 칠석이는 그렇게 덕지덕지 기운 옷을 입어도 추하다는 느낌이 들지 않는다. 산골에서 쏟아져 내려오는 물살로 뽀드득 소리가 나도록 하루에도 몇 차례 세수를 해서 그런지 해맑은 얼굴에 눈이 초롱초롱 빛난다. 그런 칠석이를 어머니는 일찌감치 사위

감으로 못 박아 놓고 설득하려 들지만,

"그 아 한테가면 신역이 고되어서 안 되여."

바깥사람이 부지런하면 안 사람도 같이 보조를 맞추어야 하기 때문에 고단하지 않을 수 없다는 아버지의 지론이다. 아버지는 상진씨를 점찍어 놓았다. 그가 오기만 하면

"왔는가? 어서 앉게, 현수야 시원한 물 떠다 미수가루 타 오너라."

아버지는 상진씨가 내게로 건너올 수 있는 징검다리를 놓을 양이다.

"안녕하십니꺼."

그가 습습하게 인사를 건네는 날이면 나는 수전증에라도 걸린 것처럼 손이 떨려왔다. 한 번은 허둥대다가 그의 앞에서 발을 헛디뎌 넘어졌다.

"안 다쳤습니꺼?"

그가 일으켜 세우는데 고개도 들지 못하고 방으로 숨어버렸다. 그 날 이후 나는 그의 손에서 묻어난 그 찰나적인 감각을 상기하느라 밤잠을 설치곤 했었다. 그로부터 나는 여러 차례 그에게 손을 내밀었던 사건이 벌어졌다.

아버지가 버섯을 따러 간다고 망태를 울러 매고는 나를 대동했다. 냇가를 한참 올랐을 때 거기 상진씨가 기다리고 있었다. 버섯을 따는데 도와 달라고 아버지가 미리 요청을 해 놓았던 것이다.

"조심하이소."

상진씨는 내가 험한 산을 타는 게 염려가 되는 모양이다. 그러나 나는 산을 잘 타는 재주가 있다. 산은 바로 나의 놀이터와도 같았으니까, 어디에 가면 으름 다래가 지천으로 깔려 있고, 왕머루덩굴은 어디쯤에 뻗어 있고, 석청이 있는 곳, 호랑이 굴이 있는 곳, 어린 산삼이 자라고 있는 곳까지 훤히 안다. 오히려 염려스러운 것은 상진씨다. 그런데도 가파르거나 언덕에 닿으면 아버지를 먼저 끌어 올리고 내게 손을 내민다. 나는 그에게 손을 잡히고 언덕을 올라가는 쏠쏠한 재미를 맛본다.

"참말로 요산요수지. 얼마나 신령스러운가?"

산의 위용은 깎아지른 절벽을 만들고 우뚝우뚝 바위를 돌출시키면서 쏟아 내리는 폭포가 용소를 이루어낸다. 수없이 오르고 내리면서도 아버지는 늘 감탄한다. 무수한 나무의 작은 잎파랑이 한 잎 한 잎이 다 부채가 되어 정갈한 산소(O_2)를 일구어 산은 온통 산소의 도가니다. 그래서 산에 들면 늘 신선한 기운이 몸을 휘감는다.

여름 산엔 군입거리가 없다. 산딸기는 이미 끝나버렸고, 머루는 아직 덜 익었고, 목이 마르면 지천으로 흘러가는 도랑물을 칡잎이나 나뭇잎으로 고깔을 접어 떠 마시다가 그것이 성에 안차면 아예 소처럼 입을 대고 벌컥벌컥 마시는 것 밖에는, 불순물이 섞이지 않은 본연의 청정한 물은 그야말로 감로수다.

"지도 아부지처럼 산이나 타면서 살고 싶습니더."

"젊은 사람은 대처에서 살아야지. 그래야 돈도 벌고 자식 교육도 시킬 수 있지."

일찍 부모가 돌아가셨다는 그는 내 아버지를 제 아버지처럼 불렀다. 그날 우리는 송이버섯과 손바닥만 한 명월버섯, 싸리버섯 등을 한 망태 따 담고 시원하게 쏟아지는 폭포아래서 주먹밥으로 허줄한 배를 채웠다. 참기름에 깨소금을 듬뿍 넣고 넉넉하게 싸라는 아버지의 주문에 따라 더덕장아찌까지 곁들었으니 단연 꿀맛이었다.

"물소리가 가슴속까지 다 씻어주는 듯 시원합니더."

"물소리를 우리말로는 제대로 표현할 수가 없지요."

"자연의 소리는 사람의 음으로는 정확한 표현이 안 되지 예."

"정지용시인은 실개천이 지즐댄다고 하고, 최명희 소설가는 냇물이 소살거린다고 하고."

"아! 그렇습니꺼?"

이야기가 잠시 뜸해지자 아버지가 시조 한 수를 읊었다.

"청산리 벽계수야 수이 감을 자랑마라……"

"자네 오늘 저녁에는 우리 집에서 자고 가게."

"그래도 되겠습니껴?"

"암만, 현수야 이놈은 굽고 이놈은 볶아라."

그날 저녁은 진수성찬이 차려졌다. 송이버섯은 굽고 명월버섯은 끓는 물에 대처서 볶았다. 싸리버섯은 바로 해 먹으면 복통이 일어나고 설사를 하게 된다. 끓는 물에 되처서 하룻밤 물에 우려내야 한다. 자연산은 재배한 버섯과는 비교가 안 된다. 산 냄새가 물씬 스며들어 그런지 감칠맛이 더 난다.

"많이 먹게, 이것 먹고 더 먹게나, 한참 장정인데."

어머니는 오래간만에 허연 쌀밥을 해서 상진씨의 밥을 고봉으로 퍼 안겼다. 뿐만 아니라 꼭꼭 싸매두었던 은수저까지 꺼내어 칙사대접을 하는 것이다. 아버지는 사랑방을 내어 주고 모처럼 안방에서 잠을 잤다.

사랑채는 아버지의 서재이자 잠을 자는 독방이다. 아버지는 산골에서 늙어 수염이 허연 산옹이 되었다. 아버지 방에는 고서적 수십권이 들어 있는 궤짝이 놓여있고 작은 나무책상에는 지필묵이 가지런하다. 언제든지 난을 치고 싶을 때나 장강휘필을 멋들어지게 휘날릴 수 있는 준비가 되어 있는 곳이다. 사랑채는 아버지가 손수 지은 집이라 토담이 나지막해서 고개를 구부리고 들어가야지 빳빳이 쳐들었다가는, 내 이놈! 하면서 서까래가 머리를 내리치기 일쑤다. 집을 낮게 지은 것은 산골 센바람 때문이기도 하겠지만 교훈을 통째로 보여주기 위한 아버지의 의중이 들어 있는 것인지도 모른다. 겨우 방 한 칸에 아궁이가 하나 있는 부엌이 고작이다. 부엌에는 씨앗을 보관하는 뒤웅박이 두개 걸려 있고, 삽, 괭이, 쇠스랑 같은 농기구들이며, 싸리채로 엮어 입을 짝 벌리고 있는 바지게, 작살나무 지게 작대기, 재를 끌어내는 고무래, 삼태기 같은 잡동사니들이 들어있는 헛간으로 쓰인다. 지붕은 길 자란 띠로 이엉을 엮어이어서 두툼하다.

본채도 마찬가지다. 방이 하나 더 있고 부엌이 제구실을 한다는 것이 다를 뿐이다. 안방은 어머니 방이고, 윗방이 내 방이다. 세 식구가 각자 독방을 쓰지만 대화가 단절되는 일은 없다. 안방에 모여 밥을 먹고 정담을 나누다가 잠을 잘 때만 각기 제 방으로 가는 것이다. 아버지가 일을 많이 한 날은 코고는 소리가 사랑채를 들썩인다. 아버지는 사랑채에서 코를 마음대로 고는 자유를 누리신다. 자유라면 나 또한 아버지 못지않게 누리는 편이다. 밤새 불을 켜 놓고 독서삼매에 들어가든지, 초저녁부터 불을 끄고 깊은 잠에 취하든지, 다 내 자유다. 일이 하고 싶으면 하고, 하기 싫으면 안 하는 것도 내 마음이다. 달랑 하나 뿐인 자식이라 불면 날까 쥐면 꺼질까 조선에 없는 새끼로 키운 탓에 버릇이 없다. 나는 한 마리 사슴처럼 이산 저산을 재바르게 쏘다니며 나물을 뜯고 산중과일도 따면서 산에 취해서 살아간다. 도시 사람들이 각자 크고 작은 허영주머니 하나씩을 차고 살아가는데 비해 내 삶은 여유자적하고 청순 무구하다고 할 수 있을 것이다.

상진씨가 잠을 자고 간지 며칠 지나서 도라지꽃 한 바구니를 들고 들어섰다. 푸른 자줏빛과 흰 꽃이 조화를 이룬 꽤 솜씨 있는 꽃바구니였다. 우리는 이미 눈빛으로 통하고 있었던 것이다.

"아유, 예뻐요. 너무 잘 만드셨네요."

코를 벌름거리며 꽃에 얼굴을 대는 순간 재빠르게 그의 손이 어깨를 휘감더니 볼에 입술이 스치고 지나갔다. 그리고는 뒤도 안 돌아보고 도망쳐버렸다. 너무 찰나적이라 감각을 느껴볼 겨를조차 없었다. 나는 그만 그 자리에서 망부석이 된 듯 한참을 굳어 있었다. 그 감각을 다시 한 번 느껴볼 수 있다면 그때는 내 몸의 모든 세포들을 열어 전율로 맞이하리라고 고대하고 있었다.

그런데 상진씨가 제대를 하기 전날 우리는 단 둘이서 산속 소나무 밑에서 만났다. 얼굴을 부비고 키스를 수없이 해대다가 그만 소용돌이 속으로 몸을 맡기고 말았다. 다시 꼭 오겠다는 약속을 수천 번 하고는 상진씨는 이별의 강을 건너 붕정 날아가 버렸다.

상진씨네는 꽤 큰 규모의 과수원을 한다고 했다. "과일 수확을 마치고 나면 보따리를 싸 가지고 올라갈까 합니다." 라는 편지 한 통이 날아왔지만, 그 과일 수확이 몇 년을 걸리는지? 해마다 봄이 오면 배꽃은 흐드러지게 피어나고, 가을이면 달덩이 같은 배가 둥실둥실 매달렸건만 상진씨는 더 이상 소식이 없었다. 무심한 세월이 한 해가 가고, 이태가 지나고, 삼년이 가고 하면서 내 가슴은 죽은 나무 삭정이처럼 말라가고 있었다.

왕바윗골 칠석이는 딸을 주겠다는 사람이 나타나 일찌감치 장가를 들었고, 22살 금값 처녀가 은값이 되고, 동값이 되고, 어쩌면 고철

값으로 추락해 갈지도 모른다는 걱정이 부모의 가슴을 늘 무겁게 짓눌렀다. 그럴 줄 알았으면 멸치덕장을 한다는 장일우에게 주었으면 돈 방석에나 앉지 않았겠느냐는 때늦은 후회도 해 보곤 했다.

신의 장난은 일단락되지 않았던가? 상진씨가 이제 와서 영락없는 노숙자 꼴로 해골 같은 얼굴을 들이 밀게 뭐란 말인가? 기가 막힐 노릇이다. 어머니도 고개를 설레설레 저으며 혀를 찼다. 어쩔 수 없이 집에 찾아온 사람이니 밥은 주지만 핀잔이 여간 아니다.

"젊은 사람이 꼬락서니가 이게 뭔가? 도랑에 가서 씻고 옷을 빨아 입게. 냄새가 나서 원."

얼음장 같은 냉대가 퍼 부어져도 그는 일언반구 대꾸가 없다. 그는 내가 순정을 몽땅 바쳐버린 그 사람이 아니었다. 생판 모르는 거리의 노숙자이거나 생면부지의 알코올 중독자일 뿐이다. 나는 계속 도리질을 했다. 상진씨는 유령 같은 몸을 움직여 도랑으로 가서는 옷을 빨아 바위에 널어놓고, 묵은 때를 닦고 초점 없이 먼산바라기를 했다. 쥐코밥상을 차려줘도 밥을 찬물에 말아 뚝딱 해치우고는 사랑채로 몸을 숨겼다. 아버지는 그만 신열을 일으켜 식욕을 잃고 몸져누웠다.

"아버지 어디가 편찮으세요?" 내가 걱정스럽게 물어도

"아니다. 그저 잠시 동안 쉬고 싶을 뿐이다."

아버지는 상진씨를 보면서 어두운 절망을 꿀꺽 꿀꺽 목구멍으로 삼키고는 심한 마음의 병을 앓는 모양이다.

상진씨는 그간의 일을 털어 놓았다.

"지가 제대를 해서 집에 안 갔습니꺼. 과일 수확을 마치면 형님한테 돈을 좀 달래서 올라오려고 작정을 하고 있는데에, 그랬는데 그만 그 전에 잠깐 사귀던 영자가 약 먹고 죽는다 카면서 난리를 치는 바람에 영자한테 코가 꿰어버렸지 뭡니꺼."

"그러면 못 온다고 편지라도 했어야지요. 내 편지 답장은 왜 안 했어요."

"현수씨가 편지 했습니꺼? 지가 못 받아 봤심니더. 결혼 한다고 형수가 안 주었나 봅니더."

상진씨는 영자씨와 결혼을 해서 살림을 나게 되었지만 과수원은 형님 것이고 그에게는 땅뙈기 한 뼘 없었다. 겨우 사글셋방 하나 얻어 준 것이 전부였다. 상진씨는 취직을 해 보려 백방으로 알아봤지만 취직자리가 없었다. 당장 끼닛거리가 없으니 우선 막노동판이라도 나가야 했고, 그렇게 들어선 길을 벗어날 수 없어 술에 취하지 않으면 견딜 수가 없었다. 부인은 세쌍둥이를 낳고 죽어 버렸다. 상진씨는 죽어야 할지 살아야 할지 생사분간의 기로에서 헤매다가 마지막으로 한 번 찾아가 보자고 발길을 옮긴 것이 우리 집이었다.

"취직을 못 하걸랑 장일우 한테라도 가보지?"

"일우 결혼식에 갔더니 신부의 면사포며 신발에까지 다이아몬드를

박았다 합디더. 신발에 다이아몬드가 박히니 유리알이나 다를 게 없대예. 하지만요 취직자리 달라는 말은 죽어도 못하겠든 기라예."

"궁지에 몰려 가지구 자존심 생각할 겨를이 어디 있누."

"어무이! 지가 지은 죄가 많십니더. 오늘은 밥값이라도 해 보려고 나무나 주어다 드리고 갈랍니더."

상진씨는 비탈을 올라가 온 종일 삭정이를 해다 놓고는 이튿날도 갈 생각을 하지 않고 밭고랑을 맸다. 호랑이 새끼 치게 너풀거리던 잡풀이 말끔히 뽑혀 밭고랑이 훤해졌다. 그는 달밤에도 마당가에 돋아난 풀이며, 뒷간으로 가는 길과 삽짝에서 샘으로 가는 길에 우부룩한 노방초들을 뽑아내고 울묵줄묵한 돌부리까지 모조리 파내어 닦아 놓았다.

"밤새 잠은 안 잤어요?"

"달빛이 너무 좋아서 달바라기를 해 봤십니더."

칠월 열 나흘이니 달빛이 좋을 만도 했다. 밤에 보는 풍경은 낮에 보는 것과는 또 다른 맛이 있다. 바위도 나무도 숲길도 모두 깊은 잠에 빠져 숨죽은 듯 적요한데 달맞이꽃만이 환하게 피어있는 밤의 정경을 그는 경외의 눈으로 지켜보았을 것이다.

"내가 죽었으면 어찌 보았겠십니꺼."

"세쌍둥이는 어쩌려고 죽을 생각을 했어요.

"그러게 말입니더. 형수께 맡겨 놨는데 잘 있는지 몹시 걱정이 됩

니더."

그는 얼굴이 맑아졌고 눈에서 생기가 돌았다. 오랜 방황에서 벗어나 차츰 본연의 모습을 찾아가고 있는 듯 했다. 상진씨와 내가 둘이 마주서서 몇 마디 나누자 어머니가 가로막고 나섰다.

"누굴 넘보려 하는가? 어서 저리 가게."

"어무이 지가 어찌 현수씨를 넘보겠습니껴. 그런 걱정은 하지 마이소."

"자네를 보면 눈에 줄불이 나서 못 참겠네. 어서 가게."

"이틀만 더 일을 해드릴 테니 차비나 좀 주이소."

"차비도 없이 다니는가?"

"올 때도 걸어왔다 아닙니꺼."

"그럼 갈 때도 걸어서 가면 되지. 바람으로 머리 빗고, 비로 목욕을 한들 누가 뭐라 그러겠는가?"

어머니는 꼴사나운 물건을 치우려는 듯 차비 몇 푼을 쥐어주며

"어서 가게. 가서 정신 차리고 새끼들이나 잘 돌보게."

그렇게 박대를 하는데 배알도 없는지

"예, 어무이 아부지 만수무강 하시소. 그동안 너무 고마웠심더."

너부시 절을 하고는 빈 손가방 하나를 들고 나갔다. 이제 그는 죽는다 해도 다시는 우리 집을 찾지 않을 것이다. 내 가슴에서는 또 한 번 슬픈 눈물이 이별의 강이 되어 가슴이 미어지도록 흘러내린다.

"어머니! 그래도 상진씨가 우리 집에 와 있는 동안 술도 안 먹고 차츰 예전 모습이 돌아오는데 그렇게 박절하게 내어 쫓을 수가 있어요. 너무해요."

"새끼가 셋이나 딸린 홀아비를 어찌 할 수 있나?"

"아이가 있으면 더 낳지 않으면 되지요. 배도 안 아프고 좋겠구먼요."

"직장도 없는데 무얼 먹고 살아?"

"우리 집에 와서 같이 살면 되지요."

나는 사립문을 차고 뛰쳐나갔다. 상진씨의 모습이 저 멀리 가물가물 멀어져 간다.

"상진씨~ 상진씨~ 같이 가요."

●○●○ 친구

●○●○

장한수씨가 예전에 점집을 두어 번 찾은 적이 있었다. 점쟁이는 한수씨를 유심히 바라보더니만,

"허참, 짚신짝도 짝이 있는 법인데 이렇게 잘 생긴 남자가 짝이 없다니, 쯧쯧"

그러면서 평생 총각으로 늙을 사주팔자라고 했다.

"무슨 오라질 놈의 팔자가 짝이 없는 팔자가 다 있어,"

하며, 되레 점쟁이가 한숨을 푹푹 내 쉬는 것이 아닌가?

점쟁이의 말은 기가 막히게 맞아 떨어졌다. 사십이 넘어도, 오십이 넘어도 남들은 장가를 잘도 가는데 그는 늘 솔로다. 그렇다고 해서 그가 어디가 빠지거나 처지거나 사내구실을 못하는 것도 아니다.

장가를 못 갔으니 씨를 뿌릴 밭이 없었고, 씨를 심지 못했으니 새싹이 돋아날 수 없는 것은 당연지사다. 남자는 아기의 씨앗 주머니를 가지고 있다 해서 아저씨이고, 여자는 아기 주머니를 가지고 있다 해서, 아주머니라 하지 않았던가? 한수씨는 우량 종자의 아기 씨앗을 가지고 있으면서도 아기 주머니에 넣지를 못하고 소멸시키는 것이다. 그는 늘 외톨이 신세다. 낮에는 환자들을 돌보느라 눈코 뜰 새가 없고, 저녁에는 책을 보다가 잠들지만 새벽녘이 되면 외롭고 쓸쓸함이 조수처럼 밀려든다.

그가 여자가 아주 없었던 것은 아니다. 세 살적부터 같이 놀던 은수와는 늘 신랑각시놀음을 했었다. 그들은 결혼을 하기로 수천 번을 찰떡처럼 약속한 사이다. 그러나 한수가 군대를 간 사이 은수는 그만 시집을 가 버렸다. 그 뒤로도 고혹적인 여자들이 두 손을 꼽을 만큼 나타나기도 했었다. 그러나 어떤 여자를 만나도 은수같지는 않았다. 그는 은수를 조금이라도 닮은 여자를 찾고 있었다. 웃는 모습이라든가 말소리라든가 어디 한 군데라도 은수를 닮은 구석을 발견했다면 결혼을 했을 것이다. 가슴 속에 깊이 들어와 자리를 잡고 앉아버린 은수에 대한 생각이 다른 여자를 받아들일 틈을 주지 않았다.

그 펄펄하던 젊은 세월 다 흘려 보내고 허연 머리 풀풀 날리는 한수씨는 그만 일흔 노인이 되었다. 한 번도 제 구실을 해 보지 못한 성기능이 이제는 아주 사라져 버린 지도 오래 된 한수씨는 그저 점잖은 한의사 할아버지일 뿐이다.

한수씨가 그렇게 오매불망 그리던 은수씨가 할망구가 되어 병든 노구를 이끌고 그의 앞에 나타났다. 옛날의 은수 모습은 찾아 볼 수가 없다. 이는 빠져서 합죽하고 마른 뼈대에 힘줄만 불거진 손은 마녀의 손 같았다.

"아이고 아파 죽겠네."

"여기도 아파?"

"아아, 팔을 들 수가 없어."

은수씨는 아프다며 눈물을 찔끔거린다. 한수씨는 그녀의 몸에 침을 꽂으며 마음으로 울고 있다. 아기처럼 귀엽고 해말끔하던 그녀가 얼마나 모진 세월에 휘둘려 왔기에 이 모양이 되었단 말인가? 그녀가 한없이 불쌍해서 눈물이 쏟아지려고 했다. 금방이라도 그녀를 끌어안고 엉엉 소리를 내어 울고 싶었다. 그녀가 그렇게 빨리 시집만 가지 않았더라면, 그래서 한수 그에게 시집을 왔더라면, 그녀는 그렇게 험난한 인생길에서 엎어지고 자빠지고 짓밟히기를 반복하지 않았어도 되었을 것이다.

"은수야! 오늘은 집에 가지 말고 입원실에서 쉬어."

"아니야. 갈 수 있어."

"따뜻한 데서 몸을 풀어야 해."

"이렇게 치료만 해 주는 것도 결초보은의 은혜인걸."

"우리사이 그런 소리 하면 섭섭하지. 친구 말 좀 들어."

은수씨는 물리치료를 마치고는 기어코 돌아갔다. 가 봐야 혼자 사는 사글세 단칸방에서 반찬이라고는 김치찌개 한 가지만으로 끼니를 때울 것이 뻔 했다. 한수씨는 저녁을 먹으면서도 자꾸 목에 걸렸다. 은수의 남편, 그의 유령이라도 보인다면 멱살을 잡고 흔들어대고 싶은 심정이다.

당시 은수는 잘나가는 면장의 고명딸이었고, 한수는 노동품팔이나 하는 가난한 집 아들이었다. 처지가 그러니 그녀를 사랑한다는 것이 가당키나 했겠는가? 그래도 한수는 초지일관 그녀를 사랑했다.

한수는 아주 어렸을 적부터 은수와 같이 놀았다. 소꿉장난을 할 때는 으레 한수가 아빠가 되고 은수는 엄마가 되었다. 은수네 집에서 한수의 집은 산 구비를 하나 돌아가야 하지만 한수의 어머니가 은수네 집에 허드레 일을 하러 가곤 했었다. 일을 갈 때는 늘 한수를 데리고 가서 은수와 함께 놀게 하였다.

그들은 초등학교를 다닐 때도 중학교를 다닐 때도 늘 같이 다녔다. 산길은 거대한 자연이 그려내는 아름다운 풍경화로 펼쳐졌다. 봄을 제일 먼저 알리는 할미꽃이 수줍은 웃음을 날리고, 난쟁이 제비꽃이 너도 나도 경쟁하듯 피어나고, 산을 온통 분홍빛깔로 물들이는 진달래며, 조롱조롱 피어나는 은방울 꽃, 가을에는 쑥부쟁이, 황국, 구절초가 함초롬히 아침이슬을 머금고 손짓하며, 겨울엔 소나무

위에 뭉실 뭉실 피는 소담스런 설화까지 사시사철 꽃으로 장식되었다.

“은수야! 노루귀 꽃말이 무언지 알아?”

“응, 네가 가르쳐 줬잖아. 인내, 신뢰, 믿음이라고.”

“우리 둘이는 인내와 신뢰와 믿음을 가지고 같이 살아가자.”

“응 그래, 약속.”

한수가 인내와 믿음을 은수에게 주입시키려는 의도였다. 그러나 중학교를 졸업하면서 은수는 고등학교에 들어갔지만 한수는 가난 때문에 진학을 못하고 중학교 서무과에서 사무보조를 해야만 했다. 몇 푼의 월급이 끼니꺼리를 걱정해야 하는 가족들에게 보탬이 되기 위해서다. 그래도 한수는 절망하지 않고 열심히 독학을 해서 대입 검정고시를 너끈히 합격했다.

한수는 해군으로 군대를 갔다. 한수가 해군을 간 것은 재대 후에 외항선을 타기 위해서다. 외항선을 타면 월급을 많이 받을 수 있기 때문이다. 첫 번째 휴가를 나왔을 때였다. 그들은 깊은 산속을 쏘다니며 데이트를 즐겼다. 오뚝한 바위 위에서 은수의 어깨를 감싸고 앉아 있기도 하고, 앞서거니 뒤서거니 하면서 산비탈 오솔길을 걷기고 하고 초등학교 때 부르던 ‘산골짜기 다람쥐’를 합창도 하며 즐거워 했다. 냇물은 쏴아~ 쑤~우 수다를 떨며 돌막 사이를 분주하게 내려 쏟아지고, 나뭇가지들은 스치는 바람에 너울너울 춤을 추었다. 한수는 은수를 두고 군대로 돌아가기가 싫었다. 탈영을 하고 싶은 마음도 굴뚝같이 솟아올랐지만 다음 휴가를 약속하며 내키지 않는 걸음으로 귀대를 해야만 했었다.

그렇게 기다리고 기다리던 두 번째 휴가를 나오던 날, 한수는 은수네 집을 먼저 들렀다. 그런데 은수가 시집을 가 버린게 아닌가? 한수는 그만 온 몸에 힘이 빠졌다. 순간 희망도 꿈도, 삶의 의욕도 모두 사라져 버리고 어둠의 절망만이 엄습했다. 한수는 쓰러질 듯 휘청거리며 산으로 들어가 소리를 지르며 엉엉 울었다. 죽어버리려고 빈들 바위 낭떠러지기에 올라가 아래로 뒹굴어버렸다. 그리고 며칠이 지났는지 모른다. 그의 어머니가 부르는 소리가 어렴풋이 들려오는 듯 했다. 은수 어머니로부터 한수가 왔었다는 말을 듣고 집에 들어오지 않는 아들을 찾아 나선 것이다. 한수는 소나무위에 얹혀 있었다. 소나무가 받아 주지 않았더라면 한수는 여지없이 죽어 몽달귀신이 되었을 것이다. 소나무가 구해준 생명은 이제부터 잘 살아가야 한다. 절망하고 방탕하고 타락한 삶이라면 구해줄 가치가 없었을 것이다. 구사일생으로 소나무가 받들어 구해줄 삶이라면 아무짝에도 쓸모없는 형편없는 삶은 아닐 것이다.

한수는 소나무위에 얹혀 있을 때 아주 선연한 꿈을 꾸었다. 은수가 늙은이가 되어 그의 앞에 누워있고, 한수가 한의사가 되어 치료를 하고 있었다. 한수는 꿈 생각을 했다. 그 꿈은 언젠가는 은수를 그렇게 만난다는 징후를 암시해 주고 있는 것이 아닐까 하고, 그때부터 한수는 군대생활을 하면서도 틈틈이 한의학 공부를 했고 제대를 해서 곧 바로 외항선을 타면서도 한의학 공부를 독학으로 했다. 한수는 경락을 익힌 관계로 해군이었을 때나 마도로스 일을 하면서도 동료들이 위급할 때 응급처치를 할 수 있어 보람을 느꼈다. 창창한 바다 한가운데서 병이 나는 것은 위험할 수도 있는 일이었다.

한수는 8년 동안 외항선을 타면서 월급을 모아 한밑천 잡아가지고 나왔다. 한수는 한의대에 들어가 본격적으로 공부를 해서 한의사로 취직을 했다. 그는 병원에 오는 모든 환자를 은수라고 생각하며 정성스럽게 치료했다.

은수는 시집을 가지 않으려 몇날며칠을 울었지만, 그녀의 아버지가 강제로 시집을 보냈다.

"혼인은 양가의 집안 수준이 엇비슷이 맞아야 하는 법이여. 한수는 절대도 안 된다."

한수는 너무 가난하고 중학교밖에 안 나왔고, 한수한테 시집을 보내면 아버지 체면이 깎여서 안 된다는 것이었다. 면장을 지냈으니 군수를 지낸 집안이 제격이라는 것이다. 그렇게 해서 군수를 지낸 집으로 시집을 갔지만, 그 집은 빛 좋은 개살구였다. 은수가 시집을 간지 얼마 되지 않아서 지병으로 앓던 시아버지가 죽었고, 시아버지가 진 빚이 얼마나 많던지 전답이며 집까지 차압을 당해 다 빼앗기고 졸지에 떨거지가 되어 남편과 시동생과 시어머니와 단칸방에서 지내야 하는 신세가 되었다. 그런데 군수를 지낼 때 떵떵거리며 살던 습관만 남아서 아직도 군수의 부인인 줄 알고 콧날만 세우는 시어머니는 은수를 종 부리듯 하면서 구박을 해대었다.

"재수 없는 며느리가 들어와 집안이 망했다."

하며 독설을 내뱉기가 예사였다. 남편이나 시동생은 매일 옷을 갈아입고 당구장에서 살았다. 그들의 옷을 빨아서 다리미질을 해 내는 것도 보통 힘든 일이 아니었다. 노상 일에 지치면서 숨소리 한 번 크게 쉴 수 없는 단칸방에서도 어떻게 아이를 만들었는지 임신을 하고 먹을 것이 없어 친정에 와 있었다. 은수는 친정에 왔다 갔다 하며 둘째 딸까지 가졌다. 보다 못해 은수의 아버지가 집을 마련해 주고 먹을 것을 대 주며 보살폈다. 그래도 그 집 식구들은 고마운 줄도 모르고 구박을 해대기는 마찬가지였다.

그렇게 아귀지옥의 세월을 보내다가 남편은 간경화로 죽고 딸 둘도 시집을 가서 각각 제 살기에 바빠 은수씨를 돌아 볼 여유가 없었다. 있는 것을 모조리 정리해서 딸 둘을 시집보내는 데 다 써버린 은수씨는 빈털터리가 되었다. 남은 건 오만 삭신이 아프고 쑤시는 병뿐이었다.

"은수야! 나를 좀 도와주면 안 되겠니?"

"응 어떻게?"

"병원에 와서 환자를 돌봐 줘."

"젊은 애들을 써야지."

"봉사를 해 달라는 얘기지."

한수씨는 그렇게 해서 은수씨를 병원으로 끌어들였다. 병원에서는 노인 환자를 무료로 치료해 주느라 일손이 바빴다. 그녀의 방은 새로 도배를 하고 예쁜 장롱도 들여놓아 주었다. 그래서 같이 밥을 먹고 같이 일을 하고 방은 각각 쓰게 되었다.

"내 꿈이 지금 맞았어."

"무슨 꿈을 꿨는데?"

"네가 머리가 하얘가지고 나랑 같이 서 있는 꿈."

"미래를 내다보는 영감이 있었구나."

"뭐라구? 영감이라구?"

"하하하하. 영적 감각이라구."

그가 꾸었던 꿈이 이제야 맞아 떨어진 것이다. 그는 그녀가 옆에 있으니 한근심을 놓았다.

"은수야! 우리 호랑버들 보러 갈래?"

"지금도 우리 나무 있을까?"

그늘진 산비탈에는 아직 얼음이 남아 있는데 봄바람이 한 올 한 올 불어오면 냇가의 버들강아지가 봉긋이 부풀어 올라 제일 먼저 봄을 알렸다. 그들은 숫 호랑버들 나무는 한수 나무라 했고, 암 호랑버들 나무는 은수 나무라 했다. 줄기가 튼실한 호랑버들 가지에 피는 버들강아지는 탐스럽다. 솜털처럼 피어오르다가 마침내 노란 꽃잎을 수천 개 피어 올린다. 그 신비하고 아름다움을 무엇으로 형언할 수 있을까? 호랑이 눈처럼 생겼다고 그 이름을 호랑버들이라 했다지 않는가? 잘방 게가 놀고 은어가 헤엄치는 그 냇물에 바지 걷어 올리고 신 벗고 들어가 징거미도 잡고 가제를 잡던 그 시절, 녹음 사이로 돌아드는 청량한 바람의 맛이 마냥 그리웠다.

한수씨는 기상이 시원스럽고 쾌활하면서도 은연한 향기가 났다. 그런 한수씨가 자신 때문에 결혼도 하지 않고 살아왔다는 것이 은수씨는 한없이 미안해 졌다. 그러나 이제 노도광풍처럼 달려와 머리채를 휘두르다 사라져버린 세월은 어쩔 수 없다. 상처로 얼룩진 희생의 세월은 저 만치 물려 놓고, 지금 그녀의 앞에 그저 더할 수 없이 좋은 친구가 있다는 것을 감사해 한다. 그들은 옛날로 되돌아가 추억을 공유하며 영원한 친구로 그렇게 살다가 갈 것이다.

용식이

●○●○

우리 동창 용식이는 허세가 좀 심하긴 해도 그래도 괜찮은 남자다. 그가 허세를 어떻게 부리느냐 하면 17억이 좀 넘을까 하는 자기 건물을 30억이 나간다 하고, 그런 건물이 세 채가 있는데 100억 재산을 보유하고 있다는 것이다. 세 채가 있는 것은 맞다. 모임이 있을 때 그의 건물 식당에서 회식을 시켜준 적이 있다.

그의 말에 의하면, 건물에서 나오는 임대료와 직접 영업을 하고 있는 식당에서 나오는 수입을 4, 5년 동안 모으고 대출을 받아서 아들에게도 건물을 하나씩 사주었단다. "대출이야 뭐 건물에서 나오는 수입으로 몇 년 만 갚으면 건물의 반은 공짜로 떨어지는 것이니 그런 횡재가 어디 있겠어." 한다. 그래도 그는 어지간히 짠돌인지 돈을 절제 있게 쓰기도 하고, 부지런하기가 바짓가랑이에서 요롱소리가 나도록 바쁘게 다닌다.

그의 식당에서 쓰는 재료는 소금과 고기만 빼고는 쌀이며 고추며 채소가 다 그가 직접 농사를 지은 것이다. 거기다 고구마나 감자, 야콘 등을 맛깔스럽게 만들어 별식으로 내 놓으니 식당은 항상 성업 중이다. 그는 3천 평이 넘는 전답을 마누라와 단 둘이서 거뜬히 농사를 지어낸다. 모두 농기계를 이용하는 것이다. 지은 농작물을 소비하는 데는 식당 운영이 제격이다. 그는 늘 활기에 차있다. 사는 것이 재미있고 보람을 느낀다고 한다. 또 하나 그가 즐기고 있는 것은 여자 동창들에게 전화를 하는 것이다. 그의 전화 레퍼토리는 늘 거기서 거기다.

"우리 예쁜 애인 추운데 어떻게 지내나?"

"또 싱거운 소리. 너의 마나님 듣는다. 얘,"

"마누라한테는 허가 내 놓은 지 오래지."

"네 마누라는 마음도 좋다. 그래 아무나 애인하래?"

"더 늙으면 못한다고. 기운 있을 때 많이 하래."

"번지수가 틀렸다. 다른데 가서 알아봐야겠다."

"나는 너만 좋은걸, 다른 여자는 싫어. 으으 응 만나자"

이럴 때는 "그래 만나자, 언제 만날까?" 하면, 좀 뜸을 들였다가 "내일 만나자. 행복 모텔로 12시에 와." "응 행복모텔이 어딘데?" "행복동 1번지에 있지." "그래 알았어. 안 나오면 너의 집으로 쳐들어간다." 그렇게 대응하는 사람에게는 한동안은 전화가 안 온다. 또 "무슨 헛소리를 그렇게 하고 싶냐? 나이 값을 해라."며 화를 내거나 퉁을 주는 친구에게는 다음부터는 점잖은 말로 폼을 잡으며 "요즘 근황이 어떠십니까? 아래 위로 두루 편안하십니까?"로 나온다. 그가 아래위로 편안하느냐? 하는 것은 뜻이 다르다. 아래위가 뭐냐고 물으면 남편과 자식들이 다 편안하느냐는 뜻이라고 하지만, 실은 몸의 윗부분과 아랫부분이 다 편하냐는 음담패설이 숨어있다.

열 명이나 되는 여자 동창에게 한 달에 서너 번씩 그런 식으로 전화를 한다. 그건 바로 용식이식 안부 전화인 셈이다. 우리 동창은 남녀 합쳐서 60명이나 되었었는데 애초부터 멀리 있는 관계로 참석하지 않는 20여명만 빼놓고는 모임이 풍성했었다. 그러나 해가 갈수록 하나씩 둘씩 예기치 않은 사고나 질병으로 저 세상에 가 버리고 지금은 30명만 남았다.

일식집을 하는 멀쩡하던 친구가 감을 따 주겠다며 아는 집 감나무에 올라갔다가 가지가 찢어지는 바람에 나무에서 떨어졌는데 병원에 입원을 했으나 3일 만에 죽어버렸다. 사인을 검사하니 장이 터졌더라는 것이다. 처음에는 외과에 입원했으나 장이 터진 줄 몰랐고, 며칠 후 큰 병원으로 옮겼으나 이미 너무 늦어 목숨을 잃었다. 의료사고로 문제를 제기했지만 죽은 사람은 어쩔 수 없고, 산 사람이나 살게 두자고 적당히 해결하고 말았다는 것이다.

또 한 친구는 사춘기 때 기차에서 뛰어내리다가 다리를 다쳐 절룩거렸다. 그 친구는 목소리가 크고, 우렁차서 아침 조회시간에 "앞으로 나란히, 차렷, 교장선생님께 경례." 하는 급장을 했었다. 장래가 유망한 그 친구는 집이 가난하여 중학교에 가지 못하게 되었고, 도시 구경을 한다고 두계역에서 몰래 기차를 타고 대전에 가서 이곳저곳을 구경하다가 돌아오곤 했었다. 어느 역에 가면 어디에 개구멍이 있고 역무원이 있나 없나를 살피다가 기차가 도착하면 재빠르게 달려가 타곤 했던 것이다. 돌아오는 길은 양정 고개에 다다르면 뛰어내렸는데, 그 지역은 오르막이라 기차가 조금 속도를 늦추어 달렸다. '비들기호' 완행열차는 작은 역에서도 정차를 했다. 기차에서 뛰어내릴 때는 달리고 있는 쪽을 향하여 뛰어내려야지 반대방향으로 내렸다가는 몸이 차에 끌려 들어갈 수가 있다고 한다. 몇 차례나 뛰어내리는데 성공한 경력이 있는 그가 그곳에서 뛰어 내렸다가 허리를 심하게 다쳐서 그만 불구가 되었다. 그는 엉겁결에 일어서서 몇 발작 걷다가 쓰러져서는 몸을 일으킬 수가 없어 신음을 하며 밤을 새웠다. 어둑어둑할 때 그랬으니 사람이 다니질 않아 "저 좀 살려주세요. 누구 없어요." 하고 소리를 질러도 오는 사람은 없고, 가끔씩 기차만 지척을 울리며 지나가곤 했다. 그렇게 긴 밤이 지나고 동이 트자 사람들이 달려와 가까운 의료원에 갔지만 돈이 없어 큰 병원에 가지 못해 제대로 치료를 못했다.

그래서 우리모임에서 기차를 타고 어디를 갈 때는 친구들이 업어서 계단을 올라 다니느라 진땀을 빼기도 하고, 공주 무령왕능이며 공산성을 구경할 때는 장애인 유모차에 태워서 밀고 다녔다. 그 친구는 허리에서 혈액이 동맥으로 내려가다가 정맥으로 되돌아오는 순환이 안 되어 심한 통증이 있었다. 늘 병원에서 처방해 주는 진통제로 살았다. 그래도 장가는 가서 남매를 낳아 결혼을 시키고는 수면제를 다량으로 복용하고 세상을 떠나버렸다.

또 한 친구는 본 부인이 죽고, 새로 얻은 부인과 한 5년 같이 살다가 그녀도 죽어버려서 상처를 두 번이나 했는데, 지금 또 세 번째 부인을 구하고 있는 중이다. 그 친구는 키가 크고, 기업체 사장같이 잘 생겨서 조만간 세 번째 부인이 들어 올 것이다.

택시 운전을 하는 친구도 있다. 하루는 '고딩' 세 명이 택시에 탔는데 석교동으로 가자고 하더란다. 그런데 이 여학생들이 서로 장난을 치며 까르르 웃어대다가

"아저씨! 정력제가 뭐예요? 아저씨 변태가 뭐예요? 아저씨 오늘 우리하고 데이트해요."

거침없이 말하는 것이다. 그래서

"어디서 까불고 있어! 이것들 당장 내려."

차를 세우고 고함을 쳤다면서 참 세상이 말세가 되어가고 있다고

했다.

손님들을 태우다 보면 별의별 이야기를 다 듣게 된단다. 그날의 신문이나 방송에서 이슈가 되는 문제들을 평론하는 사람도 있고, 가정사의 애환이라든가, 법이 어떻다든가, 메르스가 어떻다든가, 온갖 이야기가 다 나오는데, 어떤 할머니는 손자가 아무리 봐도 남의 씨 같다고 했다. 불알이 새까만 깻묵불알이라는 것이다. 며느리가 직장에 다니고 있어 살림을 해주는데 손자를 씻기고 먹이면서 이거 내가 남의 새끼를 키우고 있는 것이 아닌가 싶은 마음이 자꾸 들지만 아들에게 유전자 검사를 하라고 할 수도 없고, 누구한테 털어놓지도 못하는데 기사님한테 마음 놓고 털어놓는다고 했다. 택시는 그야말로 세상 돌아가는 이야기의 집합장이 된다.

예전에 교감선생님을 아버지로 둔 창식이는 교감선생님을 꼭 빼다 박은 듯 닮아 그를 보면 교감선생님을 만나는 착각을 하게 된다. 점잖은 폼 하며 말소리 행동거지가 똑같다. 변형 되지 않은 DNA의 생생한 실태를 보는 것 같아 신기함을 느낀다.

노래방을 하는 친구는 노래를 어찌나 잘 하는지 나훈아를 능가할 정도다. 그 좋은 목소리를 노래방에서만 썩히다니 너무 아깝다고 이구동성으로 말들을 한다.

장교출신인 성훈은 아직도 제가 대장인 줄 아는지 각을 잡고 앉아서 동창들을 모두 제 졸병으로 여기는 것 같다. 처음에는 그 모습이 눈꼴사나웠지만 오래 몸에 밴 습관이라고 좋게 봐 주기로 했다.

시골에서 농사를 짓는 친구는 가끔 여자 친구들을 초대해서 된장찌개를 보글보글 끓이고 호박잎을 쪄서 보리밥을 내 놓는다. 우리는 둘러앉아서 맛있게 먹고 남자 동창들의 흉을 뜯으며 으하하 뒤집어지게 웃다가 돌아올 때는 고추며 호박이며 한 보따리씩 얻어가지고 오곤 한다.

어느새 나이가 70고개에 올라서니 투석을 하는 사람, 암 투병을 하는 사람도 생기고, 허리 다리가 아픈 사람이 태반이다. 청춘은 어디서 다 흘려보내고 병든 몸으로 황혼을 바라보는 초로의 늙은이가 되었으니 너나 나나 할 것 없이 다 서글픈 인생들이다.

어떤 친구는 용식이가 농담하는 소리를 진짜로 알고 한동안 용식이를 좋아했던 적도 있다. 모임 때는 바짝 붙어서 졸졸 따라다니다가 노골적으로 좋아하는 티를 내는가 하면 다른 친구들에게 용식이는 내 것이니 절대 넘보지 말라고, 넘봤다가는 큰 코 다칠 줄 알라고 엄포를 놓기도 했다. 그럴 때 용식은 덥석 받아들이지도 않고 단호하게 내치지도 않으며 어중간하게 그녀를 대했다. 모임이 끝나면 용식을 바짝 쫒아가 차에 냉큼 타고 가니 용식이가 가죽 장갑도 사주고 구두도 사 주었다고 자랑을 했다. 그러나 그들이 어디 가서 무얼 했는지는 아무도 모른다. 아무리 흉허물 없이 너니 나니 하고 농담을 섞는 사이라도 그런 것은 물어볼 수가 없다. 그런 뒤부터 용식이는 마누라를 대동해서 모임에 나왔다가 마누라와 같이 가버리곤 했다. 용식이는 겉으로는 "허허" 해도 화냥기가 있거나 쉽게 넘어가는 여자를 속으로는 가치 없이 여기는 것 같았다.

용식이는 노래방에 갔다하면 춤을 아주 잘 추고 여자 친구들을 다 한 번씩 안고 속삭인다. "너랑 나랑 아주 딱 맞겠다. 한 번 맞춰보자." 처음에는 그 소리에 기절초풍을 하는 친구도 있었지만 나중에는 하도 많이 들어본 소리라 그저 능글능글해져서 "그래 맞춰보자." 하면서 꽉 밀어버리든가, 등짝을 툭 때리든가 한다. 용식이는 누굴 좋아해서 깊숙이 들어가는 게 아니고 여자들을 놀려서 그 반응을 보고 즐기는 것 같았다. 그러니까 용식이는 여자들만 보면 자꾸 낚싯대를 내 밀면서 물려고 하는지 도망가는지를 보고 재미있어 하는 것이다. 어떤 친구는 "용식아, 너 그러다가는 꽃뱀한테 물리기 십상이다. 성폭력으로 고소당할 수도 있으니 다른데 가서는 절대 그러지 마라." 며 주의를 주기도 했다.

총무를 보는 친구 또한 한몫을 한다. 자그만 키에 불룩 나온 배는 더 나올 줄도 들어갈 줄도 모른다.

"야, 너 아홉 달 반은 된 것 같다." 하며 배를 툭 치면

"아야, 아야, 우리아기 다친다."

며 엄살을 부린다. 일 년에 두 번 만나는 모임에서 다음에 만나면

"너 아직도 출산 안 했어?"

"둘째여."

능청스럽게 대꾸한다.

여자 친구들은 총무에게는 별 관심을 보이지 않는다. 그래서 총무는 다른 데서 관심을 끌려고 한다. 식당에 가면 여자종업원에게 "언니야, 언니야." 하면서 만 원짜리 두 장을 살며시 손에 쥐어준다. 팁을 받으면 한결 서비스가 좋아지기 마련이다. 손을 잡아도 가만히 있고 자청해서 술을 따러주고 안주를 입에 넣어주면서

"옛날에 알던 사이지."

"그지이."

하며 서로 팔을 끼고 러브샷을 하기도 한다. 러브샷에도 10단계가 있다나? 1단계가 팔목크로스 술 마시기, 2단계가 뒤에서 목을 껴안고 술 마시기, 3단계는 무릎위에 앉히고 입으로 술을 머금었다가 입에다 넣어주는 것…… 마지막 10단계는 꽂는 것이라나. 앞에 9단계까지는 결국 꽂기 위한 점진적 절차가 되는 것이다. 그러나 1단계 러브샷은 화합과 친밀을 의미하는 것으로 통용되고 있다. 야당 정치인 누구누구와 홍어 먹고 러브샷으로 의기투합을 했다는 기사도 나 있다.

노래방에 가서도 마찬가지다. 아마 제 돈 같으면 그렇게 쓰지 않을지도 모른다. 공금을 가지고 제 인심을 내면서 인기를 끄는 것이다. 하지만 총무가 그러는 걸 가지고 누구 하나 태클을 걸지 않는다. 몇 년을 계속해서 총무를 봐주는 것만으로도 고맙기 때문이다.

언젠가 오동도에 갔을 때였다. 환갑을 맞는 친구가 여러 명이 있어 케익를 사가지고 가서 둘러앉아 샴페인을 터트리며 먹고 있을 때, 대여섯 명의 여자들이 케익를 좀 달라고 해서 같이 먹게 되었다. 그런데 남자들이 그 여자들에게 어디서 오셨냐? 고 물으면서 샴페인을 따라주며 친절하게 대했다. 그 여자들은 염치도 없이 자리를 차지하고 우리 케익을 먹어대는 바람에 우리는 옆으로 밀려나 개밥의 도토리가 되었다. 바른말 잘하는 친구가 참다못해

"그만들 가세요. 어떻게 그렇게 염치도 없어요." 해버리자

"아저씨들이 먹으라니까 먹지요. 염치가 없다니요."

뭐 뀐 놈이 성 낸다고 되레 싸울 태세를 했었다. 남자들의 공통점은 그저 다른 여자만 보면 친절해지고 관심이 가는 모양이다.

용식이 부인에게 물어봤다. 어쩌면 남편이 여자들과 농담을 잘하는데도 내버려 두느냐고? 너무 마음이 좋아서 관용을 베푸는 것 아니냐고 했더니,

"남편을 믿으니까요. 그이는 늘 밭에 가서 온종일 같이 일하고, 외출을 할 때는 행선지를 분명히 밝히거든요."

그래도 바람이 날 수 있지 않아요? 했더니

"결혼 초기부터 금전출납부를 분명하게 기록하지요. 누구에게 장갑을 사 주고 구두를 사준 것도 다 적혀있어요."

용식이는 겉으로는 바람쟁이처럼 여자들을 놀리고 다녀도 실속은

정 반대였던 것이다.

용식이네는 시골구석에서 양말 공장을 했었다. 직공 두세 명을 두고 양말을 짜서는 용식이 아버지, 어머니가 짊어지고 5일장을 찾아다니며 팔았다. 논산 장, 연산 장, 두계 장, 경천 장, 신도안 장을 다니느라 1년 365일 바빴다. 그러다가 용식이 어머니가 위암으로 세상을 떠나자 용식이 아버지는 술 중독에 걸려 점점 폐인이 되어갔다. 중학교에 다니던 용식이가 학교를 그만두고 날마다 산에 올라가 나무를 해다가 밥을 지어 아버지와 동생을 돌봐야 했다. 이대로 가다가는 아버지마저 죽게 생겼다. 용식이는 어린 마음에도 아버지를 살릴 수 있는 길은 새어머니를 얻어 드리는 길 밖에 없다고 생각했다. 그래 새어머니감이 어디 있을까 물색을 하던 중 건너 마을 부잣집에서 일을 해주는 두 아주머니를 보았다. 알아보니 마침 한 아주머니가 아들과 단 둘이서 산다는 정보를 얻었다.

용식이는 사과 두 개를 사들고 어머니 산소를 찾아가서 아버지에게 다른 여자가 오더라도 용서해 달라고 울며 고했다.

용식이는 그 아주머니를 찾아가 인사를 하고 말을 걸어 우선 안면을 익혀 놓았다. 다음에는 어머니가 안 계시고 아버지와 동생 세 식구가 산다는 얘기를 해서 동정심을 얻었다. 용식이는 아버지에게 새어머니를 맞아 드리면 어떻겠느냐고 의중을 떠 보았다.

"누가 올 사람이 있겠느냐?"

용식이 아버지는 별로 신통치 않게 반응했지만 용식이가 말하는 그 아주머니를 지나가는 척하고 보고 나더니,

"글쎄 괜찮기는 하다마는 그 아주머니가 우리 집에 오겠느냐?"

"아버지가 지금부터 술을 잡숫지 마시고 진지를 잘 드셔서 얼굴을 좋아지게 하고 계시면 제가 모셔오도록 할게요."

그날부터 용식이 아버지는 술을 끊고 기운을 차려 나무도 해오고 집도 고치고 부지런히 일을 하게 되었다. 용식이가 아버지와 의논을 해서 날을 받아놓고 동네 아주머니를 불러다가 국수를 삶고 잔치를 벌였다. 그리고는 그 아주머니한테 가서 저의 집에서 오늘 아버지 생일잔치를 하니 같이 가시자고 꼬였다. 그런 줄만 알고 따라나섰던 그 아주머니는 정성껏 차려주는 국수 한 그릇을 맛있게 먹고 나서 몇 차례 안면이 있던 용식이 아버지와도 반갑게 인사를 했다. 그러나 용식이가 정식으로 저의 새어머니가 되어달라고 간곡히 부탁을 하자 당황해서 어쩔 줄 모르고 도망치듯 가 버렸다. 그러자 용식이 아버지는 또 낙심을 해서 술을 들이키려 하는데, 용식이가 만류를 해서 이튿날 아버지와 같이 그 집을 찾아가시자고 졸라대니 순순히 따라 나서서 새어머니가 되었다. 용식이는 이제 아버지와 동생을 새어머니에 맡기고 집을 떠날 수 있게 되었다. 용식이가 서울을 가겠다고 하자 용식이 아버지는 서울은 너무 머니 가까운 대전으로 가라 하였다.

"큰 고기가 되려면 큰물에서 놀아야 해요."

용식이는 중학교 책가방을 챙겨 어깨에 메고 옷 두어 가지를 보자기에 싸서 들고는 무작정 서울행 열차를 타고 서울역에 내렸다. 서울역에서 두리번거리다가 야바위꾼들이 판을 벌리고 있는 것을 보았다. 용식이가 신기하게 구경을 하면서 몇 번이나 맞췄다. 쪼그만 통이 다섯 개가 있는데, 그 중 한 개에다 빨간 쪼가리를 넣고 이리저리 옮겨서 빨간 쪼가리가 들은 통을 찾아내는 것이다. 용식이가 무려 다섯번이나 맞추자 돈을 걸고 하라는 것이다. 백 원을 걸면 백원을 더 주고 천원을 걸면 천원을 더 준다고 했다. 그때는 일원짜리가 있던 시대이니 천원이면 꽤 큰돈이었다. 용식이가 돈을 걸고 맞추자 빗나가는 것이다. 이상하다 하고 또 돈을 걸고 맞추어도 또 빗나갔다. 틀림없는데 왜 그럴까하고 빨간 쪼가리가 든 통을 눈을 똑바로 뜨고 따라가다가 맞추어도 번번이 허탕이다. 용식이는 돈을 빼앗기고는 그 자리를 떠날 수가 없었다. 있는 돈을 다 털리고 나서는 "내 돈 돌려주세요." 라며 조르기 시작했다. "야 이놈아 네가 걸고 내기를 했잖아 이놈아 어디서 헛소리냐. 저리 꺼져. 안 꺼지면 죽을 줄 알아라." 고 으름장을 놓자 용식이도 이번에는 "내 돈 내놔요. 내 돈 내놔요." 하고 소리를 질렀다. 야바위꾼이 용식이가 귀찮게 하자 피해서 도망을 가려 했다. 용식이가 야바위꾼을 놓칠 리 없다. "내 돈 내놔요. 나 지금 작은 아버지 집에 가는데, 작은 아버지한테 이르면 다시는 서울역에서 그 짓 못할 줄 알아. 우리 작은 아버지가 형사 반장이거든."

용식이가 소리를 질러대자 주위 사람들 보기에 창피했던지 용식이가 잃은 돈을 다 주더란다. 돌려받은 돈을 책가방 깊숙이 넣고 김밥을 사서 요기를 한 다음 어디가 어딘지도 모르고 무작정 걸어갔다. 용식이는 허줄하고 작은 식당들은 그냥 지나쳐 제법 크고 장사가 잘 될 법한 식당을 찾아 들어갔다.

"시골에서 돈 벌로 왔는데요. 저에게 일을 시켜 주시면 성심껏 일을 하겠습니다."

하자

"너 가출했지?"

"아니요. 아버지한테 허락받고 왔어요. 어머니가 안계시거든요. 제가 돈을 벌어서 양식을 사 줘야 동생들이 살아요."

"그놈 참. 그런데 우리식당에서는 너 같은 애들은 쓰지를 않는데 어떻게 하니 다른데 가봐야 되겠다."

"그럼 오늘 하루만 있게 해 주세요. 밤에 잘 곳이 없어서요."

용식이는 책가방을 벗어놓고 일을 거들기 시작했다. 저녁 손님이 밀려드는데 용식이는 식탁을 정리하고 빈 그릇을 나르고 불알에서 요롱소리가 나도록 뛰어다니며 어른 한 몫을 해냈다. 그리고 이튿날이 되어도 나갈 생각을 안 하고 열심히 일만 했다. 그렇지 않아도 일손이 딸리든 식당에서는 용식이를 그냥 부려먹기로 했다. 용식이는 3개월 동안의 월급을 받아서 집에 내려왔다. 그동안 새어머니가 잘 살고 있는지 몹시 궁금했었다. 용식이는 새어머니의 뒤에서 허리를 안고 등에 얼굴을 대고는 "어머니 보고 싶었어요." 했다. 용식이는 보리쌀 다섯 말과 쌀 한말을 사 드리고는 다시 서울로 올라왔다.

"사장님 제 월급을 좀 올려주세요."

용식이는 3개월마다 월급을 올려달라고 했고, 어깨너머로 요리하는 것을 보아두었다가 요리도 맛깔나게 해 내곤 했다. 용식이는 월급을 받는 대로 다 모아서 아버지에게 논 두마지기를 사 드리고 다음에는 새어머니 명의로 논 두 마지기를 사 드렸다. 그러니 새어머니는 용식이를 좋아하지 않을 수 없었다. 용식이만 내려오면 우리 아들, 우리 아들, 하며 있는 거 없는 거 다 찾아 반찬을 해주곤 했다. 용식이는 주방장이 되고 제 몫으로 논 네 마지기를 사놓고 군대를 갔다.

용식이는 제대를 해서 다시 그 식당엘 갔고, 거기서 종업원 아가씨와 결혼을 했다. 용식은 곧 점포를 얻어 식당을 개업해 돈을 끌어 담기 시작했다. 용식은 서울의 재산을 정리해서 대전에 내려와 건물을 사게 되었고, 그래서 오늘의 용식이가 된 것이다.

이제 용식이 아버지는 돌아가시고 96세의 새어머니는 치매가 걸렸다. 용식이가 찾아가

“어머니 저 용식이에요”

하니, 침대에 누웠다가 벌떡 일어나 반색을 하며

“아이고 김대중 대통령이 여길 어떻게 오셨나요?”

하더란다. 그러고 보니 용식이 얼굴이 김대중 전 대통령을 좀 닮은 것 같기도 하다.

•○•○ 금목걸이

●○●○

동창(東窓)이 희뿌연 해 왔다. 새벽 미명이 길을 열어놓고 있었다. 복자는 부지런히 연장을 챙겨 대문을 나선다. 연장이래야 호미와 낫이다. 자갈밭을 찍어대느라 어느 새 호미는 또 날이 닳아서 뭉뚝해졌다.

오늘은 비가 오려나, 하늘이 잔뜩 내려앉은 걸 보면 곧 울음보가 터질 관상이다. 이런 날은 저기압으로 인해 다리가 더 무겁다. 오른쪽 다리가 기름을 안친 녹슨 기계처럼 뻑뻑하다. 그녀는 오래 앓아온 좌골신경통에다 네 번째 요추가 내려앉았다. 힘에 부치는 무거운 물건을 많이 들어 날랐기 때문이다. 무거운 것이라면 복자만큼 많이 나른 사람도 드물 것이다.

복자의 남편 정태는 하루에 두세 시간 일을 하고 나면 언제 일을 했느냐는 듯이 목욕을 하고 옷을 갈아입고 향수냄새를 솔솔 풍기면서 정자나무 그늘에 앉아 있다든지, 동구 밖 주막에 나가는 것이 하루의 일과다. 정태는 늘 폼을 재면서, 인생은 멋있게 살 줄 알아야 한다며 일을 하지 않으려 했다. 그러니 거름을 나를 때며, 추수를 해서 들여와야 할 때 힘든 것은 복자 혼자 다 해왔다. 그녀는 소처럼 일을 했다. 밭에 나가면 오늘 할일, 내일 할일, 모래 할 일들이 줄줄이 기다리고 있다. 그렇게 고된 일을 하고 집에 오면 집은 집대로 또 일들이 쌓여 있다. 밥상을 차려야 하고, 빨래를 해야 하고, 특히 남편 정태의 옷은 다리미질을 해 두지 않으면 "이놈의 여편네가 뭐하는 거야" 하며 소리를 버럭버럭 질러댔다. 정태는 항상 신경질적이다.

"여자가 좀 깨끗이 차려 입고, 화장도 하고, 교태도 부리는 맛이 있어야지, 무슨 두더지 새끼도 아니고 밤낮 흙이나 뒤지는 꼬락서니 하고는……"

"농사는 거저 되는 줄 아나?"

"농사, 농사 입만 열면 그 놈의 소리, 적당히 해가며 멋도 좀 부릴 줄 알아야지. 천상 두더지 새끼여."

"전답은 묵혀놓고 멋만 부리면 자식들 학비는 하늘에서 떨어진데?"

"자식들, 자식들하며 회생하면 자식들이 알아준데? 공장에나 가라고 해.”

“부모가 되어가지고 그게 할 소리야?”

“아이고 내 팔자야. 여편네라고 도대체 정서가 맞아야재. 키는 빗자루 몽당이만 해 가지고 창피해서 같이 외출을 할 수도 없고, 내 인생이 종쳤다니께.”

정태는 마누라 외모와 신체적인 생김새 까지 구박을 해대며 장가를 잘 못 들었다고 신세타령을 했다. 자기는 멋있는 왕자님 같은 남자이고, 복자는 어쩔 수 없는 촌 여편네라는 것이다. 정태 말마따나 짝이 맞지 않는 것은 분명했다. 정태는 외모로는 키가 크고, 기생오라버니 같이 미끈하며, 말주변도 좋아 거짓말도 잘 엮어나가는 임기응변이 능한 사람이다. 속이 밴댕이 같아 저 밖에는 모르고, 홀로 살아온 제 어미한테도 소 닭 보듯 효도한 번 한 적이 없었다. 그러나 복자는 정태 말처럼 키가 짜리몽땅하고 얼굴이 동글납작하니 투덕투덕하게 생겨가지고 바쁘게 걸어가면 마치 공이 굴러가는 것 같기도 했다. 그녀는 정직하다. 어떤 상황에서도 거짓말을 둘러대지 않고 다른 사람들과 이해타산을 따져 싸움하기를 싫어한다.

그들은 도저히 짝이 맞을 수가 없다. 지독한 언밸런스다. 똑똑하고 잘났다는 정태는 빛 좋은 개살구다. 겉만 그럴싸하지 시고 떫은 맛만 가득한 개살구인데 복자는 그 껍데기의 빛깔만 보고 속았다. 사람들은 복자 보고 남편 복이 있어 시집을 잘 갔다고들 했다. 그것이 개살구인 줄은 아무도 몰랐다. 그러나 그저 단순한 개살구이기만 해도 그런대로 참을 수 있었을 것이다. 복자가 가장 참을 수 없는 것은 그는 언제나 그녀에게 대해서만은 혀끝에 가시를 세우고 말한다는 것이다. 그의 말가시에 찔리면 복자의 심장은 동맥과 정맥이 질서를 잃어버리고 역류하여 가슴이 터지는 통증을 호소했다. 복자가 아무리 울분을 토하며 제법 조리 있는 말로 따져 봐도 전혀 먹히지가 않았다. 그게 정태가 복자를 대하는 버릇이 되었다. 그럴 때마다 복자는 터질 것 같은 심장을 누르며 밭으로 달려갔다. 밭에서 죽자 살자 일만 하는 것으로 화를 풀어내곤 했다.

마을 아낙들에게 정태의 물건은 꼬부라졌다는 소문이 돌았다. 꼬부라진 것으로 어떻게 일을 할 수 있겠느냐고 하기도 하고, 뼈가 없는 것이니 꼬부라졌어도 상관이 없을 것이라고 수다를 떨며 깔깔거렸다.

"어이, 정태씨 사모님! 당신 남편 거시기가 꼬부라졌다는데 사실이유?"

"몰라."

"마누라가 모르면 누가 알우?"

"희정이네 한테 물어봐."

"그래야 겠구먼."

은이네가 상수리를 주우려 산에 갔을 때 아이구 나 죽네 나 죽네 하는 소리가 들리더란다. 누가 산에서 뒹굴었나 하고 사방을 살펴보다가 희한한 장면을 목격하게 되었다. 연놈이 머리에서 발끝까지 하나로 똘똘 뭉쳐서는 신음을 하더라는 것이다. 여자의 두 팔은 남자의 허리를 감싸고 두 다리는 남자의 다리를 꼬아서 꽈배기를 만들었으며 요동을 치는 모습이 마치 한 척의 배가 파도타기를 하는 것 같더라는 것이다.

"세상에 그런 기술도 다 있대."

은이네는 비디오를 본 것보다 더 신기하다며 감탄을 거듭했다.

"타임이 어찌나 길든지 구경하다가 지칠 뻔 했어."

"물건이 꼬부라졌는지 보지 그랬어?"

"글쎄 보려고 했는데 못 봤어."

"큰 돌막을 굴려버리지 그랬어."

"그랬다가 죽으면 어떻게 해."

복자는 그런 특이한 기술을 가진 사람이 바로 자신의 남편이라는 것이 믿어지지가 않았다. 그녀와는 그런 기술을 발휘한 일이 한번도 없었다. 그러나 그 소리를 듣는 날로부터 그녀는 남편 정태가 사람같이 느껴지지가 않았다. 그래서 얼굴을 마주보며 말을 하지 않았고, 정태와 한 밥상에서 밥을 먹지도 않았고, 딸애의 방에서 잠을 잤다. 그녀는 묵묵히 제 자리를 지키기 위하여 정태에게 싸움을 걸지 않기로 했다. 그 앞에서는 벙어리가 되기로 작정을 했다. 아무리 그녀가 정태에게 희정이네와 관계를 질책하고 떨어지라고 성화를 부려대도 그들은 절대로 떨어지지 않을 것이다. 그래서 아예 입을 함봉해 버리는 게 나았다.

"여자가 좀 곰살가운 맛이 있어야재. 벙어리 호적을 만났나? 입 뒀다 뭣에 써먹으려고 말을 안 해? 주둥이에 곰팡이가 득실득실 피겠네."

정태는 정태대로 복자가 말을 안 하니 답답하다. 정태의 말은 여자가 좀 간드러지게 살살거리는 맛도 있어야 하고, 좋으면 엎어지게 좋아하고 싫으면 뒤로 발랑 나자빠지는 감정 표현을 할 줄 알아야 한다는 것이다. 좋아도 그저 좋은가 보다, 나빠도 좀 나쁜가보다 하며 물에 물탄 듯 술에 술탄 듯 하는 사람은 따분하고 답답하다는 것이다.

"그래서 감정표현 하느라고 아이고 나 죽네 나 죽겠네 했구먼. 희정이네 하고 어쨌다고 자식들 앞에서 한 번 얘기 해 볼까?"

복자가 퉁맞은 소리로 내뱉자 정태는 뜨끔하여

"저 놈의 여편네가 귀신인개비여."

정태는 더 말을 못하고 휙 자리를 떠 버렸다.

희정이네는 오사바사하고 간살스럽다. 호호호 하고 웃다가도 배꼽을 잡고 자지러지게 웃어댄다. 그래서

"날아가는 참새 X지를 봤나."

누가 그러기라도 하면 더 웃어댄다. 또 조금만 슬프면 엉엉 소리

를 내어 운다. 웃다가 울다가, 울다가 웃는 감정의 기복이 크다.

"정태씨 하고 바람이 났다고 소문이 났다는데 정말이야?"

"누가 그런 소릴 해? 주둥아리를 찢어버리겠어."

금방이라도 잡아먹을 것처럼 노기 등등하다가,

"억울해서 못살겠네. 병든 남편 수발드느라고 옆도 돌아볼 겨를이 없는 사람에게 음해를 씌우다니, 엉엉엉"

희정이네가 울어대는 바람에 은이네가 달래느라고 애를 먹었다고 한다. 본래 희정이네는 세설이 많다. 세설 많은 집에 장맛 단것 못 봤다는 옛말처럼 희정이네 반찬은 맛이 없다. 농번기에는 모여서 두렛일을 하는데 희정이네 일을 할 때면 음식이 맛이 없어서 고역이었다. 그러던 희정이네 남편이 죽자 전답을 팔아가지고 어디로 이사를 가버렸다. 희정이네가 이사를 간지 얼마 안 되어 정태도 온다간다 소리도 없이 사라졌다. 틀림없이 희정이네를 찾아갔을 것이라고 생각하고 복자는 정태를 찾지도 않았다. 오히려 정태가 없으니 심장을 긁지 않아 뱃속이 편했다.

복자는 그래도 그때가 좋았다고 지나간 일들을 회상하기도 한다. 열 가구 밖에 안 되는 동네 사람들이 어찌나 화합이 잘 되든지 친척이나 다름없었다. 가을이면 돌아가면서 떡을 해서 돌리고, 특별난 것이 있으면 서로 나누어 먹고, 형님이니 아우님이니 하며 흉허물 없이 이야기를 터놓기도 하고, 급하면 서로 서슴없이 돈도 빌려주곤 했었다.

복자의 집은 동네에서도 가장 위쪽으로 산 밑에 자리 잡고 있었다. 시아버지가 쌓아놓은 돌담은 키 큰 남자의 키 높이 정도로 정교하게 집을 빙 둘러 쌓아져 있고, 마당 한 쪽으로는 사시사철 마르지 않는 샘물이 흘러넘쳐서 복자가 도랑으로 빨래를 하러 나가지 않아도 되었다. 뒷산에는 감나무, 밤나무, 대추나무가 우거져서 소독 한번 하지 않아도, 거름 한번을 주지 않아도 저절로 과일을 쏟아 부어 주었다. 돼지우리에서는 돼지가 꿀꿀대고, 빈 외양간에는 연장이며 비료포대가 쌓여 있고, 그 옆에 누런 삽사리가 집을 지키고 있었다. 일찌감치 지붕을 양철지붕으로 개량해서 비가 오면 빗방울이 양철을 두들기는 소리가 매우 요란했다. 시아버지의 정성과 손길로 이루어진 집이다.

시아버지는 49세에 세상을 떠났고 시어머니가 철딱서니 없는 정태를 금이야 옥이야 하면서 키웠다. 지금은 시어머니도 떠났지만 그렇게 조상들의 얼이 묻어있는 집을 물밑에 넣고 떠나야 한다는 것은 청천벽력이었다.

1989년 용담댐 확장공사가 발표되면서 동네 사람들은 하늘이 무너져 내리는 슬픔에 잠겼다. 곧 용담댐건설 반대위원회가 결성되었고, 어떻게 소문을 들었는지 정태가 다시 돌아와 언론기관 방문이나 시가행진을 하며 목소리를 높이는데 한몫을 했다. 1997년 보상을 받자 주민들은 살던 집을 놔두고 뿔뿔이 이사를 갔다. 복자는 가장 마지막까지 남아 있다가 물이 차 들어오는 바람에 보따리를 싸야 했다. 수몰지역은 그야말로 엉망진창이었고 난장판이었다.

동네 사람들은 돼지우리 소두엄 쌓아놓은 것은 물론 뒷간의 똥들을 그대로 두고 나왔는데, 그런 똥통에 그대로 물이 차올랐다. 그런 더러운 똥물이 진안, 김제, 완주, 충남 서천의 생활용수로 들어갔다. 이왕이면 돼지우리 소외양간 나무들을 다 걷어내고 똥통도 쳐내고 포클레인으로 바닥을 끌어낸 다음 물을 받았으면 좋으련만 토목회사 직원들은 공사비를 덜 들이기 위해 남이야 똥물을 먹어도 상관없다는 심보로 일을 했다.

정태가 복자의 착실한 남편 노릇을 한 것은 1989년에서부터 1997년까지 9년간이다. 용담댐 확장공사를 한다는 발표가 나면서 집으로 들어온 정태는

"미안혀, 내가 잘못한 것이 너무 많아, 용서해줘."

예전의 정태가 아니었다. 차려준 밥을 맛있게 먹고 나면 상을 내다 설거지를 깨끗하게 해 놓고, 아침 일찍부터 마당 정리를 해서 쓸어놓는가 하면 밭에 나가 거름을 주고 김을 맸다. 무거운 것을 복자가 들려고 하면 정태가 번쩍 들어 나르고 집안일을 도맡아 솔선수범했다. 예전에 여편네, 여편네 하면서 혀끝에 가시를 돋우던 말씨도 부드러워져서 아내를 아끼고 사랑하는 태도가 역력했다.

"역시 당신 음식솜씨는 일품이야. 당신이 해 주는 밥을 먹으니 기

운이 나네."

그동안 희정이네가 해 주는 음식을 먹느라 어지간히 곤욕스러웠던 모양이다.

"여자는 당신처럼 조용해야 혀. 희정이네는 어찌나 지껄여 대든지 아무짝에도 쓸데없는 그놈의 소리를 들어내려니 골치가 딱딱 아팠어."

"그럼 이제 희정이네 한테는 안 갈 거야?"

"실은 사고를 쳤어. 딸아이를 낳아버렸어."

"그럼 어떡해?"

"당신 딸로 호적에 얹어주면 안 될까?"

"호적에 얹는 것 까지는 할 수 있지만."

"고마워, 고마워, 내 당신 은혜 죽을 때까지 잊지 않을게."

정태는 보상을 받은 돈으로 읍내에 단층짜리 슬래브집 한 채를 복자 이름으로 사고, 남은 돈으로 밭 700평을 사 주고는 미안하다고 몇 천 번을 말하고 희정이네로 가 버렸다. 딸애가 있으니 그 애를 돌보고 희정이네를 책임져야 한다는 것이다.

밭이라야 물밑에 두고 온 밭에 비하면 십분의 일도 안 된다. 전의 밭은 이쪽에서 저쪽 끝이 아련하게 보였다. 사래긴 밭이랑은 누렁이가 쟁기를 끌고 한 바퀴 돌아오는데 반시간이 걸린다. 그 긴 이랑에다 무를 심으면 무가 너풀너풀 춤을 추며 커 올라 장정의 종아리만

큼씩이나 되고, 배추를 심으면 한 아름씩 된다. 콩이며 참깨 들깨 오만가지 곡식을 마당이 터지라고 쌓게 하던 그 좋은 밭을 두고 떠나올 때 가슴으로 피 눈물이 흘렀다. 그녀는 몇 날 며칠을 밭고랑에 주저앉아 흙을 어루만지며 통곡을 했었다. 그 밭에는 그녀의 혼이 담겨 있었고, 삶을 이어가는 생명줄과도 같이 소중했었다. 날이 새면서부터 어둑어둑 해 질 때까지 하루의 일과를 밭에서 시작해서 밭에서 끝냈다. 달이 밝은 날은 달밤에도 일을 했다. 돌을 주어내고 밭을 넓히느라 툭툭 돌을 던져대자 밤중에 돌아오던 마을 사람이 도깨비 소린 줄 알고 기절을 했던 적도 있었다. 그때부터 마을 사람들은 그녀를 보고 도깨비 아줌마라고 불렀다. 번쩍하면 밭이 한 고랑씩 넓어져 간다는 것이다.

그렇게 도깨비처럼 밤잠을 설치며 일구어 놓은 그녀의 밭인데 이제 그 기능을 잃어버린 채 살던 집과 함께 물밑으로 들어가 버렸다. 힘없고 가련한 백성은 일언반구 의견조차 내지 못하고 받아든 보상금 몇 푼으로 보따리를 싸들고 나왔다. 사람들은 걸음걸음 눈물을 흘렸다. 호수의 물이 시퍼렇게 차오르는 것 만큼이나 그녀의 한도 눈물도 차올랐다. 그러나 어쩔 수 없이 복자는 새로운 밭에 정을 붙여야 했다. 새로운 밭도 가슴을 활짝 열어 그녀를 반겨 주었다.

밭과의 해후(邂逅)는 또 그렇게 시작되었다. 그녀는 날마다 밭에 나와 자갈을 주어서 둑을 쌓고, 잡초는 뽑아 썩히고, 길에 난 풀도

베어서 밭에 넣고, 산에서 낙엽 썩은 것을 끌어다 넣고 해서 거름을 주었다. 풀이나 낙엽이나 나무나 죽은 것은 온전히 흙으로 환원되어 거름이 되었다.

밭고랑에 들어서자 밤 사이에 배추가 엄청 커 올라 너풀거리고 있었다.

"어머나, 이 만큼이나 자랐네."

그녀는 함박같이 웃으며 배추 잎을 들여다봤다. 배추는 방긋방긋 웃는 것 같았다. 어린 아이가 엄마에게 방긋거리듯 여리고 싱그러운 잎사귀를 펼쳐 보이고 있었다. 배추씨는 모래알보다 더 작다. 그 작은 씨앗이 싹을 틔우고 자라서 노란 알을 채워서는 김치로 밥상에 오르게 되니 참 신기하기만 하다. 작기로 말하면 상추씨나 도라지씨만큼 작은 것도 없을 것이다. 아주 작은 점 하나만도 못한 그 씨앗들은 보라색 흰색의 조화로운 도라지꽃을 피워 밭을 환하게 웃게 한다. 누구나 즐겨먹는 상추도 그렇게 작은 씨앗에서 나온 것이다. 아무리 작은 씨앗이라도 흙에 들어가면 싹을 틔운다. 같은 땅이라도 배추씨에서 나오면 배추가 되고, 상추씨에서 나오면 상추가 되는 것은 실로 감탄스러운 일이다. 씨앗에서 처음 싹이 틀 때는 그 순이 너무나 여리지만 하루가 다르게 커 오르고 있는 그 놀라운 생명력은 어디에서 오는 것일까? 싱싱함을 가득 머금고 청록색 푸른 잎사귀를 널찍하게 펼쳐내고 있는 배추 잎을 자세히 보고 있으면 생명의 아름다움을 발견하는 것 같아 그녀는 즐거워진다. 그녀는 소녀처럼 즐거워하면서 배추 잎을 하나하나 살펴보고 있었다. 그런데 그새 배추가 거기에 있는 줄을 어떻게 알았던지 시퍼런 배추벌레가 잎사귀를 뜯어 먹고 있는 게 아닌가?

"네 요놈."

그녀는 손으로 배추벌레를 잡아내어 멀리 던져 버렸다. 그랬더니

"아이고 살았네. 밤새 살을 파 먹어대는데 무척 아팠어요. 고맙습니다. 엄마!"

배추가 하는 말이 가슴으로 울려 온다. 그녀는 그들의 엄마다. 엄마는 제 자식들을 잘 돌볼 의무가 있다. 자식을 잘 돌보는 데서 기쁨과 보람을 찾다. 그녀는 그 기쁨과 보람을 위하여 날마다 밭에 오는 것이다. 그녀의 자식들이 칠백평의 밭에서 빈틈없이 자라고 있으니 그녀의 삶은 그저 부질없이 숨쉬기의 연속만은 아닌 것이다.

그녀의 밭은 봄볕의 따사로운 햇살이 하루 종일 비치고 있다. 누런 황토 흙이 부드럽다. 손으로 만지고, 맨발로 딛고, 코로는 흙냄새를 맡아보면 그녀는 몸의 세포들이 배추 잎사귀처럼 물이 오르고 파릇파릇 살아나는 것 같은 위안을 얻는다. 사람도 식물처럼 흙냄새를 맡아야 한다. 흙에서는 원적외선이 나온다고 한다. 흙에서 독소가 나온다는 소리는 어느 문헌에도 없다. 흙 알레르기란 말도 들어본 적이 없다. 밭은 흙으로 되어 있다. 밭은 모든 사람들의 생명을 이어주는 원천이다. 누구나 할 것 없이 사람들은 밭에서 나는 채소와

곡식을 먹고 살아간다. 만약 아무도 밭농사를 짓지 않는다면 인류는 무엇을 먹으며 살아갈 것인가? 돼지나 닭고기를 먹는다 하지만 그것도 다 밭에서 나오는 곡식으로 사료를 먹인 것이며, 슈퍼에 가득 쌓인 인스턴트식품, 그것도 원료는 다 밭에서 나온 것이다. 밭은 하느님이 인간에게 주신 최대의 선물이다. 하느님은 인류에게 밭을 주시고 따뜻한 햇볕과 비를 내려 농사를 잘 짓도록 도와주신다. 세상에 밭만큼 진실하고, 정직하고, 너그러운 것이 어디에 있겠는가? 뿌린 대로, 정성을 쏟은 만큼 수확을 안겨준다. 사업치고 농사만큼 이득을 주는 것도 없을 것이다. 씨앗 한 알을 심으면 백배 천배가 되어서 돌아온다.

그녀는 날마다 눈만 뜨면 밭으로 나간다. 그것은 밭이 그녀를 부르기 때문이다. 밭은 끝없이 그녀를 부른다. 그녀는 끝없이 밭을 사랑한다. 밭은 그녀에게 많은 기쁨을 준다. 고구마를 심으면 빨갛고 큼직한 고구마를 이랑이 터지라고 보듬고 있고 고추를 심으면 고추나무 가지가 휘어져라 달려 있다. 고구마 부자도 되고, 고추 부자도 되고, 마늘 부자도 된다. 그녀는 밭에게 아낌없이 주고 한량없이 받는다. 그러는 가운데 즐거움이 샘솟는다.

그녀는 새벽의 싱그러움을 밭에서 느끼고, 아침 해가 떠오를 때 이루 말 할 수 없는 상쾌감을 맛본다. 이슬 방울이 은초롱같은 맑은 아침, 어둠을 걷어낸 신선한 대지 위에 얼굴을 갓 씻고 솟아오르는 찬란한 태양을 바라볼 때, 한량없이 신선하고, 빛나는 아름다운 아침을 맛본다. 이런 아침에 절망이란 없다. 그녀는 한 포기의 배추 잎이 되고, 한 뿌리의 무가 된다. 그들처럼 그녀는 푸른 기운으로 속을 채운다. 눈부신 태양 아래 온 몸으로 빛을 받는다. 삶의 에너지를 여기서 충전한다. 아침 햇볕을 바라보며 맑은 공기를 들이킬 때마다 청정한 수액이 손끝 발끝으로 번져온다.

작년에는 그녀가 박씨 몇 알을 사다 밭두렁에 심었는데 넝쿨이 굼실굼실 뻗어 나가더니 하얀 박꽃을 옹기종기 피어냈다. 박꽃은 마치 꽃등처럼 저녁이면 피어나 밤을 밝히다가 아침이면 꽃잎을 오므린다. 깨끗하고, 순백하고, 청초한 눈꽃처럼 하얀 박꽃은 시어머니의 하얀 소복을 연상케도 했다. 그 하얀 꽃이 지는 자리에서는 어김없이 솜털이 송송한 아기 열매가 맺혔다. 그 작던 열매가 크고 단단한 박덩이가 되어 잘 영근 박이 스물 한통이나 되었다. 박이 제대로 영글었는지 판단하려면 바늘을 찔러 보면 된다. 바늘이 들어가지 않아야 영근 것이다. 바늘이 조금이라도 들어가면 바가지가 안된다. 바가지를 만들어 놓았을 때 오그라지기 때문이다. 그녀는 흥부가 타는 박보다 더 정성을 들여서 줄자로 재어 가며 눈금을 그어 놓았다. 톱질을 하려니 손이 떨려 왔다. 톱질이 엇나가면 바가지를 버리기 때문이다. 그녀는 온 신경을 집중시켜서 반듯하게 톱질을 하여 푹 삶아서 껍질을 벗겨내고 가을 햇볕에 잘 말렸다. 스물 한통의 박은 곧

마흔 두개의 바가지가 되었다. 방에 들여 놓으니 방안이 가득했다. 밭이 복자에게 바가지 부자를 만들어 준 것이다. 그녀는 바가지에다가 사군자도 그리고, 호랑이며 종달새며 까치며 갈대 밭 위를 날아가는 참새 떼도 그려 넣었다. 그림을 그려 놓으니 바가지는 장식품이 되었다. 이웃들은 바가지를 얻으려고 문턱이 닳도록 드나들어서 그녀는 한껏 인심을 쓰고, 참새 그림이 그려진 바가지 한 쌍만 벽에 걸어 놓았다. 참새는 그녀가 유별나게 귀여워하기 때문이다. 그 또랑또랑한 눈으로 고개를 갸웃거리는, 작고 앙증맞은 모습을 보면 손바닥에 올려놓고 싶어진다. 그녀는 밭에 오는 참새들을 쫓지 않는다. 그녀는 참새들이 좀 더 가까이에 왔으면 좋겠다고 생각했다. 참새 그림을 더 많이 그려야겠다고 마음먹고 있다. 올해는 박씨를 더 많이 심었다. 방안이 꽉 차 버릴 것이다. 그래서 그녀는 더 큰 바가지 부자가 될 것이다.

오늘은 왠지 날이 어두워도 밭에서 집에 가기가 싫어졌다. 지난 밤 꿈 때문이다. 꿈속에서 정태가 찾아와서는 "미안해, 미안해, 날 용서해줘." 하는 것이다. 그녀는 목소리에 날을 세워서 "필요 없어 돌아가!" 한마디로 딱 잘랐다. 그런데 정태는 너절너절 지껄이고 있었다. "그러면 안 되는 줄 알면서도 나도 어쩔 수 없었어. 꼭 자석에 이끌리는 압정 같았어. 그런데 지금은 그 자석에 매달려 있을 힘이 빠졌어. 손이 이래서……" 얼굴은 중병이 걸린 것처럼 수척해 있었고 손은 허연 뼈가 그대로 들어나 얼마나 징그럽던지 몸서리를 치며 고함을 지르다가 깨었다. 꿈을 깨고 나니 심정이 참참했다. 혹시 무슨 일이라도 있는가 싶어 희정이네 집으로 전화를 해 볼까 하는 생각도 들었다. 그러다가 곧 정태가 죽든지, 살든지 자기하고는 이미 무관한 사람이라고 단념해 버렸다. 그러면서도 마음은 편하질 않았다. 어쩌면 그는 희정이네 집에서 나온지 오래되었을지도 모른다는 생각, 또 그가 서울역 노숙자들 틈에서 죽어가고 있을지도 모른다는 생각이 꼬리를 물었다. 그렇게 헤매고 다니던 정태가 병든 몸으로 집에 와 있을지 모른다는 예감이 들어 집에 영 가기가 싫어 졌다. 그 원수가 기어 들어왔다면 정말 어쩔 것인가? 객귀를 쫓아내는 것처럼 매섭게 쫓아내리라고 마음은 먹고 있지만 그녀는 그만큼 독하지 못하다. 또 용서하고 따뜻하게 받아줄 만큼 너그럽지도 못하다. 정말 그런 일이 없기를 마음속으로 간절히 바랄 뿐이다.

그녀는 밭둑에 앉아서 땅거미가 내리는 대지를 물끄러미 바라보고 있었다. 사방이 어두움에 싸이는가 했는데 어느새 은거울 같은 달이 둥실 떠올랐다. 한군데 이지러짐도 없는 동그란 보름달이다. 밭에는 교교월색이 만연했다. 그녀는 목을 빼어 노래를 부르기 시작했다.

"첩의 집에 갈려거든 나 죽는 꼴이나 보고 가지
첩의 집은 꽃밭이요 나의 집은 연못이라."

그때 헤드라이트를 환히 비추며 밭을 향해 달려오는 자가용이 있었다. 60대 후반의 노신사 정태씨였다.

"아니 여보! 밤에 왜 이러고 여기 있어요?"

"당신이 어쩐 일로?"

정태씨는 복자씨의 옷에 흙을 털어주며 번쩍 번쩍하는 차에 태웠다.

"이제까지 저녁을 안 먹고, 배도 안 고파?"

정태씨는 식당으로 가 소고기 샤브샤브를 건져 그녀의 접시에 자꾸 담아주었다.

정태씨는 차에서 큰 가방 두 개를 꺼내 방에 들어와서는 목걸이를 꺼내놓았다.

"당신 주려고 몇 년 전에 사다가 감추어 두었지."

열 돈짜리 금 목걸이가 불빛에 반짝반짝 빛났다. 금목걸이를 보자 복자씨는 그동안 쌓였던 원망도 미움도 봄눈 녹듯 사라져 버렸다. 또 가방 하나를 열자 거기에는 오만 원짜리 지폐가 몇 다발이나 있고 복자씨 이름으로 된 통장이 나왔다.

"희정이네나 주지."

"며칠 전에 딸애가 결혼을 했어. 사위를 아주 잘 봤어. 희정이네는 딸하고 살라고 하고 나는 당신하고 살려고 왔어."

"당신이 이 누추한 집에 있겠다고?"

"희정이네랑 살면서 내 마음 속엔 늘 당신이 있었소."

정태가 오면 "필요 없어 돌아가." 하며 객귀를 쫓듯이 단호하게 쫓아내겠다는 조금 전의 각오는 어디로 사라졌는지, 복자씨의 얼굴에는 함박만한 웃음꽃이 피었다.

편집후기

이 소설의 작가는 저의 친 누이입니다. 저와 함께 이 책의 출판을 진행하던 중 2016년 4월 21일 오후, 누이가 평소에 애지중지 가꾸던 밭에 자전거를 타고 나갔다가 예기치 못한 자전거사고를 당해 홀연히 세상을 떠났습니다.

금년 4월 대전문화재단으로부터 작품 출판비를 지원받았다고 소녀처럼 좋아하셨는데, 책이 출간되기도 전에 말없이 저세상으로 가셨습니다. 저는 친동생으로서 이책의 교정, 교열을 보는 내내 누이생각에 애통의 눈물을 흘리지 않을 수 없었습니다. 이 책의 출판에 즈음하여 천사같은 누이의 영전에 어설픈 시 한 수를 바칩니다.

이 종 권

나의 제망매가

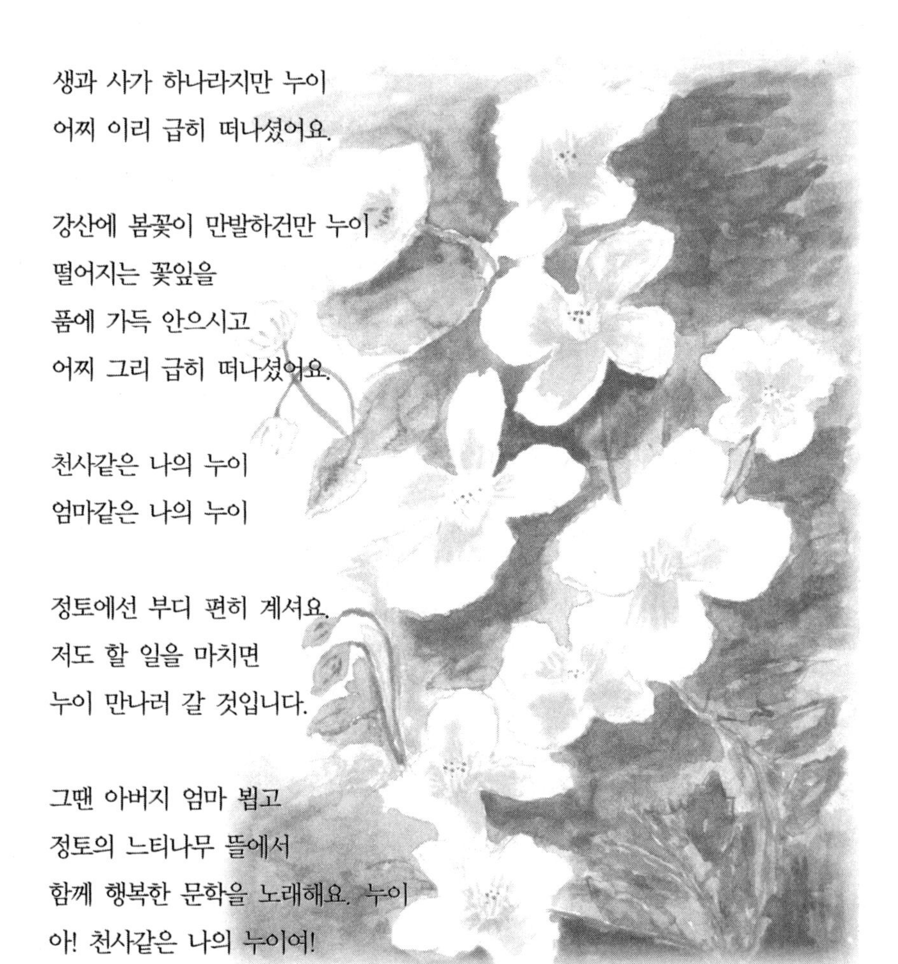

생과 사가 하나라지만 누이
어찌 이리 급히 떠나셨어요.

강산에 봄꽃이 만발하건만 누이
떨어지는 꽃잎을
품에 가득 안으시고
어찌 그리 급히 떠나셨어요.

천사같은 나의 누이
엄마같은 나의 누이

정토에선 부디 편히 계셔요.
저도 할 일을 마치면
누이 만나러 갈 것입니다.

그땐 아버지 엄마 뵙고
정토의 느티나무 뜰에서
함께 행복한 문학을 노래해요. 누이
아! 천사같은 나의 누이여!

월야(月野) 이도순(종숙)

수필가, 소설가
1945년 충남 계룡산 출생

어릴 때부터 글쓰기를 좋아했고, 평범한 가정주부로 두 아이를 키우면서도 꾸준히 창작활동을 지속해왔다. 1989년 대전 MBC 금강백일장에 〈방생의 강〉으로 우수상을 수상하고, 대전 MBC 라디오 '이 밤을 음악과 함께' 구성작가를 지냈다. 1990년 10월 『월간 에세이』에 수필 〈이웃〉으로 추천작가가 되었다. 2002년 『문학사랑』에 단편소설 〈부엉이〉, 〈망상〉으로 신인상을 수상했고, 2007년 인터넷문학상을 수상했다. 2006년부터 2008년까지 대전여성문학 회장을 지냈으며, 국제펜클럽 대전회원, 대전문인협회 회원, 대전여성문학 회원, 한밭소설가협회 회원, 계간 『문학사랑』 회원으로 활동했다.

작품으로는 단편소설 「금목걸이」 외 200여 편, 수필 「산처럼 물처럼」 외 200여 편, 콩트 「얼굴 바꾸기」 외 50여 편과 「동화 천사의 복주머니」 외 5편이 있으며 저서로 수필집 『아버지의 뜰』(도서출판 문현, 2012)이 있다.

비오는 날의 로맨스

2016년 6월 15일 초판 인쇄
2016년 6월 25일 초판 발행

지은이 이 도 순
펴낸이 한 신 규
편 집 안 혜 숙
펴낸곳 글앤북
주 소 05827 서울특별시 송파구 동남로 11길 19(가락동)
전 화 Tel. 070 - 7613 - 9110 Fax. 02 - 443 - 0212
등 록 2013년 4월 12일(제25100 - 2013 - 000041호)
E-mail geul2013@naver.com

ISBN 979 - 11 - 955266 - 6 - 6 03810 정가 16,000원